카르페디엠

1

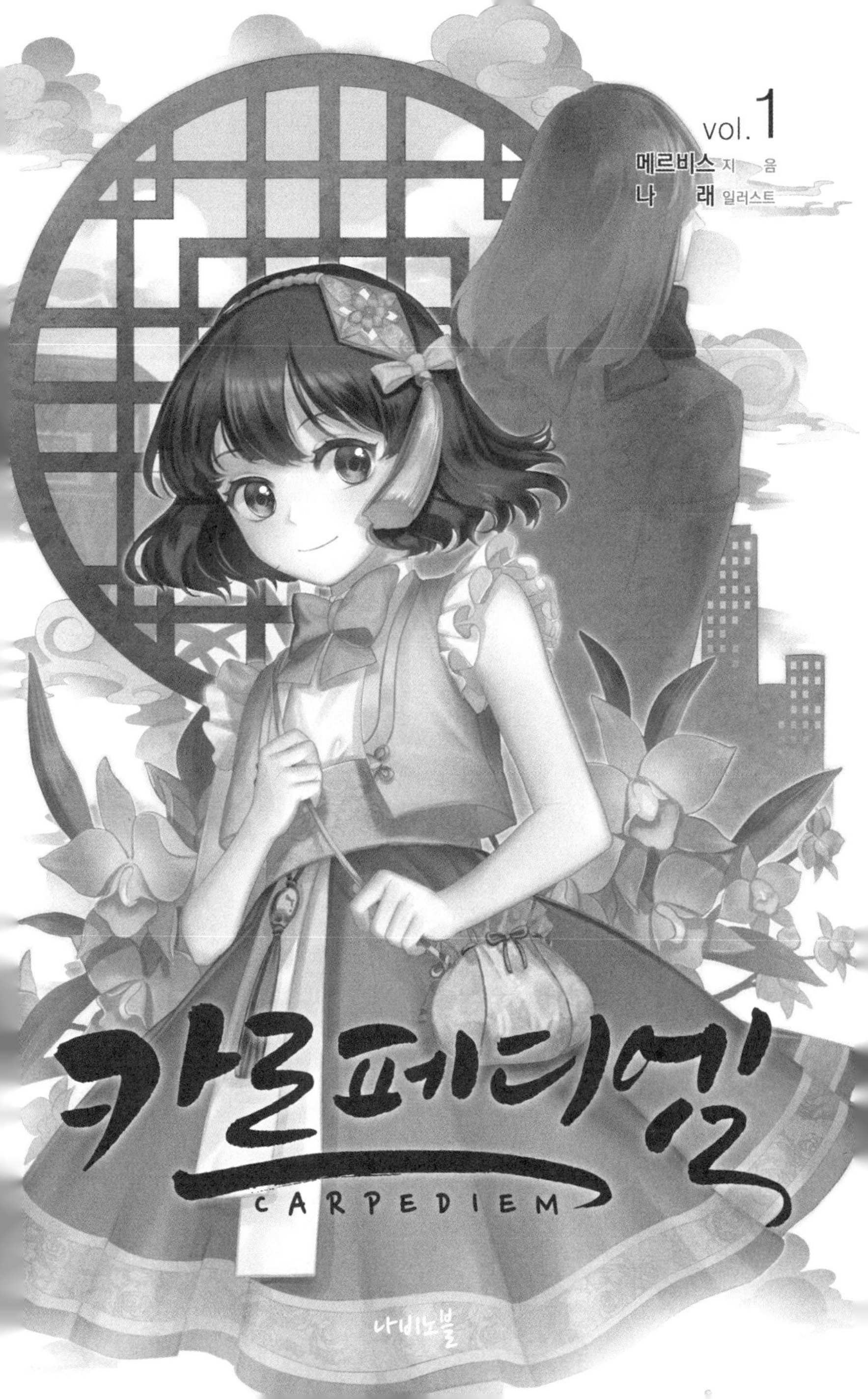
vol. 1
메르비스 지음
나래 일러스트
카르페디엠
CARPEDIEM
나비노블

C O N T E N T

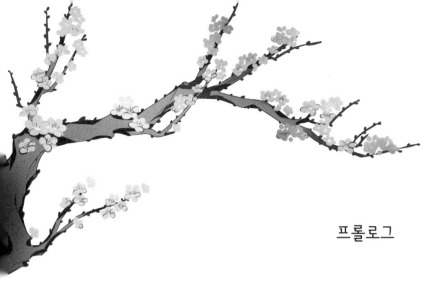

프롤로그

"아가씨, 일어나실 시간입니다."

한쪽 벽을 차지한 커다란 창문은 고운 재질의 커튼으로 가려져 있었다. 그 틈새로 부서져 내린 햇살이 침대 위에 누워있는 한 소녀에게 닿았다.

소녀는 온몸을 달콤하게 감싸 안은 잠을 쫓아내려는 햇빛이 못마땅한지 잠시 뒤척이다가 이불을 머리끝까지 올려 버렸다. 하지만 소녀의 기다란 머리카락까지 전부 숨기지는 못했다. 밤새 눈이 시리도록 아름다운 달빛을 모두 흡수한 듯 곱게 빛나는 은색 머리카락이 침대 위로 가득 널브러졌다.

어렴풋이 잠에서 깨어났던 소녀가 다시금 몽롱해지던 중이었다. 정중한 목소리가 다시 들렸다.

"아가씨, 일어나실 시간입니다."

똑똑, 문을 두드리는 소리도 잠을 방해하며 들려왔다. 더 자고 싶은 마음에 뒤척거리던 소녀가 결국 몸을 일으켰다. 지금이야 가만가만히 문을 두드리며 말을 거는 정도지만 곧 태도가 달라질 터였다.

"스스로 일어나지 않으시면 직접 깨울 수밖에 없습니다."

봐, 금세 협박하잖아. 건방진 녀석 같으니.

소녀는 속으로 투덜거리며 대답했다.

"그래, 그래. 일어났다고."

"아, 일어나셨군요. 준비 도와드릴까요?"

"아니, 아르스흐아암, 할게."

대답하다 말고 하품이 터져 나오는 바람에 알아들을 수 없는 말이 되었지만 문밖에서는 여전히 단정한 느낌을 주는 대답이 들려왔다.

"알겠습니다."

소녀는 끈질기게 달라붙는 잠을 떼어내려는 듯 기지개를 피고 침대에서 내려왔다.

작은 소녀가 머물기에는 너무 커다란 방이었다. 그녀는 가구도 거의 없어 휑하게 느껴지는 방을 가로질러 화장실로 이동했다. 그러고는 잠이 묻어 있는 눈꺼풀을 비비적거리며 거울을 들여다보았다.

여전히 이 몸이다.

이미 꿈이 아니라는 사실을 깨닫고 있었지만 쉽게 적응되는 일이 아니었다. 아침마다 거울을 확인하는 것이 소녀의 일과가 되어버렸을 정도였다.

거울 속에 비친 모습은 흑발과 흑안을 지닌 평범한 동양 여자가 아니라 뽀얀 뺨과 뚜렷한 이목구비를 지닌 인형 같은 소녀였다. 금발 벽안의 서양인이면 차라리 익숙하기라도 하지.

허리춤까지 늘어져 있는 은색 머리카락은 겨울바람처럼 시리고 차가워 보였지만, 손으로 쓸어보면 사르륵하고 흘러 녹아내릴 듯이 투명하게 빛났다. 보라색으로 빛나는 눈동자는 커다란 자수정을 박아놓은 것 같았다.

"어떻게 사람 눈동자랑 머리카락 색이 이럴 수가 있지?"

봐도 봐도 신기했다. 소녀는 오늘도 거울 앞에서 한참이나 서성였다. 물론 그녀는 이제까지 온갖 다양한 색으로 염색하고, 별별 특이한 렌즈를 끼고 나오는 연예인들을 자주 봐왔다.

'하지만 타고난 색상이잖아, 이건.'

더구나 그녀만 이런 것도 아니었다. 아까 문밖에서 안 일어나면 쳐들어간다고 살포시 협박했던 집사는 새하얀 머리카락과 황금색 눈동자를 지녔다. 아직 볼 일은 없었지만 아마도 집 밖으로 나가면 더욱 다양한 색상이 눈에 뜨일 것이 분명했다. 그녀는 「이 세계」가 어떤 세계인지 알고 있었기 때문이었다.

원래 살고 있던 곳과 완전히 다른 세계. 다른 힘을 사용하고, 다른 언어를 사용하는 세계. 대한민국에서 평범하게 살아오던 스물네 살 여자는 갑작스럽게 다른 세계에서 다른 몸으로 살아가게 되었다.

애칭 리리, 나이 열 살. 은색 머리카락과 보라색 눈동자를 지닌 어여쁜 소녀로 그동안 봐왔던 그 어떤 연예인들보다 뛰어난 미모의 몸이었다. 그러나 마냥 기뻐할 수 없는 것은 단순히 다른 세상에 사는 소녀에게 빙의한 것이 아니기 때문이었다.

그녀가 살아가야 하는 멜비스 월드는 게임 속 세계였다.

그것도 아이를 키우는 육성 시뮬레이션. 대표적인 게임인 『프린세스 메이커』는 플레이어가 아빠가 되어 집사와 함께 애지중지 딸을 길러서 공주를 만들기 위해 노력하는 게임이었다.

그런 종류의 게임 속으로 들어오게 된 것도 기가 막힌데 심지어 키우는 부모도 아닌 그 「아이」가 되어버렸다.

'혹시나 꿈에서 깨듯 원래 있던 곳으로 돌아와 있지 않을까 했건만.'

소녀는 바닥에 쭈그리고 앉아 한숨을 푹 내쉬었다. 이곳에 들어온 지 일주일하고도 삼일이 더 흘렀다. 매일 거울을 통해 자신의 모습을 확인하고 있었지만 은발과 자색 눈동자를 지닌 소녀만 보일 뿐이었다.

'하긴. 원래 있던 곳이래도 당황스러운 건 마찬가지일지도.'

어쩌면 아쉬울지도 몰랐다.

'그래도 계속 이 상태인 건 너무 막막한데. 아, 이거 기뻐해야 하는 거야, 슬퍼해야 하는 거야?'

소녀는 자신의 머리카락을 쥐어뜯으며 끙끙거렸다. 돌아가고 싶지만 그냥 여기서 살고 싶기도 했다. 하루에도 수십 번씩 심경이 바뀌었다.

† 정신적인 충격으로 스트레스가 10 증가했습니다.

"아, 또! 내가 무슨 스트레스를 받았다고 그래! 그저 약간, 아주 약간 답답해했을 뿐이라고!"

허공에 대고 버럭버럭 소리 질러 봤지만 대답이 들려올 리 없었다.

게임 주인공 몸에 빙의한 것도 황당해 죽겠는데 게임 시스템까지 고 스란히 적용됐다.

† 스트레스가 10 증가했습니다.

"아오!"

그녀는 이미 게임 속에 들어왔다는 사실을 알자마자 스트레스를 받아 드러누운 경험이 있었다. 그걸 또다시 반복하고 싶지 않았다. 리리는 더 이상 스트레스가 올라가지 않도록 마음을 비우기 위해 애써야만 했다.

리리는 흐느적거리는 발걸음으로 침대를 향했다. 그리고 털썩 누워 속으로 중얼거렸다.

'상태창.'

기다렸다는 듯 시스템창이 허공에 떠올랐다. 시스템창에는 소녀의 능력들이 숫자로 정리되어 있었다. 조금 전 오른 스트레스 수치를 보 니 저절로 한숨이 터져 나왔다.

'스트레스를 얼마나 받았는지 내 눈으로 확인할 수 있다니 그게 더 스트레스 아니야?'

물론 다르게 생각하면 자신의 몸 상태를 스스로 조절할 수 있다는 뜻도 됐다. 어차피 이미 올라간 스트레스를 낮추기 위해서는 휴식을 취하면 된다. 이 세계에서 일주일하고도 삼일을 더 보내면서 깨달은 사실이었다.

이불 속에 파묻혀 상태창을 지켜보던 소녀의 귓가에 다시 집사의 목소리가 들려왔다.

"아가씨, 준비하고 계신 거지요?"

집사는 요즘 아침 8시만 되면 리리를 깨웠다. 아침을 먹어야 한다는 이유였지만 오늘따라 특히나 더 일어나기가 싫었다. 조금 전 증가한 스트레스 때문에 피곤함을 느끼는 걸 수도 있었다.

"몸이 좋지 않아서 그냥 쉬어야 할 것 같아."

"그래도 아침 식사는 하셔야……."

"으앗! 스트레스가 증가한다! 곧 병에 걸리겠어! 아이고, 나 죽어!"

집사는 소녀의 엄살에 할 말을 잃은 듯 조용해졌다. 하지만 그녀는 이미 이러는 것이 별 소용이 없다는 사실을 알고 있었다. 단정하고 아리따운 집사는 자신이 해야 할 일을 철저하게 지켰다.

소녀는 별 의미 없는 반항을 그만하고 몸을 일으켰다. 집사가 들어와 직접 깨우기 전에 스스로 준비를 하는 편이 나았다.

'오늘은 뭘 해볼까.'

멜비스 월드에 떨어진 지 열흘째. 그녀는 오늘 과연 어떤 일이 벌어질지 알 수가 없었다.

01. 메이커? 메이킹!

"하, 열심히 키웠는데."

화면에 떠 있는 예쁘장한 여자아이의 모습이 보였다. 어떤 부자의 첩이 되었단다. 돈 냄새 풀풀 풍기는 중년 남자에게 시집보내려고 열심히 키운 게 아니었는데! 게다가 뭐? 첩? 둘째 부인이라니!

"아, 내 뒷목."

왼손으로 뻐근하게 굳어오는 것 같은 뒷목을 주무르며 딸내미의 편지를 읽어 보았다. 키워줘서 고맙단다. 잘 살겠단다. 어차피 스스로 번 돈으로 자랐는데 고마울 것이 뭐 있나.

"그래, 스케줄 짜느라고 고생 좀 했지."

그녀는 PC방 야간 아르바이트를 하면서 간간이 클릭만 하면 되는 오래된 육성 시뮬레이션 게임에 빠져들었다. 열 살 어린 여자아이를 열여덟 살 성인이 될 때까지 키우는 일명 딸 키우기 게임. 딸에게 여러 가지 아르바이트와 교육을 시켜서 능력 수치를 올리면 성인이 되어 자신의 직업을 찾아, 그동안 길러준 플레이어에게 편지를 보내는 그런 게임이었다.

옛날에 열심히 했었던 생각도 나고 해서 나름대로 잘난 사람 만들겠다고 교육도 하고, 아르바이트도 기품이니 매력이니 여성스러운 능력치가 올라가게끔 노력했건만.

첩이 뭐냐, 첩이. 열여덟 살 곱디고운 내 딸을 첩실로 받아들이다니 열심히 키운 보람이 느껴지지 않잖아. 에이, 정말 십팔 세스럽네. 에이, 십팔 세.

이름까지 고심해서 지어주었던 첫딸이 돈 많은 귀족의 첩으로 들어가 앉았으니, 첫 번째 엔딩은 실패였다. 그것도 대실패.

"역시 에디터가 있어야 하나."

돈과 능력 수치를 원하는 대로 변경시킬 수 있는 프로그램인 에디터를 찾아서 사용하면 국왕 정도는 우습게 만들겠지. 지금이라도 에디터로 조정해서 내 딸에게 나라 하나 안겨줘? 하지만 재미가 없어질 것이 뻔했다. 어차피 좋은 엔딩 보려고 시작한 게 아니니까. 길고 긴 아르바이트 시간, 지루함과 졸음을 내쫓기 위해 시작한 게임일 뿐이니까.

"에이, 의욕 떨어져."

그녀는 구시렁거리며 게임을 끄려다가 화면에 떠 있는 엔딩 화면을 보고 잠시 멈추었다. 환하게 웃고 있는 딸의 얼굴이 보였다. 다시 보니 그리 나쁜 엔딩은 아니었다. 딸의 편지에서도 사랑받아 행복하다는 내용이 있었다.

하긴. 그래도 넌 나보다 낫잖아.

그녀는 쓰게 웃으며 게임을 꺼 버렸다. 그래도 교육이니 아르바이트니 다양한 경험을 해보고, 아빠라는 사람에게 사랑도 받았으며 자신을 챙겨주는 집사라는 존재도 있었다. 게다가 열여덟 살에 엔딩까지 보았다. 누구는 스물네 살이 다 되도록 엔딩 하나 보지 못해 이러고 있는데.

"아니지. 내 엔딩은 알바생인가."

야간에는 PC방 아르바이트, 아침부터 해가 넘어갈 때까지는 편의점 아르바이트로 하루 벌어 하루 먹고 사는 하루살이.

기분이 꿀꿀해진 그녀는 또 할 만한 게임을 찾아보기 시작했다. 이번에는 차라리 에디터로 돈 걱정 없이 마음껏 교육 시켜볼까. 교육받는 즉시 수치가 올라가는 것을 보는 재미도 쏠쏠했다. 현실에도 그런 시스템이 적용되어 있으면 사는 것이 조금이나마 편해질 텐데. 수치를 바로바로 확인하고, 자신에게 맞는 교육을 받고, 직업을 구하고.

턱을 괸 채 마우스를 클릭하던 그녀는 갑작스레 화면에 떠오른 팝업창을 보고 깜짝 놀랐다.

「원하는 것은 모두 이룰 수 있는 세상! 그곳으로 당신을 초대합니다.」

너무 과장이 심한 게 아닌가 했지만 광고는 으레 어떤 게임이든 큰 자유도와 재미를 보장한다. 그녀는 호기심이 생겨 팝업창을 클릭했다. 곧 게임 소개를 해놓은 홈페이지로 이동했다. 살펴보니 아이를 기르는 육성 시뮬레이션과 모험을 하며 레벨을 올리는 롤플레잉 시스템을 약간 섞어놓은 듯한 게임이었다.

'언제 이런 게임이 나왔지?'

방금 한 게임의 후속작은 아닌 것 같은데, 최신작인가.

육성 시스템을 소개한 화면에는 한 여자아이가 떠 있었다. 화면을 가득 채운 은색 머리카락과 보라색 눈동자를 지닌 소녀는 아무리 그림이라지만 감탄사가 절로 나올 정도로 예뻤다.

게다가 복장도 이제까지 해본 게임과는 달리 꽤 특이해서 마음에 들었다. 동양풍 전통문양이 들어가 있는 미니 드레스에, 쇄골까지 늘어져 있는 노리개가 달린 보라색 레이스 머리띠까지. 게다가 배경 또한 지금까지 해왔던 그 어느 게임보다 그래픽이 뛰어나 꼭 사진 같았다.

어머, 이건 꼭 해야 해.

홈페이지에는 게임 제목도 보이지 않았고, 그저 이미지 몇 개에 실행 버튼만 있는 것이 다였지만 확 끌렸다. 마치 그녀를 위한 게임 같았다. 그녀는 바로 「게임 시작하기」 버튼을 눌렀다.

다운로드가 시작되든 돈을 내라고 하든 게임을 실행하기 위한 변화가 나타날 것이라는 생각과 달리 바로 게임 창이 나왔다. 번거롭지 않아서 좋았다. 아마도 웹에서 바로 실행하는 플래시 게임인 것 같았다.

먼저 딸아이를 설정하는 화면이 나왔다. 특이하게도 그녀가 방금 했던 게임과는 다르게 딸아이의 혈액형과 생일, 아버지의 직업은 아예 정해져 있어서 수정을 할 수가 없었다. 대신 나이는 한 살부터 스무 살까지 선택할 수 있었다. 폭이 넓어도 너무 넓었다.

'한 살은 대체 어떻게 키우는 거야? 갓난아이를 우쭈쭈 돌봐주나?'

그것도 나름대로 재미있을 듯했지만 플레이 시간이 너무 길어지는 것은 사양이므로 열 살로 결정했다. 스무 살까지 있는 걸로 봐서 아마도 이 게임의 엔딩은 스무 살이 넘어야 볼 수 있는 모양이었다.

이름도 정할 수 있었다. 딸아이의 이름과 아빠의 이름을 지으라는 시스템창이 떠오르자 그녀는 빨리 실행시키고 싶은 마음에 대충 입력하고 넘어갔다.

이것이 첫 번째 실수였다.

곧 화면이 어두워지더니 오프닝 영상이 흘러나오기 시작했다. 복장으로 짐작했던 것처럼 동양풍이 섞인 세계관이 맞는지 현악기로 연주되는 간드러지는 배경음이 꽤 괜찮았다. 하지만 성우의 목소리가 나오자마자 상큼하게 스킵을 눌렀다. 얼른 게임을 시작하고 싶은 마음에 오프닝까지 다 볼 여유가 없었다.

이것이 두 번째 실수였다.

영상을 스킵하자 마지막 대사 한 구절이 그녀의 귓가를 때렸다.

'그럼, 잘 부탁한다. 부디 무사히 성장할 수 있기를.'

성우의 말은 아이의 육성을 플레이어에게 맡기는 게임이라면 으레 나올 법한 평범한 대사였지만 어쩐지 꺼림칙한 느낌이 들었다.

그 순간, 게임 화면이 하얗게 변하는가 싶더니 이내 모니터 전체가 빛에 휩싸였다. 그녀는 반사적으로 눈을 꼭 감았다. 화면에서 시작된 빛은 그녀를 완전히 삼켜 버렸다.

"아가씨, 일어나실 시간입니다."

게임이 시작됐구나. 생생한 목소리에 그녀는 천천히 눈을 떴다. 조금 전 그녀의 두 눈을 자극한 빛 때문인지 얼굴을 제대로 보기가 힘들었다. 그녀는 두 눈을 한참이나 비비적거리며 깜빡였다. 그리고 희미하게 보이는 얼굴에 살짝 멍해졌다.

'아따, 고놈. 잘생기기도 했다.'

"아가씨?"

키보드나 마우스를 조작하지도 않았는데 나긋나긋하고 부드러운 목소리가 다시 들렸다.

"뭐야, 나 대사 넘긴 적 없는데 왜 또 불러."

그녀는 일정 시간이 지나면 알아서 진행하도록 설정되어있나 싶어 손을 뻗어 마우스를 잡으려고 했다. 하지만 그녀의 손은 연신 허공에 헛손질만 해대고 있을 뿐 아무것도 잡히질 않았다.

"응? 뭐야."

"괜찮으십니까?"

몇 번 더 눈을 깜박이자 소년의 얼굴이 또렷하게 보였다.

요즘 세상 참 좋아졌구나, 이런 섬세한 그래픽이라니. 눈앞의 소년은 꼭 살아있는 인물 같았다.

투명하게 느껴질 정도의 새하얀 단발머리는 어깨 위에서 살랑거렸고 놀란 빛을 띤 황금빛의 눈동자는 그녀에게 고정되어 있었다. 피부는 이게 진정한 우윳빛이라는 생각이 들 정도로 뽀얗고 매끄러웠고 그 가운데 앵두 같은 입술이 유독 튀었다. 정말 오목조목 예쁘지 않은 곳이 없었다.

소년은 단정한 집사복을 입고 있었다. 게임에는 플레이어에게 게임 시스템을 설명해주고 진행을 돕는 도우미가 있는 경우가 있는데, 이 소년도 그런 종류로 보였다.

집사 복장 때문인지 성숙한 분위기를 풍겨 정확히 소년의 나이를 가늠하기는 어려웠지만, 선이 가는 얼굴과 전체적인 인상을 보니 기껏해야 10대 중반 정도 된 것 같았다. 그럼에도 어찌나 기품이 넘쳐흐르는지 고귀하고 성스럽게까지 느껴졌다. 따스한 햇볕을 가득 담아놓은 것 같은 눈동자와 눈이 부실 정도로 새하얀 머리카락이 더욱 그런 느낌을 자아내고 있었다.

'아이고, 괜찮습니다. 미천한 것에게 신경 써주셔서 감사하옵나이다.'

저절로 감사 인사를 하고 싶어질 정도였다.

"아가씨?"

그녀는 듣기 좋은 미성에 저도 모르게 감탄사를 내뱉었다.

"와, 어쩜. 목소리도 예술. 이 정도로 미친 그래픽과 더빙이라니 이런 게임을 왜 이제야 알게 되었지? 진짜 살아있는 것 같네? 우와."

"네? 그게 무슨 말이신지……."

그 말에 집사는 고개를 갸웃거리며 되물었다. 그녀는 그제야 뭔가 이상하다는 것을 깨달았다.

'얘 왜 나랑 대화하는 것 같지?'

그녀는 바로 입을 열었다.

"야."

"네, 아가씨."

'응?'

그녀가 부르자 집사는 살짝 고개를 숙이며 곧장 대답했다.

이 게임, 음성 인식까지 되는 게임이었어? 그렇게 생각하려고 애써보았지만 점점 주변 상황이 눈에 보이기 시작했다.

'모니터가 이렇게 컸나? 왜 시선을 내리니까 집사의 몸이 보이지? 언제부터 이 게임이 3D였는데? 더구나 너무 생생해! 마치 게임 속으로 들어온 것 같잖아!'

"괜찮으십니까?"

연신 주위를 두리번거리며 당황하는 그녀의 모습이 이상한지 집사는 걱정 가득한 표정으로 물어왔다.

"마, 말도 안 돼."

그녀는 자신이 처한 상황을 믿을 수가 없어 멍하니 중얼거렸다. 집사는 그 모습을 바라보다가 손을 뻗어 그녀의 이마에 댔다. 작은 주인이 혹시 열이라도 있나 확인해 보려는 행동이었다. 그녀는 이마에 닿는 서늘한 감촉에 정신이 확 들었다.

게임 속 캐릭터가 모니터 밖으로 손을 내밀어 이마를 짚고 있다니?

그녀는 자신의 몸을 내려다보았다. 조금 전까진 분명히 PC방 카운터에 있는 의자에 앉아있었건만 어느새 침대에 앉아 보드라운 이불을 덮고 있었다.

살짝 떨리는 손으로 이불을 걷어 올리니 아기자기한 잠옷을 입고 있는 작고 마른 몸이 보였다. 그녀는 못 볼 것이라도 본 기분이 들어서 서둘러 이불을 내려놓았다. 하지만 곧이어 펼쳐 본 자신의 양손 역시 하얗고 자그마하다는 사실을 깨닫고는 멍하게 쳐다볼 수밖에 없었다.

'설마……'

그녀는 벽에 있는 거울을 발견하자마자 침대에서 내려와 그쪽으로 달려갔다. 그리고 은색 머리카락, 보라색 눈동자를 지닌 어린 소녀를 보자마자 소리를 꽥 지르고 말았다.

"이게 대체 뭐야!"

눈앞에 보이는 어린 소녀 역시 그녀의 말을 따라 하는 듯 뻐끔거렸다. 팔을 이리저리 휘두르며 확인해보았지만 소녀는 거울에 비친 그녀의 모습이 맞는 모양이었다. 그 모습을 바라보던 집사가 말했다.

"아가씨, 대체 무슨 일이시죠?"

그녀는 이 말도 안 되는 일을 어떻게 설명해야 할지 알 수가 없었다. 머릿속에 있는 생각들이 뒤죽박죽 뒤엉켜 혼란스러웠다.

"나야? 지금 보이는 이게 정말 나란 말이야? 내가, 내가……. 너무 어리잖아!"

"네? 아가씨는 오늘 생일을 맞이하셔서 막 열 살이 되셨습니다. 오늘은 아무런 일정이 없습니다만, 원하시는 것이 있다면 말씀해주십시오."

집사의 말은 정중했지만, 그녀는 귀에는 "너는 오늘부로 열 살이 되었다. 네가 열 살을 선택했기 때문이다. 이제 앞으로는 플레이어 마음대로 굴려질 거란다. 넌 게임 캐릭터니까. 네 인생은 이제 끝이라고." 라고 들려왔다.

동시에 그녀가 그동안 해왔던 게임들이 주마등처럼 스쳐 지나갔다. 그녀가 시키면 시키던 대로 뼈 빠지게 일해서 돈을 벌고, 그 돈으로 살림을 꾸려가야 했던 게임 속 딸. 딸의 일정은 모두 플레이어인 부모가 정해주었다. 딸의 자유는 전혀 없었다.

그녀는 멍하니 집사를 올려다보았다. 하지만 상황 파악을 제대로 끝내기도 전에 허공에 게임 시스템창이 주르륵 떠올랐다.

† 정신적인 충격으로 스트레스가 10 증가했습니다.

† 스트레스가 10 증가했습니다.
† 스트레스가 10 증가했습니다.
† 스트레스가 10 증가했습니다.

　이내 「높은 스트레스를 감당할 수 없어 몸에 이상이 찾아왔습니다.」라는 최종 시스템창과 함께 그녀는 까무룩 정신을 놓고 말았다.

　집사, 안젤리노는 지금 이 상황을 이해할 수가 없었다.
　은가루를 뿌려 놓은 듯 찬란하게 빛나는 은색 머리카락, 빛에 따라 오묘한 색상을 보여주는 보라색 눈동자, 뽀얀 복숭아 뺨과 뚜렷한 이목구비. 마치 오목조목 세심하게 만든 인형 같은 아가씨는 그가 모시고 있는 작은 주인님이었다.
　그가 아가씨를 모신지도 벌써 10년이나 지났다. 사실 「모셨다」고 보기에는 어려웠다. 작은 주인님은 이제까지 말을 한마디도 하지 않았고, 다른 어떤 반응도 보이지 않았으니까. 그저 먹고, 자고, 앉고,

걷고, 씻는 「움직이는 인형」에 불과했다. 왜 그러는지 답답했지만 그 이유를 알 길도 없었고 달리 해결 방법이 있는 것도 아니었기에 안젤리노와 그의 주인님은 최대한 그녀를 잘 보살피려고 애써왔다.

하지만 오늘 아침 갑자기 아가씨에게 생기가 돌아왔다. 유리구슬처럼 투명하던 눈동자에 열기가 떠오르고 부담스러울 정도로 반짝이며 그를 올려다보았다. 그는 그 갑작스러운 변화에 주인님께 보고해야 한다는 생각을 하지 못할 정도로 놀랐다. 성큼성큼 걷기도 하고 가녀린 팔을 휘휘 움직여보기도 하다가 곧 올망졸망한 입술을 열어 이것저것 당차게 질문을 던지는 모습이 감격스러웠다.

작고 어여쁜 아가씨가 깜찍한 눈망울로 빤히 바라보는 모습에 사랑스러움을 느끼고 슬쩍 웃음을 머금었는데, 갑자기 아가씨의 스트레스가 급증하더니 그대로 기절했다.

"아니, 대체 왜? 왜 내 얼굴을 빤히 보다가 스트레스를 받으신 거지?"

그는 온몸이 뜨겁게 끓어오르고, 미약한 숨을 간신히 내뱉는 작은 주인님을 급히 침대에 눕힌 뒤 주인님에게 연락을 취했다. 주인님은 한걸음에 달려왔다.

상황을 보고받은 주인님은 침대 위에서 숨을 헐떡이며 괴로워하는 딸을 안타깝게 바라보다 직접 치료하겠다고 했다. 그의 주인님은 대륙에 네 명밖에 없다는 최상급 주술사로, 대륙에서 유일무이한 치료 능력을 지닌 분이시기도 했다.

주인님이 아가씨에게 다가선 순간, 열띤 숨결을 내뱉던 아가씨의 붉은 입술이 달싹였다. 거친 호흡 때문에 알아듣기 어려웠던 주인님이 조금 더 가까이 다가갔다.

파르르 떨리던 아가씨의 속눈썹 사이로 열 때문에 흐릿해진 보라색 눈동자가 드러났다. 주인님은 걱정스러운 눈빛으로 말했다.

"괜찮나?"

하지만 들려온 대답은 충격적이었다.

"시……이발. 꺼져."

아가씨는 그 말과 함께 까무룩 정신을 놓아버렸다. 공기가 한순간에 차갑게 얼어붙었다.

충격으로 그 자리에서 굳어있던 안젤리노는 뒤늦게 주인님이 받으셨을 상처가 떠올라 분위기를 수습하려고 애쓰기 시작했다.

"겨, 결코 주인님께 하신 말이 아닐 겁니다. 고통 때문에 저절로 나온 욕이 아닐까요? 주인님께 욕할 이유가 없잖습니까?"

어떻게든 이해시키려고 애쓰는 그의 말에도 주인님은 아무 말 없이 아가씨에게 치료 주술만 걸어주고 방문을 나섰다. 안젤리노는 아가씨의 병간호 때문에 따라가지도 못하고 그 비틀거리는 뒷모습만 바라보아야 했다.

그녀는 무겁게 느껴지는 눈꺼풀을 간신히 들어 올려 천장을 바라보았다. 불투명한 막이 낀 듯 뿌옇게 흐려져 앞이 제대로 보이지 않았다. 그녀는 눈을 천천히 깜빡이며 지금까지의 일이 혹시 꿈이었는지 고민했다.

물론 그녀를 아가씨라고 부르며 병시중을 드는 집사의 모습을 비몽사몽 간에 봤던 기억도 났고, 스트레스가 증가하거나 감소했다는 시스템창 소리도 계속 들은 기억이 있으니 꿈일 리가 없었다.

'대체 왜 이런 일이 벌어진 거지?'

그녀는 그저 흥미로워 보이는 게임을 발견하고 실행했을 뿐이었다. 게임에 문제가 있으면 컴퓨터가 망가져야지 왜 자신이 이런 꼴로 누워있어야 하는지 이해할 수가 없었다.

"아, 아가씨. 일어나셨군요."

화사한 백발을 지닌 소년, 집사 안젤리노가 그녀에게로 다가왔다. 그는 소녀의 이마 위에 손을 올려 열을 재보았다. 아직 미열이 남아있지만 다행히도 큰 문제는 없어 보였다. 스트레스 역시 많이 줄어들어 이제 곧 일어나실 수 있을 것 같았다.

"내가 왜 이런 꼴이야?"

"병에 걸려 쓰러지셨지요."

"아니, 내가 왜 이런 몸이냐고. 응? 말 좀 해봐."

그녀가 집사의 옷을 붙잡고 늘어졌다. 또다시 스트레스가 오르는 것이 느껴졌다. 그는 황급히 그녀를 다독였다.

"스트레스가 오르면 또 병에 걸릴지도 모릅니다. 자, 저를 따라 심호흡을 하세요. 후, 하. 후, 하."

"후, 하. 후, 하."

소녀는 집사가 알려준 심호흡을 그대로 따라 했다. 하지만 그것도 소용없이, 그녀는 또다시 오른 스트레스 때문에 거의 발작과 다름없는 소란을 피우다 까무룩 정신을 잃고 말았다.

그 이후로도 집사의 정성 가득한 병간호로 정신을 차리면 현실을 인정할 수 없는 그녀는 소란을 부렸고 다시 스트레스가 증가했다. 그리고 이어지는 병의 악화.

계속 반복되는 상황에 오히려 집사가 스트레스를 받아 병에 걸릴 지경이었다.

드디어 현실을 인정하기로 했다.

대체 어떻게 된 일이냐며 머리 싸매고 고민해봐야 남는 것은 스트레스 증가뿐이었다. 간신히 정신을 차린 그녀는 일단 상황을 정리하기로 했다.

"상태……."

그녀의 중얼거림이 끝나기도 전에 눈앞에 상태창이 펼쳐졌다.

"체력 50에 근력이 30……. 스트레스는 33이라……. 하, 기가 막혀."

정말로 게임 시스템이 그대로 적용되어 있었다.

물론 이제까지 시스템창이 뜬 건 봤었지만, 그렇다고 능력치를 숫자로 나타낸 상태창이 뜰 줄은 몰랐다. 그냥 혹시나 해서 말해본 건데. 소녀는 보통 게임 시스템창이 또 뭐가 있나 생각하다가 속으로 외쳤다. 상태창이 말이 끝나지 않았는데도 나온 걸 보면 굳이 소리 내어 말할 필요가 없는 것 같았기 때문이었다.

'아이템창!'

그녀의 생각이 맞았는지 조금 전과는 다른 모양의 시스템창이 떠올랐다. 창에는 착용 중인 옷과 장신구가 들어있었다.

'스킬창!'

이번에는 텅 빈 창이 떠올랐다.

소녀는 기억을 더듬으며 그 외에도 있을만한 시스템창은 모조리 속으로 외치기 시작했다. 곧 허공이 나타난 시스템창으로 가득했다.

'정보창은 있고, 앨범은 없고, 게임 설정이나 캐릭터 변경, 로그아웃창도 없네.'

그녀는 일단 정보창을 살폈다. 아직도 자신이 게임 속에 들어와 캐릭터가 되었다는 것이 도무지 믿기지 않았다. 하지만 정보창에 떠 있는 이름을 본 순간 더 이상 지금의 현실을 외면할 수가 없었다.

롤리폴리 페레로.

분명 그녀가 게임을 실행할 때 빨리 게임을 시작하고 싶은 마음에 입력한 과자 이름이었다.

"아, 이럴 줄 알았으면 이름 좀 예쁘게 지어줄걸."

소녀는 머리를 쥐어뜯으며 혹시 이름을 변경할 수 없나 이것저것 살펴봤지만 아무래도 그런 건 없는 것 같았다.

"롤리폴리라니! 너무 우스꽝스럽잖아!"

그 순간 다시 시스템창이 나타났다.

† 스트레스가 5 증가했습니다.

그녀는 굳은 채로 그 창을 쳐다보다가, 집사가 알려준 심호흡을 하며 마음을 가라앉히려고 노력했다. 또다시 앓아누울 수는 없었다.

"그래, 리리. 리리로 하자. 다른 사람에게도 리리라고 소개하면 되잖아. 애칭이라고 하면 되지, 뭐."

그녀는 반쯤 체념한 말투로 중얼거렸다. 다행히 스트레스 증가를 알리는 시스템창은 더 떠오르지 않았다. 리리는 가슴을 쓸어내렸다.

그 뒤로 리리는 계속 시스템창들을 열고 닫으면서 이것저것을 살폈다. 딱히 창을 불러내는 지정된 명령어나 키워드는 없었고 그냥 뜻만 통하면 되는 모양이었다. 심지어는 손만 휘저어도 창이 없어졌다.

또한 조금 전 스트레스 증가를 알려준 창이 얼마 지나지 않아 사라진 반면 상태창이나 아이템창 등은 계속 남아있었다. 아마 저절로 사라지는 것과 따로 없애기 전에는 계속 떠 있는 것으로 나뉘는 것 같았다.

리리는 이번에는 화장대로 걸어갔다. 거울에 비친 소녀의 모습을 바라보며 허탈한 웃음을 짓던 그녀는 이내 화장대를 살며시 쓸어내렸다. 매끄럽게 잘 다듬은 돌의 차가운 감촉이 손가락을 타고 느껴졌다. 입고 있는 옷 역시 만져보았다. 무척 부드러운 생생한 느낌이 온몸으로 전해졌다.

"그래. 될 대로 되라지."

그동안 화내고, 소리 지르고, 울고, 아파하며 원래 있던 세계로 보내달라고 온몸으로 항의했지만 소용이 없었다. 왜 이런 일이 벌어진 것인지는 알 수 없지만 그녀의 힘으로 해결할 수가 없는 일이었다.

"포기하면 편해."

리리는 속세를 벗어던진 도인과 비슷한 웃음을 흘리며 중얼거렸다. 피할 수 없으면 즐기라는 말 역시 떠올렸다.

생각해보면 나쁜 일도 아니었다. 오히려 기회라고 볼 수도 있었다.

「원하는 것은 모두 이룰 수 있는 세상!」

게임 슬로건이 바로 이것 아니었던가.

이 게임의 시스템이 어떤지는 정확히 모르겠지만, 일단 능력치가 숫자로 표시되어 있고 그 수치를 상태창에서 즉각 확인할 수 있다는 것만 해도 현실과 비교하면 획기적이었다.

더구나 보통 게임에는 언제나 주인공에게 호의적인 캐릭터들이 있지 않은가. 특히 양육을 맡은 아버지라는 존재와 곁에서 지켜주는 집사는 현실에선 결코 얻을 수 없는 것이었다.

"그래. 이왕 이렇게 된 일, 잘 성장해주마."

게임 플레이한다고 생각하지, 뭐. 가상현실 게임. 가상현실 게임을 소재로 한 소설은 많이 읽어 봤으니까.

그렇게 생각하자 마음이 편안해졌다. 물론 로그아웃도 없고, 체감도 역시 100%지만 20세까지만 성장하면 그 이후에 엔딩이 나올지도 몰랐다. 설정할 수 있었던 최대 나이가 스무 살이었으니까.

그 후에는 현실로 돌아갈까, 아니면 그대로 게임 오버가 될까?

'게임 오버는 어쩐지 슬프지만.'

어차피 현실로 돌아간다고 해도 반겨주는 사람은 아무도 없었다. 부모님도, 친구도. 현실 세계에서 그녀가 예측할 수 있었던 엔딩은 「하루살이」였을 뿐이었다.

스물네 살, 무엇이든 할 수 있는 나이였지만 리리는 죽지 못해 살아가는 부류였다. 고아였던 그녀는 별다른 목표도 기대도 없이, 흘러가는 시간에 몸을 맡기고 하루하루 나이만 먹어 갔다.

"혹시…… 신의 선물일까?"

리리는 한참이나 찾지 않던 신을 떠올렸다. 현실 세계에서 아무것도 가지지 못한 그녀가 불쌍해 새로운 기회를 주신 건가.

그럼 언제까지 여기에 있을 수 있는 걸까?

리리는 거울을 들여다보았다. 아무리 봐도 화려한 꽃들이 등 뒤에 펼쳐져 있는 것 같은 어마어마하게 예쁜 소녀였다.

'그래, 이렇게 뛰어난 미모의 소녀가 됐으니 기뻐해야지.'

또 지금 그녀가 있는 방은 자그마한 여자아이의 방이라고 믿기 힘들 정도로 컸다. 리리가 입고 있는 옷은 그녀의 눈동자와 비슷한 색상의 미니드레스로 동양의 향기가 물씬 풍기는 문양들이 잔뜩 수놓아져 있었다. 혹시나 해서 속으로 아이템 확인을 생각하자 「평상복/고급 비단으로 만들어져 편안하게 입을 수 있는 옷」이라는 정보가 떠올랐다.

고급스러운 재질의 옷과 커다란 방. 영락없는 부잣집 딸내미였다.

그것뿐이랴, 그녀를 아가씨라고 부르며 챙겨주는 집사라는 사람이 있는 것만 해도 황송한데 그 집사의 외모 또한 대단했다. 리리는 그렇게 아름다운 사람을 태어나서 처음 보았다.

배우 중 독보적이라는 연예인을 한번 스치듯이 볼 기회가 있었지만 그보다 훨씬 미모가 뛰어났다. 그런 사람이 그녀를 극진히 모시는데 기분이 나쁠 리가 없었다.

생각하면 할수록 모든 상황이 리리에게 나쁠 것이 없었다.

'상태창.'

조금 차분해진 그녀는 다시 상태창을 열었다. 이번에는 게임 시스템이 아니라 리리 자신에 대해서 살피기 시작했다.

† 체력	50	† 근력	30
† 지력	30	† 감수성	30
† 매력	300	† 기품	50
† 도덕성	10	† 성품	10
† 스트레스	0		
† 전투기술	20	† 명성	100
† 공격력	20	† 방어력	10
† 주술력	50	† 주술(무속성)	30
† 성력	???		
† 예의범절	10	† 화술	30
† 예술	20	† 요리	20
† 가사	20		

매력과 명성만 제외하고 나머지는 모두 20~30, 높아야 50 정도였다. 그녀는 50에 머물러 있는 체력을 보며 한숨을 내쉬었다.

'이러니 툭하면 억 쓰러지지. 아, 이런 몸으로 어떻게 살라는 거야. 게다가 주술력? 성력? 이건 뭐야. 아예 물음표로 표시되어 있네. 뭐지?'

리리는 나중에 집사에게 물어봐야겠다고 생각하며 다른 창을 불렀다.

'아이템창.'

창에는 착용 중인 옷과 머리장식만 들어 있었다.

리리는 이걸 어떻게 사용하나 고민하다 옷에 매달려 있는 복주머니 같은 작은 가방이 아이템창과 이어져 있는 걸 발견했다. 혹시나 해서 화장대 위에 있던 빗을 가방에 넣어보니 아이템창에 「빗」이 새로 나타났다. 다른 물건 몇 개를 더 넣어보자 역시 아이템창에 물건의 이름과 모습이 나타났는데, 정작 가방 안에는 물건이 보이지 않았고 무게도 전혀 느껴지지 않았다.

리리는 옷장으로 다가가 옷장 안에 있는 옷도 한 벌 넣어보았다. 가방이 작아서 들어가지 않을 것 같았는데 끝만 조금 넣자 빨려 들어가듯 안으로 들어갔다.

그녀는 얼마나 들어갈 수 있을까 궁금해져 옷장 속에 있는 옷을 모조리 넣어보았다. 하지만 가방은 여전히 무게도 느껴지지 않고 텅 비어 있었고 칸 또한 계속해서 늘어났다.

'근데 어떻게 꺼내지?'

신기한 마음에 일단 전부 넣고 봤는데 가방 속을 휘저어도 아무것도 만져지지 않았다. 한참을 헤매던 그녀는 이 가방 역시 시스템창의 일부분이라는 사실을 깨닫고 명령을 시도했다.

'아이템 사용.'

처음 집어넣었던 빗을 선택한 뒤 명령을 하니 손에 빗이 나타났다.

굉장히 신기하고 재미있는 일이었다. 리리는 몇 번이나 물건을 넣고 꺼내보았다. 나중에는 시스템창처럼 꼭 명령어를 쓰지 않아도 그냥 빗을 떠올리거나 '내놔', '줘'와 같이 생각만 해도 물건을 토해낸다는 걸 알았다.

'그럼 넣을 때도 똑같겠네.'

리리의 생각은 정확했다. 굳이 가방을 통하지 않고 「보관」과 같은 명령을 떠올리거나 넣자는 생각을 하는 것만으로도 그 물건이 아이템창에 들어갔다. 심지어는 방 안에 있던 가구들도 전부 넣을 수 있었다. 물건의 크기와 무게는 전혀 상관없는 모양이었다.

리리는 마지막으로 아이템창에 있는 옷 중 하나를 선택한 뒤 「아이템 사용」을 시도해보았다. 입고 있는 옷이 순식간에 선택한 옷으로 바뀌었다.

"와! 이거 진짜 편하네!"

그녀가 감탄사를 내뱉었다. 언제 어디서든 옷 하나는 간편하게 갈아입을 수 있겠다는 생각이 들었다.

이 외에도 다른 기능이 있나 궁금했지만 알아볼 수가 없었다. 불친절하게도 도움말 따위는 나와 있지 않았기 때문이다.

그녀는 상태창과 아이템창을 모두 닫고 다시 한 번 정보창을 열었다. 정보창에는 이름과 키, 몸무게 등 신체 정보와 생일이 1월 1일이라는 것, 그리고 허약하고 예민해 스트레스에 약하다는 평가 등이 있었다.

리리는 그중에서 「소지금−권한 없음」이라고 적혀있는 항목이 가장 신경 쓰였다. 딱 보니까 부잣집처럼 느껴져 조금 기대했었는데.

게다가 나이.

"열 살이라니. 아, 뒷목. 내 나이 스물네 살에 다시 열 살부터 시작이라니. 십 세라니, 이런 십세 같은 일이! 아오, 십세!"

"······네? 네?"

안젤리노는 리리의 방에 들어오자마자 걸쭉하게 들려오는 혼잣말에 얼어붙었다. 노크를 하며 들어가겠다고 여러 번 말해보았지만 대답이 없어 조심스럽게 문을 열었을 뿐인데, 저 고운 아가씨 입에서 무슨 말이 흘러나오는 것인가. 비록 뜻은 알아들을 수 없었지만 굉장히 나쁜 말이라는 것 정도는 감으로 알 수 있었다.

하지만 리리는 집사의 상태를 신경 써줄 겨를이 없었다. 그녀는 잘 만났다는 듯이 활짝 웃으며 말을 내뱉었다.

"에디터 내놔."

"네?"

"에디터 말이야. 수치 조절하고, 돈 조절하고, 그 밖에 나이까지 조절할 수 있는 에디터! 당장 스무 살로 돌려놓겠어!"

"그게 무슨······."

안젤리노는 당황한 얼굴로 그녀를 보았다. 그의 반응을 본 리리가 혀를 차더니 뒤로 물러났다.

"하긴. 네가 뭘 알겠냐. 됐다, 됐어. 말을 말자."

현실이든 가상현실 게임이든, 어쨌건 게임 속 캐릭터가 캐릭터의 수치를 마음대로 조절할 수 있는 에디터에 대해 알고 있을 리가 없었다.

"에디터가 있을 거야. 있어야 해. 이왕 보내줄 거면 에디터도 첨부해서 보내주지!"

거의 자학 수준으로 자신의 머리카락을 잡아당기며 발악을 하는 리리를 멍하니 바라보던 안젤리노가 퍼뜩 정신을 되찾았다. 그는 차분하고 이성적인 성격이라는 평을 받고 있음에도 리리의 갑작스러운 변화 앞에서는 거세게 흔들릴 수밖에 없었다.

리리 자체가 폭풍 같았다.

"아가씨. 주인님께서 기다리고 계십니다."

"응? 나를 왜?"

안젤리노는 당황했다. 아가씨는 이제까지 인형처럼 의사표현을 전혀 하지 않았다. 언제나 그가 이끄는 대로 움직였던 그녀였기에 지금껏 이런 식으로 되묻는 일이 없었다. 그래서 지금 어떻게 대응해야 할지도 알 수 없었다.

그는 마음을 가다듬고 최대한 차분하게 설명을 덧붙였다.

"주인님께서 아가씨의 다음 주 일정을 정하고 계십니다. 그동안은 주인님께서 혼자 결정하셨습니다만, 아가씨가 의사를 표현하기 시작하셨으니 최대한 원하는 대로 해주실 생각인 것 같습니다."

그제야 리리는 육성 시뮬레이션 게임이니 스케줄을 짜는 창도 있을 거라는 사실을 떠올렸다.

'일정창.'

새로 뜬 창에는 리리가 할 수 있는 일이 크게 교육과 아르바이트로 나뉘어 있었다. 각각 설명과 드는 비용 혹은 수입이 적혀있었지만 직접 스케줄을 짤 수는 없었다. 창에는 소지금과 마찬가지로 「권한 없음」이라고 떠 있었으니까.

"내 일정을 왜 그 사람이 짜."

물론 육성 시뮬레이션은 게임을 하는 플레이어가 아이나 동물을 키우는 게임이다. 그 딸의 몸에 빙의한 이상 누군가가 스케줄을 짜주는 것은 당연했다. 아니, 게임이 아니라 현실일지라도 어린 딸의 일정은 보통 부모가 정해주지 않던가. 하지만 리리는 누군가가 짜준 스케줄에 순순히 따르고 싶지 않았다.

　"내 일정은 앞으로 내가 짤 거야. 그렇게 전해."

　"음, 아가씨. 그런 중요한 이야기는 직접 하시는 편이……."

　"싫은데."

　"주인님께 사과하실 것도 있으니 대화를 나누어 보시는 게 좋을 것 같습니다."

　"사과? 무슨 사과?"

　안젤리노는 리리가 병을 치료해주던 주인님께 욕설을 내뱉었다는 이야기를 해주었다. 반사적으로 발뺌하려던 리리의 머릿속에 흐릿하게 기억이 떠올랐다.

　더웠다 추웠다를 반복하고 온몸을 얻어맞은 양 구석구석 쑤시지 않는 곳이 없어 끙끙거리던 중이었다. 리리는 이러다가 죽을 수도 있겠구나 하고 생각했다. 그리고 억울해졌다. 왜 이런 일을 겪게 된 건지, 원래 이렇게 죽을 운명이었던 건지.

　그녀는 혼미해지는 정신을 가까스로 붙잡으며 이렇게 죽을 수는 없다고 생각했다. 삶에 미련 따윈 없다지만 새로운 세계에 들어오자마자 죽음이라니 너무 어이없지 않은가. 리리는 무거운 눈꺼풀을 억지로 들어 올리다가 누군가와 눈이 마주쳤다.

　너무 흐릿해서 제대로 보이지는 않았지만 온통 새카만 남자였다.

유난히 창백한 얼굴빛을 한 그를 본 순간, 그녀는 원래 자신이 죽을 운명이었는데 뭔가 문제가 생겨 게임 속으로 들어와 버린 거라고 판단했다. 상대가 자신을 데리러 온 저승사자라는 생각이 들어 이렇게 죽을 수 없으니 꺼지라며 욕설을 내뱉어 주었을 뿐인데……

"저승사자가 아니었나 보네."

리리가 어색한 웃음을 흘렸다.

'분명 한국말로 한 욕일 텐데 그걸 알아들었나? 아니면 자연스럽게 이곳 말로 욕한 건가?'

그러고 보니 지금도 집사와 아무렇지 않게 대화를 나누고 있는 말도 한국어가 아니었다. 들리는 말도 그녀가 하는 말도 모두 이 세계의 언어였다. 지금까지는 너무 자연스러워 느끼지 못했을 뿐이었다.

'자동 번역인가? 음, 그건 아닌 것 같은데.'

리리는 머릿속으로 한국어를 떠올렸다가 다시 이곳 언어를 떠올렸다. 아무래도 번역이라기보단 두 가지의 언어를 구사할 수 있게 된 것 같았다.

처음 듣는 언어인데도 자연스럽게 해석이 되고, 또 말할 수 있다는 것은 무척 신기한 일이었다. 말 뿐만 아니라 한글과 이곳의 글자 둘 다 떠올랐다. 무슨 능력자가 된 기분이었다.

어쨌든 본의 아니게 아빠라는 사람에게 이곳의 욕설을 내뱉은 모양이었다. 한국어로 보면 시발과 비슷한 수준의 욕을. 그건 분명 잘못한 일이니 사과는 해야겠다고 생각했다.

그래서 리리는 스케줄을 정하는 이야기도 직접 할 겸 게임 속으로 들어온 후 가장 얌전한 모습으로 집사의 뒤를 따라갔다.

저택의 크기는 어마어마했다. 그녀의 방만 해도 엄청났으니 당연한 일이었다. 리리는 집사의 뒤를 따라가며 자칫하다가는 집 안에서 길을 잃을지도 모르겠다고 생각했다.

집사는 어느 방 앞에 멈추었다.

"여기가 그 남자의 방이야?"

"그 남자라뇨. 아빠라고 부르셔야지요."

"아빠는 무슨. 누가 내 아빠야."

집사는 어이없는 표정으로 그녀를 바라보았다. 솔직히 집사의 입장에서는 당연한 말이라는 걸 알면서도 아빠라는 말에 짜증이 났다. 그녀는 이미 24년 동안 부모 없이 살아왔다. 아빠와 엄마의 부재는 당연했다.

그런데 갑자기 얼굴 한 번 본 적 없는 생판 남에게 아빠라니. 게임상 설정이라는 걸 생각하면 아빠라는 사람이 있기야 하겠지만, 그건 리리와 상관없는 일이었다. 그녀에겐 아빠가 없으므로. 앞으로도 없을 것이므로.

"아가씨, 어떻게 그런 말씀을 하십니까. 주인님이 들으시면 섭섭하시겠어요."

"섭섭할 건 또 뭐야. 난 인정 못 해. 배 째."

여기가 꿈속이 아니라는 걸 인정하긴 했지만 그것과 이 세계를 받아들이는 것은 별개였다. 언제 갑자기 현실로 되돌아갈지도 모를뿐더러, 눈앞의 집사만 해도 그냥 게임 캐릭터지 실제 사람으로 여겨지지 않았다. 리리는 그런 이에게 딱히 조심스럽게 대해야 할 이유를 느끼지 못했다.

"아가씨. 설마 주인님 앞에서도 이러실 겁니까?"

"아빠라고 우겨대면, 뭐."

순간 눈앞에 시스템창이 떴다.

    † 도덕성이 5 하락했습니다.
    † 성품이 3 하락했습니다.
    † 예의범절이 10 하락했습니다.

갑자기 수치가 하락하자 리리는 확 열을 받았다. 아니, 아빠가 아닌 사람에게 아빠라고 부르지 않겠다는데! 더욱 짜증이 솟아오른 리리가 자신의 방으로 돌아가기 위해 몸을 돌렸을 때였다.

"무슨 일인가."

갑자기 방문이 열리더니 아빠라는 남자가 모습을 드러냈다. 안젤리노는 아가씨의 말을 주인님이 들으셨을까 봐 얼어붙었고, 리리도 문이 열리는 소리에 무심코 뒤돌았다가 마찬가지로 얼어붙었다.

그 어색한 분위기는 이어진 리리의 한마디에 녹아버렸다.

"아, 아빠느님."

안젤리노는 순식간에 얌전한 꼬마 아가씨로 변해 두 뺨을 발그레 물들인 리리를 바라보며 할 말을 잃었다. 남자는 묘한 열기를 뿜어대는 리리의 눈동자를 마주 보지 못하고 묵묵히 집사에게로 시선을 돌렸다.

리리는 건너편 소파에 앉아 있는 남자를 넋 놓고 바라보고 있었다.

아빠라는 남자의 방은 리리가 머물고 있던 방보다 두 배 이상 컸는데, 그중 절반이 책으로 채워져 있었다. 아무래도 서재 비슷한 방인 듯했다. 그리고 나머지 반은 침대로 사용해도 될 만큼 크고 푹신해 보이는 소파와 혼자 사용하기에는 무척 커 보이는 테이블이 있었다. 그녀는 앞에 있는 남자가 안경을 쓰고 소파에 기대어 책을 읽는 장면을 상상하다 히죽 웃어 버렸다.

남자는 의미를 알 수 없는 리리의 미소가 무서웠다. 그는 테이블 위에 안젤리노가 준비해둔 차를 마셨다. 무슨 말을 하긴 해야 할 것 같은데 이런 분위기는 그에게 무척 낯설었다.

갑자기 생긴 딸. 쉽게 깨어지는 유리구슬 같아 혹시라도 부서질까 두려워 안을 수조차 없었던 갓난아기는 어느새 10년이라는 시간이 흐르면서 훌쩍 컸다. 하지만 아무런 감정을 비치지 않았던 인형 같은 딸아이와 서툴고 어색한 아빠 사이에 끈끈한 정 같은 것이 있을 리가 없었다. 아니, 그는 집사 안젤리노에게 리리를 거의 맡기다시피 한 채 얼굴도 몇 번 마주친 적이 없을 정도였다.

그래도 딸아이를 아끼는 마음은 언제나 있었는데……. 처음으로 들은 목소리가 욕설과 꺼지라는 말인 걸로 모자라 조금 전에는 누가 아빠냐는 충격적인 말까지 듣고 말았다.

그는 안젤리노의 걱정대로 방문 앞에서 투닥거리는 두 사람의 대화를 모조리 들었다. 그가 뛰어난 오감을 지닌 최상급 주술사이기도 했지만, 평범한 사람이었대도 그렇게 큰 소리로 주고받는 대화를 못 들었을 리가 없었다.

"몸은…… 괜찮나."

결국 큼큼거리며 잠시 헛기침을 하던 그가 인사말을 던졌다. 그동안 집사에게 리리의 병세에 대한 보고를 계속 받아왔지만 여전히 걱정스러운 것은 어쩔 수 없기 때문이었다. 그동안은 아픈 적도 없었기에 갑작스러운 리리의 병세가 더욱 크게 느껴졌다.

그는 간신히 꺼낸 말에도 입을 살짝 벌린 채 아무 대답 없이 자신을 빤히 바라보는 리리의 반응에 당황했다. 혹시 무슨 실수를 한 게 아닌가 걱정스러웠다. 조금 더 부드러운 말투로 얘기 했어야 했나. 이제까지 무슨 대화를 해봤어야 어떤 말투를 좋아하는지 알지.

'혹시 아플 때는 코빼기도 비치지 않더니 이제 와서 걱정하는 척한다고 생각하는 건가?'

물론 정작 당사자인 리리는 그가 그런 생각 중이라는 사실을 꿈에도 모른 채 미모를 감상하느라 바쁜 상태였다. 그녀의 앞에 앉아있는 아빠라는 남자의 외모는 경악스러울 정도였다. 아빠느님이라는 말이 괜히 튀어나온 게 아니었다. 자신도 모르게 아빠와 하느님의 줄임말을 사용할 정도로 그의 외모는 대단히 뛰어났다.

'이런 남자가 이 몸뚱이의 아빠라고? 그냥 아빠 정도가 아니야! 이 몸뚱이의 아빠느님이야!'

남자의 외모는 「남신」이라는 타이틀을 달고 다니던 현실 세계의 조각미남 수준이었다. 처음 봤을 때는 온통 새카맣고 피부만 창백하다고 느꼈는데 지금 보니 그때 자신이 아프긴 했나 보다 싶었다.

'이런 남자를 저승사자로 오해하다니 아무리 아팠어도 용서받을 수 없는 일이야.'

짙은 푸른빛이 감도는 머리카락은 눈썹 아래로 흘러 내려와 눈을 살짝 가렸고, 잡티 하나 없이 투명한 피부는 나이를 짐작하기 어렵게 만들었다. 사실은 오랫동안 제대로 된 관리를 하지 않아 머리카락이 지저분하게 자란 것뿐이었지만, 리리의 눈에는 세련되고 자유분방한 헤어스타일로만 보였다. 더구나 남자는 리리가 현실에 있을 당시 좋아하던 남자 연예인을 똑 닮아 있었다. 마르고 길쭉한 모델 같은 몸매에, 가운처럼 간편해 보이는 검은색 옷을 입고 있으니 어찌 반하지 않으리오.

무엇보다 남자의 눈이 마음에 들었다. 쌍꺼풀 없는 커다란 눈매는 살짝 올라가 차가운 분위기가 풍겼고, 눈동자 역시 짙은 남색에 가까웠다. 어두운 곳에서 보면 검은색으로 느껴질 듯했다.

'눈동자 속으로 빨려 들어가겠네.'

마치 심해처럼. 겉으로는 잔잔하고 차가워 평온하기 그지없지만 속에서는 어떤 일들이 일어나고 있을지 알 수 없는 깊고도 깊은 심해.

여기에 날카로운 얼굴선과 입매, 피곤한 듯 약간 어두운 눈 밑까지. 리리는 신비롭고 퇴폐적인 분위기에 완전히 매료됐다.

그 모습은 마치 뱀파이어처럼도 보였지만 설사 그렇다 해도 마음껏 내 피를 마시라고 말해주고 싶을 정도였다.

† 큰 감명을 받아 감수성이 5 증가했습니다.

남자의 외모를 감상하다 보니 갑자기 시스템창이 떠올랐다.

'시스템도 인정하는구나. 그래, 나는 지금 하나의 예술품을 감상하는 중이야. 햐, 잘생겼다.'

사실 외모로만 따지자면 집사가 훨씬 뛰어났다. 하얀색으로만 이루어진 머리카락과 속눈썹은 순수해 보이는 신비로움의 극치였고, 황금색 눈동자 역시 깨끗하고 맑고 자신 있어 보였다. 하지만 눈을 마주치기 어려울 정도로 신비롭고 화사해서 현실감이 느껴지지 않았고, 결정적으로 리리보다 어렸다.

리리의 실제 나이는 스물네 살. 집사는 많이 봐줘야 10대 중후반이었다. 여릿여릿한 인상의 그는 소년만의 매력을 풋풋하게 풍겼지만 리리는 연하에게 관심이 없었다.

리리는 여기서는 자신도 열 살이라는 걸 잊고 역시 남자는 성숙한 섹시미를 지녀야 한다는 불손한 생각을 하며 김칫국을 들이마시고 있었다. 그 누구도 떡 줄 생각을 하지 않는데도.

그리고 남자는 앞에 앉아 점점 불안한 생각에 힘을 싣고 있었다. 아빠라고 생각하지 않는다던 말이 다시 떠올랐다.

아무래도 자신이 무슨 잘못을 한 모양이었다.

하긴 거의 모든 것을 집사에게 위임한 뒤 그저 보고만 받지 않았던 가. 나름대로 최소한의 아빠 노릇은 했다고 생각했지만 딸의 입장에 선 아닐지도 몰랐다. 아무리 감정을 드러내지 않고 말 한마디 하지 않는 인형 같은 모습이었대도 그 속으론 어떤 생각을 하고 있었을지 모르는 일이었다.

하지만 그는 아빠라는 것이 뭔지, 어떻게 딸아이에게 다가가야 할지 알 수 없었다.

'아, 이렇게 무능력한 내가 누굴 키우겠다고.'

리리의 뒤에 얌전히 서 있던 안젤리노는 주인님의 분위기가 심상치 않다고 느꼈다. 주인님은 전혀 그래 보이지 않지만 사실 굉장히 여리고 섬세한 남자였다.

겉으로는 타고난 딱딱한 분위기와 차가운 표정에 다들 냉혹하고 엄격할 거라고 오해하고는 그 앞에서 알아서 조심했다. 하지만 안젤리노는 그가 상처받기 쉬우며 한 번 우울해지면 종잡을 수 없을 정도라는 걸 잘 알고 있었다.

저번에도 얼마나 고생했던가. 아픈 아가씨를 간호하는 것보다 아가씨의 욕설을 듣고 핼쑥해진 주인님을 위로하는 것이 더욱 힘들었다. 거의 일주일 동안이나 아가씨가 고통을 견디지 못해 실수하신 거다, 결코 주인님을 향한 욕설이 아니다, 주인님께서 그런 욕을 들을 이유가 없지 않느냐고 말하면서 쫓아다녀 겨우겨우 회복시켰는데.

지금도 안젤리노는 비록 표정 변화 하나 없지만 리리의 말 한마디에 끝없이 깊은 늪으로 빠져 들어가는 그의 속마음을 잘 알 수 있었다.

'아가씨는 대체 무슨 생각을 하고 계신 건지.'

아빠가 아니라는 둥 일정을 자신이 짜겠다는 둥 이제는 아예 대놓고 말을 무시하니 이대로 가다가는 또다시 골치 아픈 일이 생길 것 같았다.

"아가씨?"

"아, 제가 잠시 딴생각을……. 뭐라고 했죠?"

다행히도 안젤리노의 부름에 리리는 꿈에서 깨듯 정신을 차렸다.

"이제 아프지 않으냐고 물으셨습니다."

"네. 덕분에요."

"……다행이군."

리리가 배시시 웃으며 대답하자 남자의 안색이 눈에 띄게 밝아졌다. 안젤리노는 안도의 한숨을 푹 내쉬었다. 진심으로 다행이었다.

리리는 남자의 목소리도 멋져 잠시 넋을 놓았다가 여전히 차가워 보이는 표정에 의아함을 느꼈다. 혹시 그녀가 했던 욕설 때문에 화가 나 있는 상태인 걸까.

"전에는 죄송했어요. 제가 욕을 했었다고……. 그거 실수예요! 너무 아파서 저도 모르게 나온 말이에요! 화나신 거 아니지요?"

사실은 저승사자인 줄 알고 꺼지라고 했던 것이지만 있는 그대로 다 말할 필요는 없다고 생각했다. 그 얘기까지 했으면 더욱 충격받을지도 몰랐다.

한편 딸아이의 태도에 좋지 않은 상상으로 열심히 땅을 파 무덤 자리까지 완성했던 남자는, 그 수줍은 사과에 마음속에 들어차 있던 커다란 바윗덩어리가 사르르 얼음처럼 녹아 없어진 느낌을 받았다.

자신을 보고 욕한 것이 아니라니.

게다가 머뭇거리며 사과를 하는 리리의 모습은 누가 봐도 사랑스러울 정도였다. 처음으로 느껴보는 간질간질한 감정이 그의 가슴속을 헤집었다. 배시시 웃는 딸의 얼굴도 너무나 예쁘고 귀여웠다.

'아, 이래서 딸을 키우는 모양이군.'

남자는 이제야 유일한 지인이자 조수인 나니에를 이해할 수 있을 것 같았다.

여자의 몸으로 혼자 딸을 키우는 게 힘들어 보였는데, 그녀는 오히려 딸아이 때문에 산다고 했었다. 젊고 능력 있는 여자가 왜 사서 고생하는지 알 수 없었건만.

"괜찮다."

그는 말주변이 없어 이렇게밖에 대답해주지 못하는 자신이 싫었다. 조금 더 다정하고 아빠다운 말을 해주고 싶었다. 하지만 사람 대하는 것이 어색한 그로서는 작게 미소 지어주는 게 최선이었다.

리리는 그의 얼굴에 떠오른 미소를 보는 순간, 손으로 급히 입을 틀어막으며 흘러나오려는 신음을 참아야 했다.

'맙소사. 이런 남자가 이 몸뚱이의 아빠라니.'

평생에 한 번 볼까 말까 한 미남자를 매일 볼 수 있다니. 그것만으로도 역시 이건 신의 선물이 맞다는 생각이 들었다.

방 안의 분위기는 여전히 어색했지만 그래도 리리의 사과 덕분에 처음보다는 많이 풀려 있었다. 하지만 각자의 생각에 빠져있느라 침묵만이 이어졌고, 이대로 있다가는 아무 말 없이 하루를 보내게 될 것 같아 결국 안젤리노가 말을 꺼냈다.

"주인님? 아가씨의 일정에 대한 대화를 나누셔야지요."

남자는 집사의 말에 이제야 생각났다는 듯 고개를 끄덕이며 테이블 위에 놓인 수첩을 펼쳐 들었다. 리리는 그것이 자신의 일정을 결정하는 아이템이라는 것을 알아챘다. 막아야만 했다. 아무리 자신의 의견을 최대한 반영한다고 해도 스스로 짜는 것과는 차원이 달랐다.

"아, 아버……. 음, 저기요."

하지만 차마 아빠나 아버지라는 호칭을 부를 수 없었던 리리는 여러 번 말을 더듬다 결국 애매하게 남자를 불렀다. 그 뉘앙스가 「야, 너, 이봐, 어이」등과 비슷한지라, 안젤리노와 남자의 표정이 순간 굳어졌다.

하지만 리리의 입장에서는 아무리 잘 보이고 싶고 친해지고 싶은 남자라고 해도 여전히 아빠라고 부를 수는 없었다. 무엇보다 마음에 드는 사람에게 아빠라고 부르는 바보 같은 여자가 어디 있겠는가. 오빠면 몰라도.

"일정, 내가 짤게요."

"일정을 직접 짜겠다고?"

그는 리리의 행동을 이해할 수가 없었다. 딸은 지금까지 어떤 일정을 짜주든 시키는 대로 움직일 뿐 별다른 의사표현도 하지 않았다. 그녀는 갓난아기 때부터 딱히 사람의 손이 필요하지 않을 정도로 얌전했다. 그러나 조금씩 딸이 커가면서 남자는 딸이 그냥 조용하고 얌전한 아기가 아니라는 사실을 깨닫게 되었다. 어린 소녀는 의사표현은 물론이고 그 무엇에도 아무런 반응을 보이지 않았다.

처음에는 그냥 일시적이라고만 생각했다. 아이가 어떤 일을 겪고 자신의 품으로 오게 된 것인지 조금이나마 알고 있었기에 그 충격이라고 생각했고, 그래서 더욱 잘하려고 애썼다.

함께 하는 시간도 많이 만들고, 좋은 아빠가 되겠다며 계속 말도 걸고 교육도 시켰다. 장난감을 한가득 안겨보기도 했다. 하지만 딸은 여전히 반응 없는 인형 같은 모습이었다.

그쯤 되니 문제가 있다는 것을 모를 수가 없었다. 당연히 의원에도 데려가 보았지만 정상이라는 대답만 돌아올 뿐이었다. 그가 가진 신성 주술도 소용이 없었다.

다행히 건강에는 문제가 없었다. 의사표현, 감정표현만 없을 뿐 먹고, 자고, 움직였다. 말 역시 알아듣는지 집사의 요청에 얌전히 따랐다.

남자는 어쩌면 이런 성장 과정이 지극히 당연한 것일지도 모른다는 생각을 하게 되었다. 그녀는 평범한 아이가 아니니 성장 과정조차 평범하지 않을 수도 있었다. 딸을 맡긴 신이 그에게 바란 것도 「무사히 성장시킬 것」뿐이었다.

그 뒤 남자는 딸에게 더 찾아가지 않고 모든 걸 집사 안젤리노에게 맡겼다. 자신의 말에 아무런 반응이 없는 인형 같은 모습을 더 보고 싶지 않았다.

자신도 자신이 누군가의 아빠가 되기에는 부족한 점이 많다는 사실을 잘 알고 있었기에 차라리 이런 것이 낫다고도 생각했다.

그는 딸에게 가정교사의 이야기만 들으면 되는 역사와 언어 같은 간단한 교육을 일정에 넣었다. 안젤리노의 보고에 따르면 여전히 반응이 없어 정말 배우고 있는지는 알 수 없었지만, 어쨌건 자신이 짠 일정을 따라주는 모양이었다. 그것으로도 충분하다 여겼다. 앞으로도 계속 이러리라 생각했다.

하지만 갑자기 딸이 변했다는 집사의 보고가 들어왔다.

물론 병에 걸려 앓아누웠다는 보고와 함께라 기뻐할 틈도 없었다. 오랜만에 본 딸은 침대에 누워서 끙끙 앓고 있는 모습이라 가슴이 아팠다. 그래도 이 병만 나으면 처음으로 목소리를 들을 수 있을 거라고 기대하며 얼른 치료를 하러 다가갔는데, 결국 그가 처음 들은 말은 욕과 꺼지라는 말이었다.

　그 이후로도 어떤 반응을 보일까 무서워 일단 병이 다 나을 때까지는 찾아가지 않으려고 했다. 그런데 갑자기 딸이 찾아왔다. 그러고는 아빠라고 인정할 수 없다는 말과 일정까지 알아서 짜겠다고 한다.

　설마 그동안은 가만히 자신의 대응을 살폈던 건가. 그래서 아빠 자격이 없다고 판단한 것인가.

　확실히 자신이 생각해도 아빠답지 못했다. 일정만 짜주고 제대로 찾아가지도 않았으니 정말 최소한의 의무만 다했을 뿐이었다. 그게 무슨 아빠인가. 아무리 이유가 있다지만 결국 다 핑계다. 더 잘하지 못했다는 자책감과 무능력함이 그를 덮쳤다.

　리리는 기분이 나쁜 듯 입을 다물고 있는 남자를 바라보며 어떻게 설득해야 하나 고민에 빠졌다. 아무래도 어린 딸을 마음껏 굴리거나 원하는 대로 주무를 수 있는 강력한 권한을 달라는 말에 화났나 보다.

　하긴 고작 열 살밖에 되지 않은 아이가 스스로 자기 일정을 짜면서 살겠다고 하면 누가 믿고 맡기겠는가. 특히 딸을 양육하는 아빠의 입장이면 더 그렇다. 아마 리리 자신이라도 반대하고 나섰을 것이다. 자신이 이미 성인이 된 지 4년이나 지난 여자라는 걸 말한다고 해봤자 믿어주긴커녕 정신 나간 아이 취급을 받게 될 것 같았다.

　하지만 그녀는 자신의 인생을 타인의 손에 맡길 수는 없었다.

저 남자가 자신을 어떻게 키울 줄 알고.

물론 이 집안이 리리가 벌어오는 코 묻은 돈에 손 벌려야 할 정도로 궁색해 보이지는 않았지만, 권력을 위해 누군가에게 뇌물처럼 바쳐질 수도 있었고 필요에 의해 어두운 뒷골목을 구르게 할 수도 있었다. 그 생각은 아빠라고 불리는 남자가 워낙 냉정하고 비틀려 보였기 때문도 있었지만, 그녀가 24년간 살아왔던 환경 때문에 사람을 믿지 못하는 이유가 가장 컸다.

"어차피 내 인생은 내 거잖아요. 내 마음대로 살고 싶어요."

리리는 일단 던져보기로 했다. 빙빙 돌려서 말하는 재주도 없을뿐더러 괜히 그랬다가 말려들면 골치만 아파진다. 절대 양보할 수 없다는 입장을 보여주어야 했다. 그녀는 여전히 싸늘한 눈빛으로 입을 굳게 다물고 있는 남자를 바라보며 말을 이었다.

"생각해봐요. 그쪽이 짜준 일정을 그대로 따르면서 컸는데 결과가 마음에 들지 않아요. 내가 원하던 것은 이게 아니라면서 원망할지도 몰라요. 그거 책임질 수 있겠어요?"

"책임이라고?"

"네. 책임이요. 한 치 앞도 내다볼 수 없는 것이 사람 일이잖아요? 그쪽은 잘 키우겠다고 노력했는데 결과는 영 엉뚱한 것이 나올 수도 있다는 얘기예요."

실제로 그녀가 딸을 키우는 게임을 할 때도 딸에게 괜찮은 미래를 안겨주겠다며 교육도 하고, 매력이니 기품이니 필요한 능력치들도 열심히 올려 주었다. 하지만 결국 딸은 열여덟 살 곱디고운 나이에 돈 냄새 풀풀 풍기는 남자의 첩으로 들어가지 않았던가.

아예 처음부터 망칠 생각으로 키운 거면 이해라도 하지, 공주는 아니어도 괜찮게 살 수 있는 엔딩을 노리며 키웠는데도 결과는 그랬다. 지금 눈앞에 있는 남자가 그녀를 애지중지 키운다고 해도 역시 그러지 말라는 법이 없었다.

'만약 타협으로 안 되면 무대포로 나가야지. 난 당신이 짜주는 스케줄에 따르지 않겠다고. 설마 죽이기야 하겠어?'

그녀는 육성시뮬레이션 게임 속 「주인공」의 몸에 빙의했다. 그러니 스트레스 수치가 엄청 높아 병에 걸려 스스로 죽지 않는 한 누군가가 자신을 죽이는 일은 없을 거라고 생각했다.

"그 말대로라면 너 스스로 일정을 짠다고 해도 엉뚱한 결과가 나올 수 있다는 얘기가 된다. 그땐 왜 그냥 보고만 있었냐고 따질 수도 있지."

"걱정하지 마세요. 내 일은 내가 책임지니까. 내 행동의 결과가 그렇게밖에 나오지 않는다면 그건 분명 내 잘못이죠."

다행히 타협의 여지가 보이는 듯했다. 리리는 필사적으로 설득하기 시작했다.

"양육은 아이가 다 자랄 때까지 보살피는 일이지, 인형처럼 마음대로 쥐고 흔드는 것이 아니에요."

"지금까지 인형처럼 따른 것은 너였다."

리리의 몸이 움찔거렸다. 그녀가 빙의되기 전엔 어떻게 살아왔는지 알 길이 없었기에 뭐라 대답해야 할지 난감했다.

"그, 그건 그렇지만 생각이 바뀌었어요. 정해주는 틀에 따라 쳇바퀴 돌 듯 굴러가는 인생은 슬프다는 것을 깨달았거든요. 다양한 교육과 일을 경험해보며 내게 가장 잘 맞는 것은 무엇인지, 앞으로 어떤 미래를 꿈꾸며 살아갈 것인지 스스로 알아낼 기회가 필요하다고 생각해요."

그는 생각에 잠긴 듯 입을 다물었다. 리리는 급히 말을 이었다.

"어떤 미래를 맞이하든 제 결정이니 절대 후회나 원망 따위는 하지 않을게요. 혹시 돈만 쓰고 펑펑 놀까 봐 걱정된다면 돈을 주지 않으셔도 돼요. 먹여주고 재워주는 것만으로도 고맙거든요. 교육비든 용돈이든 제가 벌어서 쓸게요."

먼 미래보다 눈앞에 있는 현재를 중요시하는 어린아이들, 특히 리리 또래에게 마음대로 할 수 있는 권한을 주게 된다면 대부분 노느라 바쁠 터였다. 아이들에게 주어지는 자유시간인 방학만 봐도 알 수 있었다.

하지만 리리는 성인이다. 그걸 증명할 수 없으니 대신 아무 생각 없이 이러는 게 아니라는 걸 최대한 어필해야 했다.

"다양한 경험들을 해보고 원하는 미래를 만들기 위해 노력할게요. 저를 믿고 스스로 일정을 짤 수 있도록 허락해주세요. 인생은 스스로 개척하는 거니까요."

물론 말은 거창했지만 리리의 머릿속에는 단 한 가지 생각밖에 없었다.

'정해주는 스케줄에 따라 구를 생각이 없다고. 내 마음대로 살 거야. 날 내버려 둬!'

남자는 눈앞에 있는 딸아이가 정말 열 살이 맞는지 의심스러웠다. 이제까지 변변한 교육도 시킨 적이 없었는데 책임이니 뭐니, 심지어 인생에 대한 이야기까지 하고 있었다. 스스로 벌어서 쓸 테니 걱정하지 말고, 어떤 미래가 찾아오든 자신의 결정을 후회하지 않겠다는 말에선 감동까지 받았다.

'원래 이렇게 똑똑하고 책임감 있는 아이였던가!'

왜 갑자기 변한 것인지는 몰랐지만 남자는 이유는 몰라도 된다고 생각했다. 시간의 흐름에 몸만 성장해가던 인형 같은 아이가 성인 뺨치는 조리 있는 주장을 하고 있었다. 그 어떤 열 살 아이도 이렇진 못할 거였다. 처음으로 그는 딸의 미래에 기대를 했다.

"그래. 네가 하고 싶은 대로 하거라."

"저, 정말요?"

그녀의 되물음에 남자는 고개를 끄덕였다. 설득에 성공했다는 기쁨에 리리의 얼굴이 활짝 피어났다. 그와 동시에 시스템창이 떠올랐다.

† 중요한 설득에 성공해 화술이 50 증가했습니다.

리리는 갑작스레 떠오른 시스템창에 어리둥절해했지만 이내 이해했다. 그녀의 미래가 걸려있는 중요한 일이라는 걸 시스템창도 인정한 모양이었다.

'뭘 하든 다 게임 시스템 안이구나.'

그녀는 아까 아빠라는 호칭 때문에 집사와 투닥거렸던 상황을 떠올렸다. 현실에서는 고작 그런 일로 도덕성이나 성품이 떨어질 리가 없었고, 지금도 이런 일로 화술이 오를 리가 없었다. 하지만 여기서는 그 수치가 바로바로 증감했다.

화술이 높으면 저절로 말솜씨가 좋아지는 걸까? 그렇다면 매력이 높으면 겉모습이 예뻐지고, 기품이 높으면 행동 하나하나가 우아해지지 않을까?

'아, 살 만하겠네!'

리리는 새삼 가슴이 벅차올랐다. 그녀는 기도라도 하듯 양손을 꼭 쥔 채 인사를 건넸다.

"고마워요! 정말 고마워요!"

리리는 어느덧 눈물까지 글썽이고 있었다. 육성 시뮬레이션 게임 속 주인공이 되었으니 일정에 관한 자유는 박탈당하는 것이 당연했는데, 자신의 힘으로 그 규칙을 깨어 버렸다.

'일정창.'

「권한 없음」이라고 떠 있던 글자가 사라지고, 일주일 단위로 나누어진 시스템창이 떠올랐다. 그 정도로도 매우 기쁜데 남자의 말은 아직 끝난 것이 아니었다.

"돈은 걱정하지 말고 배우고 싶은 것이 있다면 마음껏 해 보거라."

"네?"

"나는 너를 보살펴야 할 의무가 있는 아빠다. 너를 교육시키는 것은 당연히 해야 하는 일이겠지."

말주변이 없는 그로서는 길게 말하는 것이 무척 힘들었기에 잠시 목을 가다듬다가 말을 이었다.

"네가 번 돈은 당연히 네 것이다."

아빠라는 남자의 파격적인 조건에 리리는 멍한 표정으로 그를 바라보았다.

사실 남자에게는 파격적인 조건이라고 볼 수도 없었다.

그는 갓난아기였던 리리를 양딸로 받아들였고, 그 이후로 아빠로서 기본적인 도리는 다 해왔었으니까. 부모가 자식을 교육시키는 것은 지극히 자연스러운 일이었다.

하지만 그녀가 했던 게임은 대부분 딸이 벌어온 돈으로 교육을 시키고 심지어 딸의 선물까지 그 돈으로 사주었다. 그러니 당연히 여기서도 그럴 거라고 생각했다.

'버는 돈의 한 10%는 소득세로 낼 의향도 있었는데.'

그녀는 숙식의 중요성을 잘 알고 있었다. 사람은 음식을 먹고, 잠을 자야 한다. 그 당연한 일에 들어가는 돈은 어마어마했다. 그래서 저쪽에서 살 때는 잠잘 시간도 아껴가며 거의 온종일 일하는데도 돈은 그녀의 주머니를 스쳐 지나갈 뿐이었다. 그래서 숙식만 해결해준다면 오히려 돈을 조금이지만 낼 생각까지도 하고 있었다.

"용돈 역시 필요하겠지. 한 달에 1골드면 충분할까."

하지만 로쉐는 그것으로도 모자란지 용돈까지 준다고 했다. 리리는 1골드가 얼마인지 감이 잡히지 않아 그게 어느 정도의 가치냐고 물으려고 한 순간, 옆에서 그들의 대화를 듣고 있던 집사의 외침에 꿀꺽 삼켜 버렸다.

"주인님, 그건 아가씨에게 너무 큰돈입니다!"

"그게 무슨 큰돈인가. 그 정도는 되어야 먹고 싶은 것도 사 먹지."

남자의 강경한 말에 집사는 꿀 먹은 벙어리가 됐다. 그 안절부절못하는 눈동자를 바라보며 리리는 속으로 환호성을 외쳤다. 아무래도 무시하지 못할 금액인 모양이었다.

그녀는 얼굴뿐 아니라 마음씨까지 곱디고운 남자를 황홀한 눈빛으로 바라보았다. 냉정해 보이고 모든 것을 발밑에 두고 있는 분위기를 풍겨 오해하고 있었나 보다.

사실은 이렇게 자상하고 통이 큰 남자였다니. 더구나 집을 봐서는 부자일 텐데. 정말 뭐하는 남자지?

이로써 그녀는 일정을 스스로 짤 수 있게 되었으며 교육비 걱정 따위 할 필요가 없어졌고, 일해서 버는 돈은 모두 개인 용돈으로 쓸 수 있게 되었다. 게다가 한 달에 1골드씩 용돈도 받게 되었다.

리리는 기쁜 마음으로 몸을 일으켰다.

"잠깐."

그런 그녀를 남자가 붙잡았다.

"왜 날 아빠라고 부르지 않는 거지?"

"친아빠 아니잖아요. 그쪽도 잘 알 것 아녜요?"

그녀는 반사적으로 그렇게 대답했다. 이곳에 오기 전 하다 온 게임에서는 딸이 양녀였다. 「아빠와의 결혼」이라는 엔딩도 있었기에 그래야 사회 통념에 어긋나지 않았다. 그러니 당연히 여기서도 아빠는 친아빠가 아닐 거라고 여겼다. 또한 눈앞에 있는 남자는 굉장히 젊은 미청년으로, 많이 봐줘야 20대 후반에서 30대 초반으로 보여서 열 살이나 되는 딸이 있을 것 같지 않았다. 주술력을 사용하는 사람은 겉으로 봐서는 실제 나이를 알아볼 수 없지만 리리는 그 사실을 몰랐다.

리리의 딱 부러지는 대답을 들은 남자의 안색이 창백해졌다. 그 이야기를 듣던 안젤리노 역시 벌어진 입을 다물지 못했다. 물론 남자는 리리의 말대로 친아빠가 아니었다. 하지만 그들이 놀란 이유는 그것 때문이 아니었다.

'혹시 여기 오기 전의 일을 전부 기억하고 있는 것인가. 그래서 지금까지 입을 다물고, 영혼 없는 인형처럼 지내왔던 건가!'

남자가 친아빠가 아니라는 사실을 리리는 당연히 모를 것이라고 생각했다. 아니, 몰라야만 했다. 리리는 목도 제대로 가누지 못할 정도로 어렸을 때 이곳으로 왔고, 그 뒤로는 남자와 안젤리노가 계속 그녀를 돌봤다.

물론 리리의 오해가 우연처럼 맞물리면서 벌어진 일이었지만 남자와 안젤리노는 이게 어떻게 된 일인지 영문을 알 수가 없었다.

하지만 일정창에 정신이 팔린 리리는 혼란의 도가니탕에서 허우적거리고 있는 두 사람을 내버려둔 채 방을 나섰다.

02. 이상한 나라의 리리

　일정은 기본적으로 전주 토요일에 일주일 단위로 짤 수 있게끔 되어 있었다. 아빠라는 남자가 주말에만 집에 오기 때문이란다.

　'주 5일제라니, 공무원인가.'

　앞으로는 그녀가 일정을 짤 수 있게 되었으므로 굳이 그럴 필요가 없었다. 다만 늦어도 하루 전에는 집사에게 알려주어야 한다니 그 점만 신경 쓰면 될 것 같았다.

　기상 시간은 오전 8시로 아침 식사 때문에 변경할 수 없었다. 일정은 오전 9시부터 짤 수 있으며 아르바이트는 네 시간, 교육은 두 시간 단위였다. 휴식은 따로 메뉴에 없었지만 일정을 비워두면 됐다.

　예를 들어 교육과 아르바이트를 바로 이어서 한다면 오전 9시부터 오전 11시까지는 교육, 오전 11시부터 오후 3시까지는 아르바이트겠지만, 점심시간을 생각해서 오전 11시부터 정오까지 한 시간을 비우고 정오부터 4시까지 아르바이트를 잡는 식이었다.

대충 일정을 짜는 방식을 안 리리는 일정창에서 아르바이트와 교육의 종류를 확인하다가 경악했다. 아르바이트가 네 시간에 5실버에서 10실버 정도였는데 교육은 두 시간에 30실버부터 시작해서 비싼 것은 50실버까지 했다. 심지어 「방문」이라는 단어가 붙어 있는 것들은 몇 배로 훌쩍 뛰기까지 했다.

"겁나 비싸네."

그녀는 비로소 1골드가 꽤 큰돈이라는 것을 깨달았다. 아빠라는 남자는 5실버짜리 아르바이트를 80시간이나 해야 얻을 수 있는 금액을 과자 사 먹으라고 준 것이다. 도대체 뭐하는 남자인지 다시 궁금해졌다.

아르바이트는 농장일, 시장일 등 이름만 봐도 그럭저럭 이해가 갔지만 교육은 신기한 것이 많았다. 무술이나 체술, 의술도 그렇지만 주술이라니. 방문 교육을 제외하고 가장 비싼 교육이 바로 이 주술이었다. 두 시간에 무려 50실버.

그렇지 않아도 상태창에 대해서 물어보고 싶은 것이 있었기에 리리는 집사를 찾아갔다.

"교육 중에 주술이 있던데, 주술이 뭐야?"

"주술은 자연의 기운을 사용하는 겁니다."

"자연의 기운?"

"아무나 느낄 수 있는 것이 아닙니다. 주술사는 자연의 기운을 느끼고 그 힘을 사용하는 사람을 뜻하는데, 자연의 기운을 느끼는 사람 자체가 극히 드뭅니다."

그는 친절하게 설명해줬다.

그의 말에 의하면 이 세계는 황제와 귀족이 있는 계급 사회인데 특이하게도 「주술사」라는 독립적인 직위가 따로 있었다. 주술사는 수련생, 하급, 중급, 상급, 최상급으로 나뉘었다. 귀족 직위로 비교하자면 교육을 받는 수련생을 제외하곤 각각 남작, 백작, 후작, 공작급이나 마찬가지였다. 주술사는 그 정도로 귀했다. 더구나 주술사들의 제일 우두머리인 「지주」는 황제 다음으로 위세를 지니고 있으며, 황제 역시 함부로 할 수 없는 존재라고 했다.

'마법 비슷한 거구나.'

이야기를 들으면 들을수록 주술은 그녀가 현실 세계에서 읽었던 판타지 소설 속의 「마법」과 비슷해 보였다.

"주술은 무속성과 속성 주술이 있습니다."

집사의 설명은 계속 이어졌다.

주술은 무속성과 속성 주술로 나뉜다. 무속성은 말 그대로 속성이 없는 주술로 주문과 주구(呪具)를 이용해 사용하고, 속성 주술은 불, 물, 나무, 금속 등 타고난 자연의 힘으로 자신의 몸을 주구 삼아 사용했다.

자연의 기운을 느끼는 사람 중에서도 속성을 타고난 사람의 수는 극히 적어, 대부분의 주술사는 무속성의 주술을 사용했다. 간혹 속성을 두 가지 이상 타고 나는 사람도 있는데 이 경우는 정말 손으로 꼽힐 정도라고 했다.

"주인님께선 두 가지 속성을 가지고 계십니다."

"대단하네."

"그렇지요?"

마치 자신이 칭찬받은 양 으쓱거리는 안젤리노의 모습에 리리가 푸흐흐 웃어버렸다. 처음에는 뭔가 범접할 수 없는 기품 같은 것이 있다고 생각했지만 보면 볼수록 귀여웠다. 안젤리노는 그녀의 반응에 살짝 얼굴을 붉히며 당황해 하나 금세 평소 같은 표정으로 돌아왔다.

"그뿐만이 아닙니다. 주인님께선 대륙에 네 명밖에 없다는 최상급 주술사 중 한 분이십니다. 굳이 따지자면 공작과 마찬가지지요. 게다가 유일무이한 신성계열의 힘을 가지고 있으신 터라 황궁주술사까지 겸하고 계십니다."

"와⋯⋯. 최상급 주술사에 황궁주술사라니. 게다가 유일무이한 신성계열⋯⋯. 사용할 수 있는 또 다른 속성은 뭐야?"

"암흑계열입니다."

그녀는 고개를 갸웃했다.

"어떻게 신성과 암흑계열을 동시에 가질 수 있어? 말도 안 돼."

"보통 상극인 속성은 동시에 지닐 수가 없습니다. 하지만 주인님은 이례적인 경우시죠. 그렇기에 더욱 인정받는 것입니다."

리리는 고개를 끄덕였다.

'대단한데? 능력자였네. 그러니 돈을 많이 벌지. 게다가 황궁주술사라니 공무원이 맞구나.'

그녀는 남자의 나이가 보기보다 많을지도 모르겠다고 생각했다. 안젤리노의 이야기를 들어보니 속성은 타고나는 것이라도 짧은 시간 안에 최상급 주술사가 되기는 어려워 보였기 때문이었다.

"아. 그럼 성력은 뭐야? 물음표로 표시되어 있는데. 그리고 난 명성이 왜 이렇게 높아? 100이나 되잖아."

"무슨 말씀이신지……?"

안젤리노는 고개를 갸웃했다.

"어?"

리리는 당황했다. 그녀가 병으로 앓아누웠을 때나 발작과 비슷한 소동을 일으킬 때마다 안젤리노는 스트레스가 오르면 병에 걸리니 진정하라는 말을 하곤 했었다. 그래서 리리는 그가 시스템창이 뜨는 것을 알고 있는 줄 알았다. 게다가 리리가 했던 게임은 언제나 집사가 플레이어에게 딸의 수치를 보고 상태를 보고해주었지 않는가.

하지만 안젤리노는 전혀 이해할 수 없다는 표정으로 그녀를 바라보고 있었다.

"스트레스가 오르니 조심하라고 했었잖아!"

"저는 아가씨의 상태를 느낄 수가 있습니다. 어렴풋이 높다, 낮다 혹은 높아졌다, 낮아졌다 정도만요. 주인님께서도 마찬가지이시지만 제가 조금 더 민감하게 느낄 뿐입니다. 그런데 성력이 물음표라니요? 명성이 100이라는 건 뭔가요?"

"이, 이거 안 보여?"

리리는 급히 상태창을 연 뒤 안젤리노에게 물어보았다. 그녀의 검지가 허공에 떠 있는 시스템창을 가리켰지만 안젤리노는 오묘한 표정을 지으며 고개를 저었다. 걱정과 당황, 불안함이 뒤섞인 표정이었다.

"그, 그럼 이건?"

리리는 불러낼 수 있는 시스템창이란 창은 다 불러냈지만 그의 표정은 점점 심각해질 뿐이었다. 그녀가 갑자기 왜 이러는지, 어디가 또 아픈 건 아닌지 고민하는 것 같았다.

"이게 다 안 보인다 이거지? 그럼 다른 사람들은? 정보창이나 아이템창 같은 게 없는 거야?"

"아가씨, 아까부터 무슨 말씀입니까?"

게임 속 인물에게 게임 시스템을 물어보는 일만큼 바보 같은 짓이 없었지만 워낙 당황해서 물은 것인데, 집사는 정말로 리리가 하는 말이 무슨 소린지 전혀 모르는 듯했다.

리리는 잠깐 고민했지만 계속 숨길 수도 없을 것 같아 결국 시스템창을 가리키며 말을 꺼냈다. 안젤리노에게 보이지 않는다면 그냥 허공을 가리키는 걸로 보일 터였다.

"나는 내 상태나 일정 등이 여기에 떠. 그래서 능력치가 숫자로 나타나."

"아……. 그렇습니까?"

그는 여전히 이해하기 힘든 표정이었지만 의외로 금방 고개를 끄덕였다. 그 반응에 오히려 리리가 더 놀랐다.

"이상하지 않아?"

"이상하긴 합니다만, 아가씨라면 충분히 그러실 수도 있겠다는 생각이 듭니다."

정말 믿어서 이렇게 말해주는 건지, 아니면 그냥 이상한 소리를 한다고 생각하고 대충 장단만 맞춰주는 건지 알 수 없었지만 리리는 더 말하지 않기로 했다. 혹여나 꼬치꼬치 캐묻기라도 하면 그게 더 골치 아팠다.

"아, 근데 일정은 어떻게 알려줘?"

"그건 이 수첩에다 적어 주시면 됩니다."

안젤리노는 테이블 위에 놓여 있던 수첩을 건넸다. 펼쳐보니 그녀의 일정창과 똑같이 생긴 다이어리였다.

이미 전기로 돌아가는 TV나 컴퓨터, 냉장고 등이 보이지 않아 과학이 뒤처져 있는 세계라는 건 대충 짐작했었다. 하지만 스케줄까지 일일이 손으로 적어야 한다니, 생각보다 더 아날로그틱했다.

리리는 허공에 일정창을 열어놓고 그녀가 빙의하기 전에 있었던 일정들을 하나하나 살펴보았다. 안젤리노는 그런 리리의 곁에서 눈치를 살피다가 결국 그녀에게 물었다.

"아가씨, 뭐 좀 여쭤 봐도 괜찮겠습니까?"

"뭔데?"

"양녀라는 사실을 어떻게 아셨는지요."

그는 혹시 리리가 이곳으로 오기 전의 모든 일을 기억하고 있는 것은 아닌지 걱정스러웠다. 평범한 소녀들과 다르게 입 한번 벙긋하지 않고 말 그대로 무감정, 무감각한 상태로 성장한 아가씨. 그 모든 것이 「기억」 때문이었다면…….

집사의 질문에 리리는 당황했다. 그러고 보니 너무 당연하게 아빠라는 남자가 양아빠일 것이라고 생각하고 있었다. 만약 친딸이었으면 하루아침에 친아빠를 가짜 아빠 취급하는 몹쓸 딸이 될 뻔했다. 다행히 반응을 보아하니 양아빠인 게 일단 맞는 것 같긴 한데, 그 사실을 모르는 것이 자연스러운 모양이었다.

게다가 방금 일정창을 확인하면서 알게 된 사실인데, 그녀의 예상과는 달리 이 몸의 주인은 이 집에서 10년이라는 시간을 보낸 모양이었다. 그렇다면 그녀는 집사와 남자 입장에서는 하루아침에 하늘에서 떨어진 아이가 아니라, 아주 갓난아이 때부터 10년 동안 키워온 진짜 「딸」이었다.

하지만 그런 긴 시간을 보낸 것치고는 반응이 이상했다. 그녀가 빙의됐다면 아마 전과 성격도 다르고 행동도 다를 텐데 자연스레 받아들이질 않나, 특히 아빠라는 남자는 딸을 낯선 손님 대하듯 보질 않나. 뭔가 가족이라고 보기에는 어설픈 점이 많았다. 그래서 그녀가 양녀가 된 지 얼마 되지 않았다고 생각했는데.

'어쨌든 그동안은 진짜 아빠가 아니라는 반응을 보이지 않았다는 거잖아. 아, 뭐라고 말해야 하나.'

잠시 고민하던 그녀가 입을 열었다.

"그냥 알게 됐어. 뭐랄까……. 뭔가 자연스럽게 떠올랐다고 해야 할까."

리리는 어색한 손짓을 더하며 그럴 수도 있는 거야, 이해하지? 라는 눈빛으로 집사를 바라보았다. 집사의 이리저리 일렁이는 황금빛 눈동자가 심상치 않았다. 제발 통해야 할 텐데.

"그렇군요. 그럼 혹시…… 그 밖에도 또 떠오른 것이 있으신가요?"

'통한 건가?'

어째서인지 그녀보다 안젤리노가 더 불안하고 조심스러워 보였다. 아무래도 양녀라는 사실을 철저히 감추려고 노력했었나 보다. 단순히 친딸이 아니라는 걸 알았다는 반응치고는 좀 과해 보였지만 리리에게는 지금 그게 중요한 게 아니었다.

원래대로라면 10년 동안 뭘 해왔는지 정도는 일정창을 보고 대강 짐작할 수 있어야 했지만, 어째서인지 대부분이 비워져 있었고 그나마도 세계사나 언어와 같은 교육 정도가 전부였다. 이걸로는 이들과는 어떤 시간을 보내왔는지 알 수가 없었다.

"아니, 전혀. 아무것도 몰라. 그리고 있잖아, 그동안 내가 어떻게 지내왔는지도 기억이 나질 않아. 기억이 모조리 사라져 버렸어."

그녀는 차라리 기억 상실증에 걸린 비운의 여주인공을 연기하기로 했다.

'믿을지 모르겠지만.'

그 말을 들은 안젤리노의 표정이 수십 번 바뀌나 싶더니 이내 안도의 한숨을 내쉬며 고개를 끄덕였다.

"그렇습니까?"

그와 주인님이 걱정하던 최악의 상황은 우려로 끝난 모양이었다. 어차피 잃어버린 10년 동안의 기억 따윈 되찾을 필요가 없었다. 아무런 반응이 없는 아가씨, 그 옆을 지킨 안젤리노, 최소한의 도리는 다 했지만 그 이상은 어쩔 수 없었던 양부. 의미 있는 시간이 아니었다.

"응, 나는 어떤 사람이었어?"

"굉장히 얌전하고…… 조용하셨습니다."

리리는 이 기회에 과거를 알고 싶어 물어봤지만 대답은 그걸로 끝이었다. 아까부터 이해가 너무 쉽다. 그리고 저 한 마디로 10년이라는 시간이 설명될 리가 없었다.

"그게 다야?"

"……주인님께 이런 행동을 하시지도 않았습니다."

'그거야 물론 그렇겠지.'

리리는 생각을 입 밖으로 내뱉는 대신 어색하게 웃어 보였다.

"아무리 친딸이 아니라고 하나 주인님께선 아가씨를 양녀로 입양하셨습니다. 인정하기 힘들다고 하셔도……."

"나도 알아. 그렇지만 아빠가 아니라며……. 아빠가 아닌걸……."

그렇게 대답하는 리리의 목소리에는 힘이 빠져 있었다. 그녀 역시 일을 복잡하게 만들어 귀찮아지는 것보다는 그냥 아빠라고 부르는 것이 훨씬 편했다. 연기를 하든, 고작 호칭일 뿐이라고 간단하게 생각하든 방법은 여러 가지였다.

하지만 그토록 가지고 싶었던 「부모」라는 존재를 이렇게 얼렁뚱땅 만들고 싶은 생각도 없을뿐더러 한 번도 입에 담아본 적 없는 아빠라는 호칭을 쉬이 건네줄 생각도 없었다.

어차피 언제까지 있을지 모르는 세계인데 정 붙으면 서로 곤란해질 것이 뻔했다. 어쭙잖은 감정 따위에 휘둘려 애써 쌓은 울타리를 무너트리고 싶지 않았다.

그리고 그 남자가 양녀로 받아들인 것은 이 몸의 본래 주인이었지 갑자기 빙의하게 된 그녀가 아니지 않은가. 지금은 그녀가 이 몸의 주인이 되었다고는 하나 이 몸이 「자신」이라는 생각은 전혀 들지 않았다.

"인정할 수 없어. 아빠라고 부르지 않을 거야."

"롤리폴리 아가씨!"

"왁! 야! 풀네임 부르지 마!"

리리는 생각에 잠겨있다 안젤리노의 부름에 화들짝 놀라 소리를 꽥 질렀다. 그 역시 갑작스러운 리리의 외침에 깜짝 놀라 눈이 동그래졌다.

"나 그 이름 싫어! 리리라고 불러!"

"아가씨……?"

거의 발작과 다름없는 리리의 반응에 안젤리노는 조금 전까지 주고받던 대화를 잠시 잊어버릴 정도로 깜짝 놀랐다.

　리리는 다시 한 번 머리를 헤집다가 혹시나 해서 그에게 물었다.

　"이름 바꾸면 안 돼?"

　과자 이름이라니 슬프다. 좀 더 그럴듯한 이름으로 바꾸고 싶었다. 하지만 대답은 단호했다.

　"신이 내려주신 이름이라서 바꿀 수 없습니다."

　"아, 그 신이 나였다고!"

　리리의 외침에 안젤리노는 황당하다는 표정을 지었다. 하다 하다 이젠 신을 사칭하다니.

　'아, 이름 좀 제대로 지어줄걸.'

　그녀는 아빠라는 남자에게도 미안해졌다. 그 남자의 이름은 로쉐 페레로였다.

　젠장. 리리는 나지막하게 욕설을 내뱉었다. 하필 이름을 지을 때 눈앞에 보이는 것이 초콜릿일 게 뭐람. 그래. 그래도 귀찮다고 개똥이라던가 바보 등의 끔찍한 이름을 짓지 않은 것에 감사해야지. 고맙다, 2주 전의 나.

　리리는 억지로 마음을 도닥이며 고개를 들었다. 그러고 보니 그녀는 눈앞에 있는 집사의 이름도 모르고 있었다.

　"참, 네 이름은 뭐야?"

　"전 안젤리노라고 합니다."

　"아, 그렇구나. 알았어, 젤리."

　"……왜 갑자기 젤리가 되는 거죠?"

"안젤리노는 기니까?"

젤리는 황당함에 얼어붙어 말을 잇지 못했다. 그동안 그에게 전혀 관심이 없었던 아가씨가 지금이라도 이름을 물어봐 준 것이 기쁘긴 했지만, 줄인 이름이 너무 이상했다.

"그래도 젤리는 싫습니다."

왜 하필 젤리인가. 그런 품격 없는 이름이라니. 그러나 리리는 듣는 척조차 하지 않았다.

"됐고, 이 동네는 신이 이름을 내려주나?"

그녀의 태도를 보니 항의해도 소용이 없을 것 같았다. 안젤리노는 속으로 구시렁거렸지만 예의 바르게 대답하는 것은 잊지 않았다.

"아가씨와 주인님은 특별히 신의 축복을 받으신 분들이라서 그렇습니다."

"신의 축복?"

"네. 그래서 주인님께선 암흑 속성 주술사였음에도 신성계열까지 지닐 수 있게 되었고, 아가씨도 신의 축복을 받은 아이라고 해서 유명하신 편입니다. 물론 오래전 일이어서 기억하고 있는 자가 그렇게 많진 않겠지만요."

"아하, 그래서 명성이 100이었구나."

성력이라는 것도 그 축복 때문에 생긴 모양이었다. 왜 주술력에 신성계열이라고 표시되어있는 게 아니라 성력으로 따로 나누어져 물음표 표시가 있는지는 여전히 모르겠지만.

'로쉐는 원래 암흑 속성 주술사였구나. 하긴 그게 더 잘 어울린다.'

그녀는 싸늘한 로쉐의 겉모습을 떠올리며 고개를 끄덕였다. 확실히 신성계열보다는 암흑계열이 어울리는 분위기였다. 물론 타고난 계열에 따라 분위기나 외모가 달라지는지는 알 수 없었지만 말이다.

딴생각을 잠시 하던 리리는 오프닝 영상을 건너뛰는 바람에 알 수 없게 되어버린 과거에 대해 물어보았다.

"근데 왜 신의 축복을 받았는데?"

"말할 수 없습니다."

하지만 젤리는 냉정하게 대답하며 입을 다물었다.

"좋은 말로 할 때 알려주지?"

그녀의 협박에도 젤리의 꾹 다문 입은 열리지 않았다. 리리가 아무리 험악한 표정을 짓고 살벌한 말을 한다고 하더라도 겉모습은 마냥 작고 귀여운 소녀였기에 전혀 소용이 없었다. 단지 집사라는 위치에서 아가씨의 협박 아닌 협박을 무시해야 하니 압박을 느끼는 것뿐이었다.

"궁금해, 젤리는 똑똑하니까 말해줄 수 있잖아?"

리리는 어려진 겉모습을 이용해 사랑스러운 표정을 지으며 매달렸다. 사르르 녹아내리는 그 달콤함에 잠시 풀어졌던 젤리가 급히 마음을 다잡았다.

"알려주면 소원 하나 들어줄게."

리리는 거래를 시도해보기도 하고,

"자신의 과거를 모른다는 건 말이 안 되는 일이야. 알 권리가 있다고 생각해."

설득도 시도해보았지만 소용이 없었다. 이러다가 정말 털어놓는 사태가 벌어질지도 모른다는 생각을 하게 된 젤리가 도망가 버렸기 때문이었다.

그녀는 한숨을 내쉬었다. 젤리의 창백해졌다가 붉어졌다가 노래졌다가 하는 다양한 색상으로 변하던 얼굴빛을 떠올리며 어쩐지 집사와의 친밀도가 대폭 하락한 것 같다는 기분을 느꼈다.

'혹시 이 몸뚱이, 신의 아이인가.'

현실에서 여기 오기 바로 전에 플레이했던 게임도 신의 아이인지, 요정인지 뭐 그랬던 것 같았다. 대뜸 플레이어 캐릭터인 「아빠」에게 애 좀 키우렴 하고 덜컥 맡기는 것이 게임의 시작이었다.

하지만 이건 그 게임이 아니지 않은가. 처음에는 같은 종류라고 생각했지만 알면 알수록 많이 달랐다.

'젤리가 말한 신이 나를 이곳으로 보내준 건가? 그럼 그 신은 누구지? 이름은 내가 지은 게 확실한데 내가 신일리는 없고…… 뭐지.'

당시에는 인터넷을 하다가 팝업창이 뜨는 건 무척 흔한 일이었기에 별다른 의심을 하지 않았지만, 가만히 생각하니 이상했다. 게임 제목도 없었고, 사진 같다고 생각할 정도로 그래픽이 좋았음에도 다운로드도 없이 바로 실행됐다.

'팝업창이 뜬 게 과연 우연일까?'

계속 생각해보았지만 답이 나올 리가 없었다.

새삼 게임에 들어올 때 "무사히 성장하기를." 하고 중얼거리던 목소리가 떠올랐다. 그때도 어쩐지 꺼림칙했었는데, 지금 생각해도 그랬다. 또한 뭔가 숨기는 것이 많아 보이는 젤리의 태도도 찝찝했다.

'아, 오프닝 영상 좀 제대로 볼걸. 뭔가 정보가 있었을지도. 이 몸뚱이, 아무래도 출생의 비밀이 있는 것 같은데 안 좋은 거면 어쩌지.'

리리는 앞으로 알아낼 것이 많다는 생각을 하며 한숨을 내쉬었다.

그녀가 이 세계에 처음 들어온 날은 빙의하게 된 몸의 생일로 1월 1일이었다. 하지만 들어오자마자 병에 걸려 일주일이 순식간에 지나갔다.

둘째 주부터는 리리가 일정을 정할 수 있게 되었지만 아직 몸이 완전히 회복되지도 않았고, 툭하면 스트레스가 급증해 앓아눕기에 로쉐의 권유로 일주일간 더 쉬기로 했다. 리리는 모처럼 휴가를 얻은 기분이 들어 기뻤다.

"아가씨, 일어나실 시간입니다."

하지만 젤리는 그녀의 몸이 많이 낫자 직업정신을 살려 아침 8시만 되면 밥을 먹으라고 깨우기 시작했다.

"싫어! 더 잘래!"

물론 리리는 버텼다. 현실에 있을 당시 야간에는 PC방 아르바이트, 아침부터 저녁까지는 편의점에서 일하느라고 늘 잠이 부족했다. 그래서 쉬는 날만 되면 온종일 시체처럼 쓰러져 자는 것이 유일한 낙이었다.

잘 수 있을 때 자라. 먹을 수 있을 때 먹어라. 그게 리리의 모토였다. 그런데 별다른 일정도 없는데 꿀 같은 늦잠을 방해하다니. 그녀의 마음속에서 젤리에 대한 친밀도가 하락했다.

그러든가 말든가 젤리의 태도는 강경했다.

"그럴 수는 없습니다."

젤리는 한참이나 문을 두드리며 리리를 깨우다가 결국 문을 열고 방으로 성큼성큼 들어왔다. 이차피 일정도 없는데 그로서도 아가씨 마음대로 하게끔 두는 것이 편했다. 하지만 주인님께서 정해주신 아가씨의 식사량이 있었다.

"식사는 챙겨 드셔야지요. 하루 세 끼 모두."

아가씨의 건강을 위해서라도 그건 지켜야 했다. 먹고 다시 재우는 한이 있더라도 말이다.

방으로 들어온 젤리가 커튼을 걷어버렸다. 그러자 두꺼운 천에 가로막혀있던 햇빛이 방 안으로 쏟아졌다. 창문을 활짝 열자 새들의 맑은 지저귐도 들려왔다.

밝은 햇살에 눈이 부신 리리는 이불을 머리끝까지 뒤집어쓴 채 꼼지락거렸다. 젤리는 침대맡에서 한동안 일어나시라며 점잖게 얘기하다가 말로는 도저히 안 되겠다는 사실을 깨닫고 이불을 확 빼앗아 버렸다.

"으앗! 뭐하는 짓이야!"

잠옷 차림으로 이불을 빼앗기게 된 리리는 당황하며 얼굴을 붉혔다. 하지만 젤리는 안색 하나 바뀌지 않은 채 이불을 자신의 품속으로 돌돌 말아 안았다.

"말로 안 되면 다른 방법을 사용해야지요. 앞으로 수단과 방법을 가리지 않고 깨울 테니 웬만하면 스스로 일어나시는 것을 추천해드립니다."

어차피 젤리는 리리가 갓난아기였을 때부터 키워온 집사다. 그동안 아무 반응이 없던 아가씨를 씻기고, 먹이고, 재웠던 그가 이런 일에 눈 하나 깜짝할 리 없었다.

하지만 리리의 실제 나이는 스물네 살이었다. 얇은 잠옷 차림으로 젤리와 마주쳐도 상관없을 만큼 대담하고 털털한 성격도 아니었다. 아무리 까마득하게 연하라지만 남자는 남자였으니까. 게다가 어릴 때부터 남에게 시중을 받아오긴커녕, 성인이 된 후로는 보육원에서 나와 혼자 지내온 리리였기에 누군가가 그녀의 공간을 침범하는 것이 더욱 불편했다.

"너무해."

진심으로 억울해진 리리가 촉촉하게 젖은 눈을 비비적거리며 투덜 거리기 시작했다.

"아무리 내가 어려도 그렇지 어떻게 숙녀의 방에 이렇게 쳐들어와서 이불을 빼앗아 갈 생각을 해? 부끄럽고 창피해서 울고 싶어진다고."

"방금 하품한 것 다 봤습니다."

"……쳇."

만만치 않은 상대였다. 리리는 늦잠을 포기해야 한다는 것이 안타 까웠지만 젤리의 말대로 하는 것이 낫겠다고 생각했다. 어쩐지 젤리 라면 더한 방법을 사용해서라도 그녀를 깨울 것 같았기 때문이었다. 그리고 리리의 생각은 옳았다.

'내일도 이러시면 잠을 깨울 수 있는 물건을 알아봐야겠어.'

주술이 걸려 있는 물건은 상당히 비쌌지만 아가씨를 깨우기 위해서 라면 뭔들 못하리오.

다행히 집사가 사비를 털어서 물건을 사는 일은 생기지 않았다. 리리 는 포기와 적응이 빠른 성격이었기에 굳이 집사랑 투닥거리면서까지 늦잠을 자고 싶은 생각이 없었다. 어차피 잘 수 있는 시간은 넘쳐났으니까.

그래서 리리는 다음날부터 투정을 부리고 늦장을 부릴지언정 젤리가 방에 들어오기 전에는 일어나기 시작했다. 아침 먹고 자고, 점심 먹고 자고, 저녁 먹고 자고, 그렇게 나름대로 평화로운 일주일이 흘러갔다.

물론 일주일 동안 간간이 스트레스 폭탄을 받기도 하고, 하루에도 수십 번이나 지금의 상황이 좋다고 생각했다가 금세 원래 있던 곳으로 돌아가고 싶다고 울부짖기도 하는 등 감정의 기복이 심했지만 말이다.

그래도 이제는 많이 편안해졌다. 마냥 낯설고 당황스러운 것투성이지만 아무것도 가지지 못했던, 원래 살던 곳에서의 삶에 비교해 보면 이곳이 훨씬 나았다. 게임 시스템도 굉장한 이점이었고 예쁘고 어린 부잣집 소녀가 된 것도 그렇고.

정작 시도 때도 없이 발작하듯 소리치는 리리를 가까이에서 지켜보았던 젤리만 스트레스로 고생하고 있었다.

그렇게 1월 둘째 주가 지나가고 1월 13일인 오늘, 리리는 첫 일정을 짰다.

조금 고민하는 척했지만 그건 곁에 있는 젤리 때문이었을 뿐 이미 머릿속으로는 모든 계획을 다 세운 상태였다.

"역시 이렇게 하는 것이 좋겠어."

리리는 젤리에게 수첩을 건네주며 가볍게 웃었다.

젤리는 할 말을 잃어버린 듯 한동안 수첩만 바라보았다.

"······이게 뭡니까."

마침내 그의 입이 열렸다. 힘이 하나도 들어가 있지 않은 허탈한 목소리였다. 15일부터 21일까지의 일정은 텅 비어있었다. 아무것도 하지 않고 휴식을 취하겠다는 뜻이었다.

"이렇게 하시려고 주인님을 설득하셨던 건가요."

리리는 젤리의 질문에 시선을 피하며 딴청을 피웠다. 아니라곤 못하겠다. 이제까지 그녀는 살기 위해서 또래가 놀 때도 잘 때도 돈을 벌었다. 그녀는 중학교 이후로 제대로 된 휴식을 취해본 기억이 없었다. 그래서 좀 더 여유로운 시간을 가지고 싶었다.

물론 마냥 놀기만 할 생각은 없었다. 아무것도 모르는 상태에서 교육을 받거나 아르바이트를 하면 이 세계 사람들의 생활방식과 가치관 등을 전혀 모르고 있기 때문에 분명히 문제가 생길 터였다. 그래서 일단 이 세계에 적응하는 것이 우선이라고 생각해서 모든 일정을 비운 것이다.

하지만 젤리는 그런 리리의 생각을 알 수 있을 리가 없었다.

"······정말 너무하십니다."

젤리의 커다란 눈에 눈물이 맺히기 시작했다. 아름다운 황금빛 눈동자가 물기로 아른거렸다.

"왜, 왜 그래······."

리리는 갑자기 울기 시작하는 젤리의 모습에 너무 놀라 주춤주춤 뒤로 물러났다. 젤리의 새하얀 속눈썹에 매달려 있던 눈물이 결국 뺨을 타고 흘러내렸다. 그걸 본 리리의 머릿속이 새하얘졌다.

왜 갑자기 우는 걸까. 일주일 동안 조금 여유를 가지고 이 세계에 대해 알아보면서 적응하겠다는 생각이 그렇게 큰 잘못인 건가.

리리는 고개를 숙이고 눈을 질끈 감은 채 울고 있는 젤리를 올려다보았다. 어떻게든 참으려는 듯 꽉 쥔 두 주먹이 안쓰러워 보였다. 젤리가 우는 모습은 남녀노소를 모조리 홀려버릴 정도로 매력적이었다. 리리는 그 모습이 귀엽고 사랑스럽다고 생각하다가 퍼뜩 정신을 차렸다.

'내가 미쳤나.'

지금 이런 상황에 감탄이나 하고. 그녀는 자신이 어이없어 입술을 깨물었다.

"왜 우는 거야, 응? 내가 뭐 잘못했어? 말해주면 고칠게. 아니, 고치려고 노력해볼게. 울지 마, 내가 미안해."

리리는 사과를 하며 급히 다가갔다. 그러고는 손을 뻗어 젤리의 눈물을 닦아주었다.

이제까지 리리는 이곳에 있는 사람들은 그녀와는 상관없다며 아무렇게나 행동하고 생각 없이 말해왔다. 하지만 젤리의 우는 모습에 처음으로 그가 게임에 나오는 캐릭터가 아니라 살아있는 사람이라는 걸 느꼈다. 그와 동시에 난감해졌다. 이제까지 너무 막 대한 것 같았다.

그런데 하필이면 왜 지금 우는 거지?

리리는 다시 한 번 자신의 행동을 떠올려봤지만 아무리 생각해도 이유를 알 수가 없었다.

젤리는 인형 같던 리리가 갑자기 생기를 되찾은 후 자유롭게 움직이고 말도 하기 시작하자 더할 나위 없이 기뻤다. 갑작스레 확 달라진 아가씨가 낯설었고, 거침없는 말과 행동에 당황하기도 했지만 이제야 진짜로 작은 주인님을 모시게 된 것 같아 들떴다. 그는 지금까지와는 달라진 생활을 하게 될 거라고 믿어 의심치 않았다. 여느 아가씨들처럼 이런저런 교육을 받으며 어여쁘게 성장해 갔으면 좋겠다고 꿈꾸기도 했다.

특히 그녀가 인생은 스스로 개척하는 것이라며 주인님에게서 일정짜는 권한을 인수받았을 때는 가슴이 벅차올랐다. 이제 막 열 살이 된 아가씨 입에서 책임이라느니 인생은 스스로 개척하는 것이라느니 원하는 미래를 위해 노력할 것이라느니 하는 말이 흘러나오니 감동적이었던 것이다. 과연 어떤 미래를 어떤 식으로 그려 나가실까 기대가 됐고, 그 모습을 곁에서 지켜볼 수 있게 되어 기쁘다고 생각했다.

하지만 또 휴일이라니. 아무것도 하지 않겠다는 뜻이 아니던가. 젤리에게는 일주일의 빈 일정이 자신의 미래를 바닥에 버리겠다는 뜻으로 보였다. 10년을 그렇게 버려왔는데 앞으로도 그러겠다니.

"내가 잘못했으니까 우는 거지? 울려서 미안해. 근데 진짜 왜 그런지 잘 모르겠어. 혹시 일정을 하나도 정하지 않아서 그래? 내가 계속막 놀고먹고 그럴까 봐 걱정돼서 그런 거야?"

하지만 서툰 손짓으로 자신의 눈물을 닦아주는 아가씨의 눈을 마주본 순간, 울컥울컥 치밀어 오르던 복잡한 감정이 천천히 가라앉기 시작했다.

아가씨는 진심으로 미안해하고 있었다. 마치 울 것 같은 눈동자로, 자신이 무슨 잘못을 한 건지 알 수 없는 듯 어리둥절하고 당황하여 그를 바라보고 있었다. 늘 유리구슬처럼 투명하고 고요했던 눈동자가 감정으로 가득 차 흔들렸다.

한심하게도 자신보다 어리고 작은 아가씨에게 위로와 사과를 받고 있었다. 사실 이렇게 변하신 것만으로도 기뻐해야 할 일인데.

"이런 꼴을 보여서 죄송합니다."

그는 장갑 낀 손으로 눈물을 벅벅 닦아내며 사과했다. 그 거친 손길 때문에 젤리의 눈 근처가 붉게 달아올랐다. 물기가 가득한 눈동자와 훌쩍임이 남아 있는 숨소리. 지금까지의 차분하고 이성적이던 집사의 모습은 그 어디에도 보이지 않았다.

"내가 뭘 잘못했는지 말해주면 안 돼?"

젤리는 뭐라고 대답해야 할지 알 수 없어서 입을 다물었다. 어차피 혼자 기대하고 혼자 실망한 것이다.

물론 갑자기 변해버린 아가씨에게 적응할 틈도 없이 그녀가 내뱉는 말에 상처를 입기도 했고, 머리를 쥐어뜯으며 발작을 하는 아가씨의 모습에 뭐가 또 잘못될까 봐 가슴을 졸이기도 했다. 그것이 이번 일로 터져버린 것이다.

하지만 그것은 집사로서 당연히 감수해야 했다. 힘들다고 울음을 터트려서는 안 됐다. 다른 집사들은 이보다 더욱 괴로운 일들을 감수하고 있을 것이 뻔했다.

"아가씨가 말씀하신 대로 다양한 경험을 하며 꿈을 찾으시고, 그 꿈을 이루기 위해 노력하는 모습을 보리라 기대했습니다. 주제넘은 말을 해 죄송합니다."

리리는 상처받는 것이 두려워 벽을 쌓고 살아와 사람 대하는 것이 무척 서툴렀다. 이런 말에 뭐라고 반응해야 할지 알 수가 없어 잠시 고민했지만 결국 젤리의 손을 붙잡으며 솔직하게 말을 꺼냈다.

"그동안 내 생각 없는 행동이나 말에 상처받았다면 미안해. 하지만 나도 적응할 시간이 좀 필요해. 기억이 아무것도 없어서 그런지 난 지금 모든 것이 낯설고 두렵거든. 다음 주 일정을 모두 비운 것도 그 때문이야. 이 세계에 대해 좀 알아보고 싶었어. 자유롭게 돌아다니면서 이곳의 분위기나 사람들이 사는 모습 등 모든 것을 직접 느껴보고 싶었거든. 교육이나 알바는 그 후에 해도 늦지 않잖아?"

"……아가씨."

"내게 시간을 좀 줘. 천천히 나아질 거야. 그렇게 되도록 노력할게."

진심이었다. 그리고 젤리에게 미안하다는 말도 진심이었다. 이제까지 게임 캐릭터라고만 생각했던 그는 생각하고 움직이며 그녀 때문에 상처도 받는 사람이었다. 아무리 언제까지 있을지 모르는 임시적인 육체라고 해도 자신에게 진심을 보이고 챙겨주려는 사람에게 함부로 해서는 안 되는 일이었다.

† 도덕성이 30 증가했습니다.
† 성품이 50 증가했습니다.
† 감수성이 20 증가했습니다.
† 예의범절이 10 증가했습니다.
† 화술이 30 증가했습니다.

갑자기 리리의 눈앞에 시스템창이 주르륵 떠올랐다.

"무례하게 굴어 죄송합니다. 이대로 진행하겠습니다."

동시에 젤리가 살짝 미소 지으며 말했다. 얼굴에는 눈물의 흔적이 고스란히 남아있어 안타까웠지만 어른 흉내를 내는 모습보다는 이런 모습이 훨씬 보기 좋았다.

리리는 비록 시스템창이 떠오른 것은 아니지만 집사와의 친밀도도 올라간 것 같다고 생각했다.

"아가씨, 일어나실 시간입니다."

젤리라는 알람이 리리를 깨웠다. 그녀는 얼굴을 찌푸리며 신경질적인 손짓으로 머리를 마구 흩뜨렸다. 시간을 확인해보지는 못했지만 8시 정각을 가리키고 있을 것이 뻔했다. 무서울 정도로 정확하게.

"그래, 그래. 일어났어."

"아, 일어나셨군요. 준비하는 것 도와드릴까요?"

"됐어……."

리리는 그렇게 대답한 뒤에도 이불 속에서 한참을 뭉그적거리다가 결국 몸을 일으켰다. 어차피 일어나야 하는데 불평해봤자 소용없다는 것을 잘 알고 있기도 했고, 더 시간을 끌다가는 문밖에서 젤리가 쳐들어올지도 몰랐다.

'아무리 그래도 젤리에게 도움받는 건 민망해.'

보통 여자아이의 시중은 같은 여자가 들어주는 것 아닌가? 유모나 메이드. 그것도 부끄러운 건 마찬가지겠지만.

그러고 보면 리리는 2주 정도 이곳에서 지냈지만 집사와 로쉐 외에 다른 사람을 본 적이 없었다. 마주치지 못한 걸까, 정말로 세 사람뿐인 걸까. 아마 누군가 더 있는데 못 본 것뿐이겠지. 그녀는 이렇게 커다란 저택에 세 사람뿐이라면 이상할 거라고 생각하며 아침 준비를 시작했다.

이곳의 화장실은 원래 살던 곳과 크게 다르지 않았다. 따뜻한 물도 나왔고, 모양과 방식이 약간 특이했지만 양변기와 비슷한 것도 있어 큰 무리 없이 적응할 수 있었다. 만약 화장실이 없다거나 이상한 미신 따위로 씻는 것이 대중화되어 있지 않았다면 한동안 고생했을지도 모르는 일이었다.

리리는 대강 씻은 뒤 아이템창을 열어 옷을 골랐다. 기본 옷 하나만 가지고 있는 것이 아니라 다행이었다. 이렇게 많은 옷을 가져본 것은 태어나서 처음이었다. 어차피 디자인만 다를 뿐 고급스러운 비단으로 만들어져 편안하다는 설명은 동일하기에 기능에 상관없이 마음에 드는 옷을 고르면 됐다.

옷을 갈아입은 리리는 거울 속에 비치는 자신의 모습을 바라보며 만족스러운 미소를 지었다.

"예쁘긴 겁나 예쁘네."

푸른빛이 도는 미니드레스는 한복과 드레스를 섞어놓은 듯한 공주 풍의 옷으로, 여기에 꽃으로 장식된 머리장식까지 착용했는데도 전혀 이상하게 느껴지지 않을 정도로 화려한 미모였다. 그녀는 한참을 거울 앞에서 이리저리 살펴보다가 방에서 나갔다. 문밖에서 대기하고 있던 젤리가 그녀를 반겨주었다.

"오래 걸리시네요."

"그랬나?"

오늘따라 유난히 신경을 많이 쓰긴 했다. 첫 외출을 앞두고 있었기 때문이다.

그동안 먹고 살기 바빠 해외는커녕 국내 여행도 다녀본 적이 없었던 리리였기에 낯선 세계, 그것도 게임 속 특이한 세계를 직접 보고 경험하게 되었다는 사실에 들떠 있었다. 이곳은 어떤 사람들이 살고 있을까. 어떻게 살아갈까.

그녀는 식탁 위에 차려져 있는 아침 식사를 하며 헤실헤실 웃었다. 여행의 설렘이 이런 것인가?

"기분이 좋으신가 보군요."

"응. 좀 들떴네. 아, 근데 이 요리는 누가 만드는 거야? 요리사?"

저택에서의 식사는 간단한 편이었다. 맑은국과 부드러운 고기, 샐러드가 주로 나왔고 쌀밥과 비슷한 음식과 나물 같은 밑반찬 등이 차려지기도 했다. 김치나 찌개 등 한국적인 음식이 없어서 아쉬웠지만 그렇다고 느끼하고 더부룩한 양식 위주도 아니어서 그럭저럭 적응해 갈 수 있었다. 옷차림과 마찬가지로 음식도 익숙하시는 않지만 그렇다고 낯설지만도 않았기 때문이었다.

리리는 이런 음식을 만들어 주는 사람이 궁금했다. 어차피 다른 고용인도 슬슬 소개받아야 할 것 같아 겸사겸사 물어봤다.

"제가 직접 만들었습니다만, 혹시 입맛에 맞지 않으십니까?"

그러나 예상과는 다른 대답에 리리는 입으로 가져가던 포크까지 그대로 멈춘 채 멍하니 그를 바라보았다. 집사가 요리까지 해? 여기 생각보다 가난한 집인가?

"요리사는?"

"요리사는 굳이 필요가 없습니다."

"그럼 설거지, 아니 그것뿐만 아니라 청소랑 빨래는?"

"그것도 전부 제가 하고 있습니다. 아, 그래도 청소는 가끔 사람을 부르기도 합니다. 아가씨도 아시겠지만 이 저택이 워낙 넓어서요. 세심한 것까지는 신경 쓰기가 어렵더군요."

이 넓은 저택도 젤리가 혼자 청소한다고? 리리는 어이가 없어서 할 말을 찾지 못하고 입만 뻐끔거렸다. 요리하고, 식사를 차리고, 리리를 깨운 다음에 먹이고, 치우고, 청소하고, 빨래하고, 그 와중에 그녀의 일정까지 신경 쓰고? 몸이 열 개라도 모자랄 것 같은 일과였다. 진즉 스트레스받아 쓰러지지 않은 것이 용하다고 생각했다.

그녀는 들고 있던 포크를 식탁 위에 큰 소리가 날 정도로 세게 내려놓은 뒤 외쳤다.

"왜? 왜 젤리 혼자 해? 다른 사람 써야지! 할 일이 그렇게 많은데!"

"아…… 아가씨."

리리는 어린 나이 때부터 돈을 벌어왔고, 일한 만큼 대가를 받는 것이 얼마나 힘들고 얼마나 중요한 것인지 누구보다 잘 알고 있었다.

특히 어릴수록 제대로 대가를 받기는 더 힘들었다. 일을 시켜주는 곳이 별로 없기도 했지만, 무엇보다도 아이의 순진함과 절박함을 이용해 노동력을 착취하는 곳이 많았다. 리리는 어린 시절의 그녀와 눈앞의 젤리가 겹쳐 보여 강한 분노를 느꼈다. 이렇게 여리고 순해 빠진 소년을!

"이건 노동력 착취야!"

젤리는 그러한 그녀의 모습에 울컥 치밀어 오르는 감동을 주체할 수가 없었다. 자신이 힘들까 봐 걱정하는 아가씨라니.

분명히 이 저택의 일은 보통 사람이라면 혼자 하기에 벅찼겠지만 젤리에게는 별로 어려운 일이 아니었다. 청소나 빨래 등 집안일은 그가 가지고 있는 「능력」으로 오히려 사람을 구해 일을 시키는 것보다 더욱 빠르고 깨끗하게 해결할 수 있었다. 그러니 집안일보다는 속을 알 수 없는 리리와 한눈팔 수 없는 주인님이 정신적으로 더 피곤했다.

"사실 저택이 커서 그렇게 느끼실 뿐, 제가 하는 일은 별로 없습니다. 주인님과 아가씨, 두 분만 모시는 거니까요."

물론 요즘은 유모 한 명쯤은 구하는 것이 좋지 않을까 싶기는 했다. 아가씨가 정신을 차리신 후로는 자신이 시중드는 것을 부끄러워하는 듯했기 때문이었다. 더구나 매일 아침 리리를 깨우고 준비하는 것에 매번 이렇게 많은 시간을 투자하기는 곤란했다.

"그래도…… 내가 도와줄까?"

"마음만으로도 감사합니다, 리리 아가씨."

젤리는 동그란 눈동자로 머뭇머뭇 그를 올려다보는 리리의 모습에 다시 한 번 감동했다. 역시 착하고 여린 아가씨였다. 그동안은 아가씨의 표현 방식이 서툴렀던 거라고 생각하며 젤리는 감동 때문에 아른거리는 눈물을 급히 훔쳤다.

리리는 그 모습을 바라보며 오해를 키워나갔다.

'그동안 얼마나 힘들었을까, 불쌍한 것. 일한 만큼 대접받지 못하는 것이 얼마나 서러운데. 봐, 눈물까지 비추잖아. 로쉐, 그렇게 안 봤는데 무서운 사람이네.'

"이제 곧 9시입니다. 오늘도 아무런 일정은 없지만……. 무슨 계획이나 하고 싶은 일 있으십니까?"

"바깥에 나가 볼 생각이야. 여기저기 구경 좀 하고 싶어서."

리리가 식탁을 치우는 젤리를 도와 접시를 포개며 대답하자 그는 눈을 반짝였다.

"잘 생각하셨습니다."

이번 주도 온종일 집에서 뒹굴거릴까봐 내심 걱정되었던 모양이었다. 그 마음이 고스란히 느껴져 리리는 어색한 미소를 지으며 말을 이었다.

"그래서 말인데…… 어디로 가야 해? 창문으로 내다보니까 여기 꽤 외진 곳에 있는 것 같던데."

리리는 방에 있는 창으로 바깥 풍경을 내다보았던 적이 있었다. 창 밖에는 저 멀리 커다랗고 화려한 황궁과 호수가 그림처럼 펼쳐져 있었다. 그 주변에는 장난감 같은 집들이 옹기종기 모여 있었고 끝도 보이지 않을 정도로 잔뜩 들어서 있는 건물 사이사이 광장으로 보이는 빈터가 자리 잡고 있는 것이 보였다.

처음에는 그야말로 게임 일러스트 같은 그 풍경에 감탄사를 내뱉었지만 이내 현실을 자각했다. 도시의 풍경이 저 멀리까지 한눈에 보일 정도라면 리리가 머물고 있는 저택이 엄청나게 높고 외진 곳에 있다는 뜻이었다.

리리는 다른 방에도 들어가 바깥을 내다보았지만 주위에는 우거진 나무들밖에 보이지 않았다. 아무래도 산속에 있거나 산을 깎아 만든 터에 자리 잡은 저택인 듯했다.

그러나 젤리의 대답은 간단했다.

"아, 그건 걱정하지 않으셔도 됩니다. 원하시는 곳 어디든 보내드릴 수 있으니까요."

"정말? 어떻게?"

"주술로요. 원리는 제가 알려드리는 것보다는 나중에 주술 수업에서 직접 배우시는 것이 좋을 것 같습니다. 아무튼 아가씨가 원하는 시간에 원하는 장소로 보내드릴 수 있으니 그런 건 걱정하지 마세요."

리리는 그제야 일정을 짤 때 이동 시간이 나와 있지 않다는 것을 깨달았다. 같은 건물이 아닌 이상 만약 무용 다음에 미술을 배우려고 한다면 분명 그 중간에 이동하는 시간을 계산해 넣어야만 했다. 하지만 일정표는 무용이 3시에 끝난다면 바로 3시부터 미술을 배우도록 짤 수 있었다.

"그럼 내가 교육이나 알바를 할 때도 일정에 따라 해당 장소로 이동시켜 주는 거야?"

"네, 그렇습니다. 시간이 되면 자동으로 이동이 되니 늦거나 길을 헤맬지도 모른다는 걱정은 하지 않으셔도 됩니다."

하지만 갑작스레 나타나고, 순식간에 사라지면 사람들이 당황해 하지 않을까.

"만약에, 교육이 안 끝났으면? 음, 그니까…… 교육을 받는 중이야. 원래 1시에 끝인데 수업이 길어졌어. 근데 다음 일정이 바로 이어져 있어. 그럼 수업받는 도중에 이동하는 거야?"

"네? 그게 무슨 말씀이신지……."

그녀가 학교에 다닐 때에도 쉬는 시간 종이 쳤는데 계속 말을 잇는 선생님이 계셨다. 게다가 아르바이트는 더욱 심하지 않은가. 손님을 상대하다가 이동하면 사장이나 리리나 당황스러울 것 같았다.

젤리는 의아해하다가 이내 고개를 끄덕였다.

"아, 알 것 같네요. 그런 건 걱정하지 않으셔도 됩니다. 제가 아가씨를 이동시켜 드리는 것처럼 이렇게 이동하는 사람들이 종종 있기 때문에, 보통 끝나기 5분 전에는 아르바이트든 수업이든 마무리를 짓는 편이거든요."

"이렇게 이동하는 사람들이 또 있다고?"

들으면 들을수록 알쏭달쏭해졌다. 하지만 젤리는 더 설명해 줄 생각이 없는 듯했다. 하긴 차차 알아 가면 되겠지. 리리는 일단 고개를 끄덕였다.

"그럼 아가씨, 어디로 가시겠습니까?"

"음. 글쎄……. 너무 넓어서. 화, 황궁 근처?"

"네, 알겠습니다."

"자, 잠깐! 잠깐만!"

가장 중요한 것을 잊을 뻔했다.

"집으로 돌아오고 싶을 때는 어떻게 해?"

그녀는 길도 모르는데다 황궁 근처에서 집까지 얼마나 되는지도 감조차 잡을 수가 없었다.

"아, 그렇군요."

젤리도 비로소 그 문제를 깨달은 듯했다. 아가씨는 계속 저택에만 있었으니 이제까지 생각해볼 이유가 없었던 것이다. 만약 일정이 있다면 따로 언급이 없는 한 끝나자마자 집으로 모셔오면 됐지만 일정이 없다면? 구체적인 계획이 없는 외출이라면? 언제 집으로 모셔 와야 하는 건지 알 수가 없었다. 리리 마음이니까.

젤리는 어떻게 할까 잠시 고민하다가 자신의 순백색 머리카락을 한 움큼 뽑아들었다. 적어도 몇십 가닥은 되어 보이는 머리카락을 아무렇지 않게 뽑는 모습에 리리는 멍청한 표정으로 그를 쳐다봤다.

'아프지도 않나? 아니, 그것보다 갑자기 머리카락은 왜? 네가 머털도사니?'

젤리는 머리카락을 손에 쥔 채 리리가 알아들을 수 없는 말을 웅얼거리기 시작했다. 이게 무슨 짓인가 생각하던 리리는 곧 젤리의 손에서부터 뻗어 나오는 환한 빛에 얼어붙고 말았다. 빛이 잦아들자 젤리의 손바닥 위에는 작은 인형 하나가 덩그러니 놓여 있었다. 등에 날개가 달린 하얀 말 인형이었다.

"페가수스?"

"당장 필요하니 일단 만들어보긴 했지만 제 능력이 부족해 이 정도가 한계네요. 아무래도 주인님께 말씀드려야겠습니다."

"이게 뭔데?"

리리는 젤리가 건네준 인형을 이리저리 살펴보며 되물었다. 손바닥 위에 얹을 수 있을 정도로 작은 페가수스 인형은 젤리를 닮아 온통 새하얀 털에 황금빛 눈동자를 지니고 있었다.

"저와 연결된 주술 인형이라고 보시면 됩니다. 인형에게 집으로 돌아가고 싶다고 말씀하시면 바로 돌아오실 수 있습니다."

"와, 신기하네."

리리는 손에 들린 인형을 다시 한 번 살펴보았다. 겉으로 보기에는 평범해 보였다. 제법 귀여워서 마음에 들긴 했지만. 젤리는 인형에 대한 설명을 덧붙였다.

"제 능력이 부족해 집으로 돌아가고 싶다는 것 외에는 알아들을 수가 없습니다."

"그 정도면 충분하지, 뭐."

"그럼 즐거운 하루 보내시길 바랍니다."

젤리의 인사와 함께 따스하고 몽글거리는 봄바람 같은 것이 온몸을 감싸 안아 올리는 느낌이 들었다. 그리고 다음 순간에는 주위 풍경이 달라져 있었다.

주변은 굉장히 넓은 장소였다. 제일 먼저 섬세하게 조각되어있는 분수대와 화려한 꽃으로 꾸며져 있는 화단이 눈에 들어왔다.

근처를 지나다니는 사람들은 마차나 가마를 타고 있었고, 한눈에 보기에도 대부분이 고급스러운 옷차림이었다. 사람들이 몸에 걸친 장신구들이 햇빛에 반사되어 반짝거렸다.

"신기하네. 순간이동이라니."

갑자기 달라진 풍경에 리리는 연신 감탄사를 내뱉으며 두리번거렸다. 다행히 주변을 지나가는 사람들은 리리에게 힐끔거리는 시선만을 던질 뿐 비명을 지르거나 모여들지는 않았다. 종종 이런 식으로 이동하는 사람들이 있다고 하더니 순간이동 자체가 신기한 일이 아닌 듯 싶었다. 오히려 리리가 흥분되는 마음을 감추지 못하며 주변을 둘러보았다.

확실히 다른 세상이었다.

광장 근처로 빙 둘러 서 있는 건물들은 차분한 색상의 기와지붕과 밝은 색상의 벽으로 이루어져 지극히 동양적인 모습이었다. 그 사이로 마차와 가마가 지나다니는 모습은 상당히 낯설었다.

사람들의 다양한 옷차림 또한 신기했다. 그녀가 가지고 있는 옷과 젤리, 로쉐의 옷차림 때문에 이미 동서양이 뒤섞인 의복이라는 것을 알고 있었지만 이렇게 보니 느낌이 또 색달랐다.

푸른 하늘과 붉은 지붕의 건물들이 대조를 이루고 각양각색의 사람들이 지나다니는 이국적인 광장이라니.

그렇게 한참 주변을 둘러보던 리리는 뭔가 이상한 것을 느꼈다. 무언가 알 수 없는 힘이 자신을 억누르고 있는 것 같았다. 공기가 어쩐지 무겁고 답답했다.

'저택에서도 이러더니.'

저택에서는 그녀가 아팠으니 피곤해서 그런 줄 알고 별로 신경을 쓰지 않았는데, 지금은 그보다 조금 더 무겁고 강하게 짓눌리는 느낌이었다. 리리는 괜히 두 팔을 흔들어보기도 하고 제자리에서 통통 뛰어보기도 했지만 사라지지 않았다.

'중력이 다른가?'

아니면 아직 이 몸에 다 적응하지 못했기 때문일 수도 있었다.

'뭐, 됐어.'

딱히 피해를 주는 것도 아니니 그냥 무시하기로 했다. 실제로 움직이니 금방 적응이 되는 느낌이었다. 그녀는 어깨를 으쓱 털며 주위를 둘러보았다.

"생각보다 평범하네?"

지나다니는 사람 대부분이 갈색이나 노란색의 머리카락과 짙은 밤색의 눈동자를 지니고 있었다. 볏짚처럼 약간 바랜 듯한 색상으로, 화사한 금발이나 달콤한 초콜릿색이라고도 할 수도 없었다.

리리는 다른 사람들도 당연히 파란색이나 붉은색 등 온갖 알록달록한 색상일 거라고 생각했건만 그렇지 않았다. 리리는 젤리와 로쉐의 머리카락과 눈동자 색을 떠올리다가, 역시 그들이 평범한 인물이 아니라는 결론을 내렸다.

"하긴, 원래 중요한 인물만 튀는 법이야. 나머지는 쩌리지, 쩌리."

엑스트라까지 정성 들여 색을 칠해주는 게임이나 만화는 본 적이 없었다. 주인공이 튀어야 하니까. 잘생기거나 화려한 녀석은 주요 인물이었다.

"우와, 크다!"

그녀는 건물들 위로 우뚝 솟아오른 황궁을 보고 감탄했다. 저택의 창문으로 내려다보았을 때도 황궁 주위의 건물들이 성냥갑으로 보일 정도였는데, 이렇게 보니까 더 어마어마했다. 리리는 황궁을 조금 더 가까이서 보고 싶은 마음에 거대한 분수대가 자리 잡은 광장 한가운데를 가로질러 걸어가기 시작했다.

가는 길목에서 특이한 건물들과 상점, 다양한 옷차림의 사람들을 보다 보니 시스템창이 떠올랐다.

† 깊은 감명을 받아 감수성이 5 증가했습니다.
† 새로운 양식을 접하게 되어 예술이 3 증가했습니다.

"감수성 하나는 굳이 올릴 필요도 없겠네."

지금의 리리에게는 모든 것이 낯설고 신기했다.

마차가 다닐 수 있을 정도로 넓고 깔끔하게 정리된 길을 걸어가다 보니 조금 전 리리가 서 있던 광장과는 비교가 되지 않을 정도로 넓은 빈터가 나타났다. 그 앞에는 커다란 호수와 그 위에 세워져 있는 건물이 보였다.

사극에서 보았을 법한 양식으로 지어진 커다란 전각은 새하얀 색으로, 몇 층인지 감도 잡히지 않을 만큼 층층이 쌓여 있었다. 호수 위로 연결된 두 개의 다리로 전각으로 갈 수 있는 듯했다.

리리는 전각이 황궁의 일부라고 생각하다가 이내 멀리 떨어져 있는 성벽과 황궁을 발견하고 아니라는 것을 깨달았다. 흰색과 황금색으로 꾸며진 황궁은 호수 위에 떠 있는 전각과는 다른 양식으로 지어져 있었다. 단지 황궁이 상당히 멀리 떨어져 있음에도 바로 눈앞에 있는 전각과 비슷하게 느껴질 정도로 커서 잠시 착각했을 뿐이었다.

'오늘은 그냥 여기를 구경할까?'

아무래도 황궁까지 가려면 한참을 걸어야 할 것 같았다.

리리는 잠시 황궁을 바라보다가 다시 앞에 있는 건물로 시선을 돌렸다. 화려하고 질려버릴 정도로 커다란 황궁보다는 상대적으로 수수하고 아름다운 호수 위의 전각이 더욱 마음에 들었다.

하지만 막상 가까이 다가가 보니 그 크기와 위압감에 소름이 끼칠 정도였다. 이어져 있는 다리 역시 많은 마차와 사람들이 그 다리를 건너고 있을 정도로 넓었다.

리리도 다리를 건너기 시작했다. 생각보다 거리가 꽤 돼서 한참이나 걷고 나서야 간신히 하얀 건물이 보이기 시작했다. 입구에는 현판으로 보이는 것이 걸려 있었다.

"어?"

하지만 그녀는 현판에 있는 글자를 읽을 수가 없었다. 리리는 이 세계에 온 뒤 의사소통에 문제가 있었던 적이 한 번도 없었기 때문에 당황스러웠다. 혹시나 해서 아이템 확인을 해보았지만 그것도 도움이 되지 않았다.

† 읽을 수 없는 글자입니다.

순간 리리는 자신이 글씨를 읽지 못하는 건가 당황했지만 그건 아니었다. 분명 스케줄 수첩에 적힌 글자나 여기까지 걸어오면서 봤던 상점 간판 등에 써진 글자는 무리 없이 읽었다.

"그럼 딴 나라 글자인가?"

하긴 이 세계에도 외국이 있겠지. 리리는 대수롭지 않게 생각하며 일단 건물 안으로 들어갔다.

1층은 마치 백화점처럼 이것저것 팔고 있었다. 액세서리, 옷, 생활품과 무기 등을 종류별로 분류해 판매하는 모양이었다.

'아이템 확인.'

† 붉은 보석이 장식된 노리개.
:: 화(火) 속성 주술이 걸려 있어 보온 효과가 뛰어나다.

† 섬세하게 만들어진 부채.
:: 풍(風) 속성 주술이 걸려 있어 더욱 시원하고 청량한 바람을 느낄 수 있다.

† 장인이 한 땀 한 땀 수놓아 만든 속옷.
:: 무(無) 속성 주술이 걸려 있어 편안한 잠을 잘 수 있게 해준다.

보이는 아이템마다 전부 주술이 걸려 있어 특수 효과가 있다는 설명이 떠올랐다. 주술사들이 물건에 주술을 부여해 판매하는 모양이었다.

❧

† 새로운 사실을 알게 되어 지력이 5 증가했습니다.

"내 참, 정말 세상 살기 참 쉽네."

리리는 갑자기 떠오른 시스템창에 어이없다는 듯 웃고 말았다.

조금 더 안으로 들어가자 무기와 방어구들이 펼쳐져 있었다. 어떤 속성의 주술이 걸려 있어 방어력이나 공격력이 얼마나 증가한다는 식으로 아이템 설명이 더욱 구체화 돼서 떠올랐다. 간단한 주술을 직접 사용할 수 있다는 아이템도 있었다.

"와, 진짜 예쁘네. 이게 방어구라고?"

방어구 쪽에는 생각과는 다르게 갑옷이 아닌 하늘하늘한 옷뿐이었다. 하긴 주술이라는 것만 걸어놓으면 드레스에도 방어력이나 강도를 증가시킬 수 있는 것 같은데, 굳이 무겁고 불편한 갑옷이 필요 없을 것 같았다.

'이왕 여기 왔으니 방어구라도 하나 살까.'

그녀가 했던 육성 시뮬레이션 게임의 묘미는 딸을 다른 지역으로 모험을 보내 몬스터를 해치우고 아이템을 획득하거나 다양한 이벤트를 볼 수 있는 「무사수행」과, 아이가 자랄수록 계절마다 삽화와 이벤트가 바뀌는 「바캉스」였다. 아쉽게도 리리가 들어온 게임의 일정창에는 「무사수행」이나 「바캉스」 등의 단어는 보이지 않았지만, 어차피 자유도가 보장된 만큼 원한다면 어디로든 떠날 수 있을 터였다. 게다가 미니드레스와 별 차이가 없어 보이는 예쁜 방어구를 보니 충동구매 욕구가 솟아올랐다.

'이번 달 용돈이라며 1골드를 받은 것도 있으니 하나쯤 구매해두는 것도 나쁘지 않겠지. 사람 일이라는 게 어떻게 될지 한 치 앞도 내다볼 수 없잖아? 길 가다가 갑자기 칼빵 맞을 수도 있으니까 방어구 하나쯤은 필요할 거야.'

자기 합리화를 하던 리리는 결국 사야겠다는 결론에 이르렀고, 앞에 놓여있는 드레스를 짚으며 가격을 물어보았다. 겉으로는 그녀의 옷장에 있는 옷들과 별반 다를 것이 없어 보일 정도로 예쁘고 화려했지만 「아이템 확인」으로 보니 굉장히 유용한 갑옷이었다.

> ❧
>
> † 섬세하게 만들어진 갑옷
> :: 고급스러운 비단으로 만들어져 착용감이 좋으며 하늘거리는 모양새가 연회에 입고 가도 손색이 없다. 금(金)속성 주술이 걸려있어 웬만한 검으로는 흠집조차 내기 어려울 정도로 단단하다. 방어력+50

그녀는 전 재산인 1골드를 꺼내 들었다. 하지만 이어진 점원의 대답에 얼어붙고 말았다.

"2천 골드입니다."

"……네? 뭐라고요?"

"2. 천. 골. 드. 입니다."

점원은 또박또박 되풀이해주며 생긋 웃었지만 리리의 눈에는 "이걸 산다고? 니가?" 하고 말하는 것처럼 보였다.

리리는 생각지도 못한 금액에 정신이 아득해졌다. 2천 골드? 고작 방어구 하나가? 미친 것 아니야?

"그럼 이거는요?"

리리가 가리킨 것은 하얀 천을 둘둘 말아놓은 듯한 방어구였다. 그냥 천 쪼가리 하나 사다가 끈 하나 덜렁 매놓으면 나올만한 모양이었다.

"800골드입니다."

하지만 그 천 쪼가리의 가격은 무려 집 한 채였다. 새하얗게 질려가는 리리의 안색을 본 점원이 피식 웃으며 다른 곳을 가리켰다.

"저쪽으로 가보세요."

비틀거리며 점원이 가리킨 쪽으로 걸음을 옮기던 리리는 곧 떨이 판매처럼 마구잡이로 늘어져 있는 무기와 방어구를 발견했다. 모양새도 허접스럽기 그지없었고 걸려있는 주술도 기껏해야 가볍다거나 공격력 1, 2 정도만 올려주는, 싸구려 느낌이 폴폴 풍기는 물건들이었다. 하지만 적혀 있는 가격은 10골드, 15골드.

결국 리리는 그 건물을 도망치듯 벗어났다.

"미쳤네. 전쟁 중도 아닌 것 같은데 뭔 무기랑 방어구 따위가 저렇게 비싸지?"

몇 달 내내 죽으라고 아르바이트만 해도 간신히 싸구려 방어구를 하나 살까 말까였다. 엄청난 가격에 질려버린 리리가 고개를 절레절레 흔들며 급히 걸음을 옮겼다. 도저히 계속 있을 엄두가 나지 않는 무서운 곳이었다. 그래, 이렇게 평화로운 곳에서 무슨 방어구가 필요하다고.

'두 번 다시는 오지 않으리.'

생각 바뀌는 것은 순식간이었다.

그 시각, 리리가 다신 오지 않겠다고 다짐하게 한 그 주술사 건물 안의 도서관에서는 리리의 아빠인 로쉐가 심각한 표정으로 책을 읽고 있었다.

리리가 읽을 수 없었던 현판에 적혀 있는 글자는 「다련각」으로, 그곳의 각주가 바로 로쉐였다.

대륙에는 총 다섯 개의 주술각이 있었는데 그 중 다련각은 가장 중심에 있었다. 그는 황궁에 가야 하는 일이 없으면 시간 대부분을 다련각에서 보내곤 했다.

오늘도 마찬가지였지만, 평소와는 조금 달랐다.

보통 방에 틀어박혀 무슨 일을 하는지 알 수 없던 각주가 도서관에 와 책을 읽고 있었다. 얼굴 한번 보기도 어려운 로쉐 각주가 도서관에서 책을 읽는다는 소식에 많은 이들이 달려와 근처에서 힐끔거렸다.

'무슨 일로 여기에 오셨지?'

'각주님께선 무슨 책을 읽고 계신 걸까?'

로쉐는 다련각 내에서 너무 높아 말 한번 나눠보기 힘든 위치일 뿐 아니라 쉽게 다가갈 수 없는 위압감도 풍기고 있었다.

대륙에서 유일한 신성 주술사. 그 호칭이 가지는 힘은 컸다. 게다가 반대 성향인 암흑계열까지 지니고 있으니 그가 가진 힘과 직위는 황제와 주술사들의 우두머리인 지주 외에는 아무도 함부로 할 수 없을 정도였다.

게다가 로쉐의 미모 또한 대단해서 많은 여자가 다가오곤 했다. 물론 싸늘하고 경멸이 담겨 있는 것 같은 눈빛에 견디지 못하고 결국 도망가 버렸지만. 물론 그럴 의도가 전혀 없었던 로쉐는 그런 여자들의 반응에 상처를 받았다. 그리고 그럴수록 사람들과의 거리 역시 멀어졌다.

"각주님, 뭐 읽으세요?"

책을 읽고 있는 로쉐에게 유일하게 다가가는 사람이 있었으니 바로 로쉐의 개인 조수이자 중급 주술사인 나니였다. 그녀는 로쉐가 냉정하고 날카로워 보이는 겉모습과 다르게 속마음이 여리고 소심하다는 것도 매우 잘 알았다. 그렇기에 로쉐의 싸늘한 시선이 자신에게 꽂혀도 별다른 신경을 쓰지 않았다. 단지 자신이 가지는 영향력을 전혀 모르고 있는 로쉐 각주님이 황당할 뿐이었다.

"『아이 잘 키우기』, 『못난 아빠와 잘난 아빠』, 『교육 지침서』……. 이게 대체 뭐에요?"

그녀는 로쉐 주위에 널브러져 있는 책들의 제목을 읽어보다 어이없다는 목소리로 질문을 건넸다. 나니에는 그동안 로쉐에게 좋은 여자만나 가정을 꾸리라는 조언을 수도 없이 해왔다. 하지만 들은 척도 하지 않았던 그가 갑자기 육아책을 읽고 있었다. 그것도 엄청 심각한 표정으로.

언젠가 스쳐 지나가듯 로쉐가 자신과 마찬가지로 신의 축복을 받은 여자아이를 입양했다던 소문을 들은 적이 있었다. 물론 그녀는 로쉐의 성격을 잘 알고 있었기에 헛소문이라고만 치부했었다. 게다가 그 소문은 아주 오래되었는데 그동안 낌새가 없다가 이제 와서 육아책이라니, 설사 그때 딸을 입양했다는 것이 사실이라도 너무 늦은 감이 있지 않은가.

"아무것도 아니다."

로쉐는 답답한 마음에 저절로 터져 나오는 한숨을 흘리며 책을 덮었다. 읽어도 읽어도 이해할 수 없는 내용이었다. 꽤 오랜 시간 동안 많은 책을 읽었지만 리리를 어떻게 대해야 하는지에 대해서는 전혀 알아내지 못했다.

지금까지 다양한 지식을 쌓아왔고, 어렵다고 느낀 문제가 전혀 없었건만 도저히 답이 보이지 않는 문제가 등장했다. 바로 리리. 로쉐는 작고 귀여운 딸내미의 머릿속에 있는 생각을 감조차 잡을 수가 없어 골치가 아팠다.

딸아이는 갑작스레 말문이 트이더니 예상을 벗어난 행동만 해댔다. 무엇보다 아빠라고 부르기 싫다는 이유를 알 수가 없었다. 물론 친아빠가 아니긴 하지만 그래도 10년을 부녀지간으로 살아왔다.

그런데 왜 갑자기 아빠라는 걸 인정하지 못하겠다는 것일까. 그를 많이 싫어하는 것 같지도 않고, 집사의 보고에 의하면 과거의 사실을 알게 된 것도 아닌데.

막연히 딸이겠거니 하며 최소한의 도리만 해왔던 그는 처음 느껴보는 감정 때문에 혼란스러웠다. 딸아이가 제정신이 돌아온 것이 기뻤고, 그를 보며 웃는 모습이 더할 나위 없이 귀여웠지만 동시에 어떻게 그녀를 대해야 할지 알지 못했다. 혹시나 자신이 잘못해서 딸에게 미움을 받는다면 견딜 수 없을 것 같았다.

로쉐는 이런 생각을 하는 자기 자신도 낯설었다. 그는 자리에서 일어나 읽던 책을 모조리 제자리에 꽂아놓고 걸음을 옮겼다. 그리고 자신의 방으로 돌아와 책상에 턱을 괴고 앉았다. 나니에가 그 뒤를 따라 함께 방으로 들어왔다.

"뭐가 문제지."

나니에는 한숨을 푹 내쉬는 로쉐에게 조심스레 물었다.

"음, 각주님. 혹시 제가 도와드릴 수 없는 일인가요?"

그 말에 로쉐는 나니에에게 딸 하나가 있다는 것을 떠올렸다. 그녀는 늘 그에게 딸에 대한 자랑을 늘어놓곤 했다. 나니에의 말대로라면 그녀의 딸은 세상에서 제일 예쁘고 귀여우며, 착하고 똑똑하고 예의가 바르고 사랑스러운 여자아이였다. 그녀의 여자로서 한참 아름다운 시절을 빼앗아 간 딸이건만, 도저히 예뻐서 참을 수 없다는 듯 물고 빠는 모습을 보며 이해할 수 없다고 생각했었다.

지금은 조금이나마 알 것 같지만.

결국 로쉐는 나니에에게 고민을 털어놓기 시작했다.

입양한 딸이 하나 있는데 갑작스럽게 변했다. 어느 날부터 감정 변화가 무척 심하고 웃었다 울었다 난리를 치며 자신을 보고 욕을 하기도 하고, 결국엔 누가 아빠냐는 말까지 서슴없이 내뱉었다는 이야기였다.

그 이야기를 들은 나니에는 참지 못하고 푸핫 웃음을 터트리고 말았다. 최상급 주술사에, 유일한 신성계열 주술사로 황궁까지 다니는 로쉐 각주님이 고작 딸아이의 마음을 이해할 수 없어 공부 중이었다니. 게다가 황제마저 함부로 할 수 없는 그에게 욕설과 무시라니.

어깨를 들썩거리며 끄끄꺽거리던 나니에는 자신의 앞에 있는 남자가 소심하고 또 소심한 로쉐 각주라는 것을 떠올리고는 웃음을 억지로 참았다. 쉽사리 멈춰지지 않아 눈물까지 핑 돌고, 배가 아플 지경이었지만 대놓고 웃었다간 그 뒷감당을 어찌하리오.

겨우겨우 진정한 나니에는 민망함에 헛기침을 몇 번 하고, 말을 이었다.

"아무래도 사춘기가 온 것 같네요."

"사춘기?"

"열 살이면 이른 나이지만 사람마다 차이가 있으니 혹시나 하는 생각을 가지셔야 할 것 같아요. 사춘기에는 감정 조절이 쉽지 않고 감수성이 예민해지니 조심히 대해주셔야 하고요, 이성에 눈을 떠서 남자인 아빠와는 거리가 멀어질 수도 있어요. 너무 심각하게 생각하지 마세요."

조심스럽게 다독이고, 예민할 때는 이해해주어야 한다는 나니에의 조언에 로쉐는 고개를 끄덕이며 한숨을 내쉬었다.

이제야 딸이 살아있는 것 같다고 좋아했더니 사춘기…….

막막함에 눈앞이 깜깜해지는 것 같았지만 동시에 마음 한구석이 살짝 가벼워지기도 했다. 무엇보다도 자신이 미워서, 혹은 너무 별 볼일 없어서 그런 것이 아니라는 생각에 안도했다.

그는 이어지는 나니에의 조언들을 주술을 처음 배울 때처럼 집중해서 들으며 앞으로 리리를 조금 더 신경 써서 대해야겠다고 생각했다. 그에게 리리는 그 어떤 것보다 어렵고도 소중한 존재였다.

리리는 새로운 세계를 구경하는 재미에 푹 빠졌다. 그녀가 사는 도시는 방에서 내다보면 저 멀리 광장이나 시장만 몇 개씩 보일 정도로 굉장히 넓었다. 당연히 리리의 작은 걸음으로는 한 번에 많은 곳을 볼수가 없었기에 부지런히 돌아다니는 중이었다.

어제는 주술각에서 나온 이후 종일 황궁 근처를 둘러보며 바쁜 하루를 보냈다. 귀족들이 몰려 사는 곳이었기에 건물들도 크고 화려했으며 마차와 가마가 지나다녀서인지 길이나 광장 역시 넓었다. 그녀가 사는 저택 못지않게 큰 저택들과 고급스러운 상점들을 구경하다 보니 하루가 훌쩍 가버리고 말았다.

오늘 역시 나가기 위해 준비 중이었다. 외출준비라고는 하지만 예쁘게 꾸미는 꽃단장하고는 거리가 멀었다.

리리는 거울을 보고 머리를 틀어 올린 뒤 모자를 써 화려한 은색 머리카락을 최대한 숨겼고, 옷 역시 가장 수수한 것으로 골라 입었다. 어제 돌아다니면서 그녀의 겉모습이 눈에 띤다는 것을 느꼈기 때문이었다. 아무래도 흔하지 않은 은색 머리카락과 화려한 옷 때문인 것 같았다. 특히 오늘은 평민들이 모여 사는 동네와 시장을 둘러볼 참이었기에 최대한 수수하게 보이려고 애썼다.

"이 옷은 괜찮을까? 어제 입고 나간 옷보다는 좀 덜 화려해 보이긴 하는데……."

리리는 어제 입고 나간 옷을 떠올리며 혼잣말을 중얼거렸다. 어제 둘러본 상점들은 황궁 근처에 사는 귀족들 때문인지 하나같이 값비싼 상품만 취급했다. 문제는 그 값비싼 옷이 그녀가 잔뜩 가지고 있는 「고급 비단으로 만들어진 평상복」과 별반 다를 것이 없다는 것이었다.

"시장가서 평범한 옷이라도 몇 개 사야 하나."

너무 대놓고 부잣집 딸내미로 멋모르고 귀하게 컸다고 써 붙이고 다니는 것 같아 마음이 불편했다. 실제로 그렇게 컸으면 억울하지나 않지, 지나다니던 사람들이 자꾸 눈치를 보고 심지어 겨우 열 살로 보이는 그녀에게 살짝 고개까지 숙이니 원.

처음에는 이 세계 사람들이 워낙 친절하고 다정다감해서 인사를 건네주는 건 줄 알았다. 그래서 리리도 같이 생긋 웃어주거나 고개를 끄덕여 주었는데 하얗게 질려서는 어쩔 줄 몰라 하는 것이 아닌가.

리리는 집에 들어와서 젤리에게 물어본 후에야 그 사람들은 그녀가 귀족이라고 생각하고 예를 갖춘 것이었다는 걸 알았다. 이 세계가 계급사회라는 걸 크게 생각해본 적이 없는 리리는 여러모로 당황스러웠다.

이 세계에 귀족이 있다고 해서 모두가 귀족들의 얼굴을 아는 것은 아니었다. 리리가 살던 현실 세계처럼 텔레비전이 있는 것도 아니고, 소식을 알려주는 호외 정도는 있지만 글자 몇 자 적혀있는 것이 전부라고 했다. 그래서 이곳 사람들은 옷차림 등을 보고 추측하여 알아서 조심하는 모양이었다.

"아가씨, 준비는 다 되셨습니까?"

"아, 금방 나갈게."

리리는 거울 속에 비친 자신을 다시 한 번 이리저리 살펴보다 방문을 나섰다. 아무래도 좀 저가의 옷을 사긴 사야 할 것 같았다.

방문 앞에서는 여느 때와 마찬가지로 차분한 인상의 젤리가 살짝 고개를 숙이며 아침 인사를 건넸다. 그녀는 그것도 새삼 불편해졌다. 그녀는 이런 식으로 대접받을 만한 사람이 아니었다.

"그렇게 하지 말래도."

리리는 어제 바깥나들이를 다녀오더니 젤리에게 갑자기 편하게 대하라는 둥, 같은 사람끼리 무슨 신분이냐는 둥 엉뚱한 소리를 했다. 어제저녁 계속 시달린 젤리는 이제는 아예 대꾸조차 하지 않았다. 그는 아가씨께서 그런 말씀 하시는 것이 더 이상하다고 말해주고 싶은 것을 꾹 참았다.

젤리가 반응이 없자 리리도 더 말하지 않고 식당으로 가 식탁에 앉았다. 그리고 식사를 하며 궁금했던 것들을 물어보았다.

"어제 호수 위에 떠 있는 건물에서 주술이 걸린 물건들을 팔더라. 거긴 어디야?"

"다련각에 갔다 오셨군요. 주인님께서 계신 곳입니다."

"다련각?"

"센테르에는 총 다섯 개의 전각이 있습니다. 주술사들이 모여있는 주술각이지요. 동쪽에는 목련각, 서쪽에는 금련각, 북쪽에는 수련각, 남쪽에는 화련각 그리고 중앙에 있는 것이 다련각입니다. 주인님께서는 다련각의 각주님이시고요."

"아, 그래? 그럼 어제 거기 있었겠네?"

"황궁에 계실 때가 더 많지만 그 외의 시간은 대부분 다련각에서 보내시니 그럴지도 모르겠네요."

리리는 어제 보았던 전각을 떠올렸다. 그곳이 주술각이었다니.

"각주님이라면 거기서 가장 높은 사람이지?"

"그렇습니다."

리리는 묘한 기분을 느꼈다. 주술사는 귀족들도 함부로 하지 못한다고 들었는데, 그런 주술사들이 모여 있는 곳의 가장 높은 사람이 「아빠」라니. 리리는 그야말로 귀하디귀한 부잣집 외동딸이 된 셈이었다. 뭔가 현실감이 잘 느껴지지 않았다.

리리가 식사를 마치자 젤리가 물어왔다.

"오늘은 어디로 가시겠습니까?"

가고 싶은 곳은 많았지만 일단은 시장부터 들리는 것이 나을 것 같았다. 옷도 사야 했고 이곳의 물가를 제대로 확인해보고 싶기도 했다. 아무래도 어제 둘러본 물품들은 아르바이트비를 생각하면 너무 가격이 높았다.

"음. 오늘은 시장에 가보고 싶어."

"어느 쪽 시장을 말씀하시는 건가요?"

리리가 창문 가로 다가가 시가지 쪽을 훑어보기 시작했다.

"저쪽 시장으로 보내줘."

그녀가 가리킨 곳은 황궁에서는 좀 많이 떨어진 장소로 작은 집들이 옹기종기 모여 있었다. 조금 답답하게까지 보이는 곳이었지만 가운데에 있는 시장만큼은 제법 컸다.

"중앙시장이군요."

"별로 중앙 같지 않은데?"

"상단과 가까이 있어 시장 중에서는 규모가 가장 큽니다. 다른 시장에서 물건을 가져가는 경우가 많기 때문에 다들 중앙시장이라고 부르고 있습니다."

"그렇구나. 저기로 보내줘."

"알겠습니다. 즐거운 하루 보내십시오."

젤리의 인사를 끝으로 몽글몽글한 바람이 그녀를 감싸 안았다. 그래도 한번 겪었다고 제법 익숙했다.

눈을 한 번 감았다가 뜨니 시장이었다. 중앙시장이라더니 이른 아침임에도 많은 사람으로 붐비고 있었다. 장사를 하는 상인들과 물건을 사는 손님들로 인해 정신이 없을 정도로 시끄러웠다. 사람들은 복장도 생김새도 각양각색이었지만 어제 봤던 사람들보다는 훨씬 수수해 보이는 옷차림이었다.

'하긴. 비싼 옷 구겨질까, 비싼 구두 흙 묻을까 마차만 타고 다니는 나으리들께서 이런 곳에 올 리가 없지.'

현실 세계에서도 익숙한 일 아니던가. 서민 코스프레 할 때만 이런 곳에 찾아오는 높으신 분들.

리리는 자신의 옷도 여기서는 확실히 눈에 띈다는 것을 깨닫고는 옷가게부터 찾아갔다.

"이거 얼마예요?"

"어이구, 예쁜 아가씨네. 특별히 싸게 해줄게. 10실버만 주세요."

'10실버! 그래, 이게 정상이지!'

리리의 얼굴에 함박웃음이 걸렸다. 바로 어제 2천 골드짜리 방어구 때문에 받은 충격이 이제야 가시는 것 같았다. 처음에는 주술각만 비싸려니 생각했지만 그 이후에 들렀던 상점마다 몇백 골드가 왔다 갔다 하는 것을 보고 핏기까지 가셨었다. 하지만 이곳은 그녀의 기준에서 「정상」이었다.

리리는 날아갈 것처럼 가벼운 발걸음으로 시장을 들쑤시고 다녔다. 얼마냐고 물어보는 족족 몇 실버밖에 안 한다는 대답이 들려왔다. 마치 천국 같았다. 1골드라는 거금도 주머니 속에 있겠다, 리리는 난생 처음 지름신이라는 분과 접신한 채 정신없이 돌아다녔다. 상인들은 친절했고 물건값도 비싸게 부르는 것 같지 않았다. 리리는 그녀답지 않게 가격 한 번 깎지 않은 채 그 분위기를 마음껏 즐겼다.

물론 그건 리리의 착각이었다. 시장 상인들은 이미 리리의 옷을 보고 '귀한 집 딸내미가 서민 라이프를 경험해 보고 싶은 모양이야. 이런 기회를 놓칠 수야 없지.'라는 생각으로 리리에게 몇 배나 비싸게 부르는 중이었다. 중앙 시장의 상인들은 대부분 베테랑이었고, 평생을 눈치 하나로 살아온 사람들답게 그녀의 비위를 맞춰주고 있었다.

리리는 그런 사실을 알 리가 없었기에 물 만난 물고기처럼 싱싱하게 돌아다녔다. 시장은 그녀가 살던 곳과 크게 다른 것이 없었고, 오히려 익숙한 곳으로 돌아왔다는 느낌이 들어 편안하기까지 했다. 그렇게 한참이나 물건을 사면서 돌아다니다가 리리는 사람들의 시선을 피해 구석으로 들어갔다.

'정보창.'

1골드라고 적혀 있던 소지금이 78실버로 줄어 있었다. 알게 모르게 이것저것 많이 쓰고 다닌 모양이었다.

'아이템창.'

리리는 아이템창에 담겨있는 시장표 옷들과 장신구들을 흐뭇한 미소를 지으며 바라보다가 옷 중 하나를 선택했다.

'아이템 사용.'

순식간에 리리의 옷이 장식 하나 없는 단순한 모양의 원피스로 바뀌었다. 번거롭게 벗고 입을 필요가 없다는 게 좋았다.

갈아입은 옷은 원래 입고 있던 비단옷보다 천도 거칠고 예쁘지도 않았지만 마음은 오히려 더 편했다. 하루아침에 부잣집 외동딸이 되었다고는 하지만, 24년간 몸에 배어 있는 가난이 어디 갈 리가 없었다. 어제 비단옷의 가격을 안 순간부터 뭔가 옷님이 누추한 몸을 가려주고 있다는 생각에서 벗어날 수가 없었던 것이다.

아까야 잠시 신이 나서 값 하나 깎지 않고 물건을 사는 부잣집 아가씨 노릇을 했지만, 이제 와서 좀 깎아볼 걸 하는 생각이 뒤늦게 들기도 할 정도였다.

'뭐, 특별히 바가지 쓴 것도 아닐 거고.'

리리는 금방 그 생각을 털어버리고 다시 시장으로 나왔다. 마침 점심때였기에 노점상에서 음식을 사 입에 물고, 이번에는 물건이 아니라

가게와 사람들을 살피면서 둘러보기 시작했다.

　아직 많은 부분을 둘러보지는 못했지만 이 도시는 평화롭고 아름다운 곳이었다. 사람들의 표정은 대체로 밝았으며 평민들도 먹거리 걱정은 하지 않는 것 같았다.

　"이번에도 기름진 땅 덕분에 작물이 잘 자랄 것 같아."

　"작년에도 풍작이었지? 배부르게 먹을 수 있으니 얼마나 다행이야?"

　"그러니까! 이게 다 황제 폐하 덕분이지!"

　"암, 그렇고말고."

　시장은 겉으로 보는 것보다 훨씬 넓었다. 리리가 시장의 가게들과 센테르 각지의 특산품들을 들여오는 상단까지 다 둘러보았을 때는 이미 저녁이 다 되어가는 시간이었다. 두어 시간만 있으면 해가 질 것 같았다.

　'그만 집에 갈까?'

　하지만 그러기에는 좀 아쉬웠다. 리리는 고민하다 창문 너머로 봤던 황궁과 중앙시장 중간 지점쯤에 있는 거대한 건물을 떠올렸다.

　'무슨 건물일까?'

　결국 리리는 그쪽으로 발걸음을 옮겼다.

　마냥 생소하고 신기한 것들 투성이였기에 단순히 길을 걸어가는 것뿐인데도 시간 가는 줄 몰랐다. 여기서는 평범할 법한 집도 신기했고, 노점상에서 파는 군것질거리도 신기했다.

　그렇게 얼마나 걸어갔을까. 그녀의 귓가에 커다란 환호성이 들려왔다.

　"뭐, 뭐야."

　리리는 깜짝 놀라 잠시 주춤하다가 주변을 둘러보았다. 어느새 그녀가 목적지로 삼았던 거대한 건물이 저 앞에 보였다.

가까이에서 보니 높기도 높았지만, 옆으로도 길게 늘어져 있어 꼭 커다란 케이크를 가져다 놓은 것 같았다.

다련각과는 다른 위압감을 풍기는 건물로, 입구로 보이는 몇 개의 문을 제외하곤 사방이 꽉 막혀있었다. 위쪽에만 창문들이 뚫려 있었는데 환호성은 거기서 새어나오는 듯했다.

다시 한 번 환호성이 울렸다. 리리는 조심스러운 걸음으로 좀 더 가까이 다가갔다. 가까이 갈수록 환호성은 커졌고 시합이라도 하는 듯 진행자의 외침 역시 들려왔다. 건물 주변에는 사람이 꽤 많았는데, 대부분이 체구가 좋고 험악한 인상의 남자들이었다.

"경기장인가?"

건물 입구는 활짝 열려 있었지만 밖에서는 안쪽까지 잘 보이지 않았다. 리리가 그 앞에서 들어가 봐도 되나 망설이고 있던 찰나 누군가 다가오더니 말을 걸어왔다.

"꼬마 숙녀님께서 무투장에는 무슨 일로 오셨을까요?"

검은색 천으로 몸을 가린 할아버지였다. 리리는 어쩐지 이상한 느낌이 들어 뒤로 한 발자국 물러났다. 하지만 할아버지는 자상한 미소를 지으며 묻지도 않은 설명을 시작했다.

"호기심이 생겨서 찾아온 모양이군요. 이곳은 무투장이랍니다. 여러 사람이 시합을 벌이며 돈을 벌기도 하고 명성을 얻기도 하지요. 꼬마 아가씨께서 들어가기에는 너무 위험한 곳입니다."

"아, 그래요? 근데 누구세요?"

리리는 바짝 경계하며 되물었다. 무투장 앞에서 자상한 미소를 지으며 다가오는 검은 옷의 할아버지라니.

"저는 돈이 부족한 사람들의 물건을 사주거나 승점이 높은 참가자들에 대한 정보를 판매하기도 하는 장사꾼입니다."

"아."

그러고 보니 무투장 주위에는 노인과 비슷한 옷차림의 사람들이 몇몇 맴돌고 있었다. 시합 결과를 가지고 도박을 하기도 하는 모양이었다.

여러모로 궁금했고 안으로 들어가고 싶은 생각도 들었지만, 노인의 충고대로 어린 모습의 그녀가 들어가기엔 아무래도 위험해 보였다. 조금 더 자세히 알아본 뒤 다시 찾아와도 늦지 않을 터였다.

"알려주셔서 감사합니다."

"뭘요."

리리는 인사를 한 후 잠시 머뭇거렸다. 비록 원치는 않았다 해도 정보를 알려주었으니 정보료를 줘야 하지 않겠는가.

"저기, 얼마예요? 가진 돈이 많지 않은데."

가방을 뒤적거리며 묻는 그녀의 질문에 할아버지는 손사래를 치며 대답했다.

"아유, 아닙니다. 돈을 받으려고 말해준 게 아니에요. 전 그저 꼬마 숙녀님을 보니 내 딸이 떠올라서……. 이렇게 작고 어여뻤지요. 세상에서 제일 사랑스러웠어요."

노인의 눈은 분명히 리리를 보고 있었지만 시선 속에 담긴 것은 그녀가 아니었다. 리리는 꿈을 꾸는 듯한 그 눈빛에 가슴이 아팠다.

'어린 딸을 잃어버렸나…….'

그의 눈가가 촉촉해졌다. 리리는 이런 할아버지를 의심하고, 또 호의를 돈으로 계산하려 했다는 생각이 들어 미안해졌다.

그녀가 막 사과를 하려던 참이었다.

"아빠!"

"오, 사라. 그렇지 않아도 네 얘기를 하던 참이었는데 때마침 오는구나."

"내 얘기? 무슨 얘기?"

포동포동한 여인 한 명이 다급하게 다가왔다. 사실 포동포동 정도가 아니었다. 그녀가 걸음을 옮길 때마다 바닥이 울렸으니까. 리리는 멍한 표정으로 두 사람을 번갈아가며 바라보았다.

"내 딸입니다. 후……. 원래 꼬마 숙녀님처럼 작고 마른 소녀였는데 왜 이렇게 변해 버린 것인지. 그때는 무척 귀엽고 사랑스러웠는데 말입니다."

"뭐? 지금 나 뚱뚱하다고 욕하는 거야?"

"아, 아니. 그럴 리가 있겠느냐. 지금도 귀엽고 사랑스럽지. 암, 그렇고말고."

"흥, 됐어. 기껏 저녁 도시락 싸 가지고 왔더니."

"오, 사라. 아빠는 사라를 사랑한단다. 알지?"

여인은 입술을 비죽거리다 고개를 홱 하고 돌렸다. 리리는 입을 쩍 벌렸다.

'날 보며 저런 딸을 떠올렸다니…….'

굉장히 충격적이었다. 그래도 나름 예쁘고 사랑스러운 외모라고 생각했는데 다른 사람 눈에는 아닐 수도 있겠다는 생각이 들었다.

그녀는 급히 몸을 돌렸다. 얼른 이곳에서 벗어나고 싶어 다급하게 걸음을 옮기는데 등 뒤에서 투덕거리는 두 사람의 말소리뿐만이 아니라 커다란 환호성과 함께 진행자의 외침이 들렸다.

경기가 끝난 모양이었다.

어느덧 해가 지고 있었다. 오늘은 이쯤에서 돌아가 보는 것이 좋겠다고 생각하며 리리는 귀환 인형을 들어 올린 채 속삭였다.

"집으로 보내줘."

따뜻한 바람이 그녀를 감싸 안았다.

다음 날은 도서관에 가기로 했다. 아직 체력이 낮아서인지 이틀 연속으로 돌아다녔더니 피곤하기도 했고, 이 세계에 대해서 더 자세히 알아보고 싶기도 했다.

오늘은 밖을 돌아다닐 생각이 없었기에 시장에서 산 옷이 아닌 원래 있던 옷 중에 하나를 골랐다. 아무래도 부드러운 비단이라서 그런지 더 편했고, 자고로 차림새가 편해야 공부도 잘되는 법이었다.

"도서관으로 이동시켜 드릴까요?"

"좋아."

순식간에 주위 풍경이 바뀌고, 리리는 공공도서관이라고 쓰여 있는 제법 큰 건물 앞에 있었다. 리리는 그 안에서 사서에게 역사에 관한 책들을 추천받았다. 이왕 세계에 대해 알아볼 거면 과거부터 차분히 보는 것이 좋을 것 같아서였다.

하지만 사서가 추천해준 책들은 어려워도 너무 어려웠다. 하얀 것은 종이요, 검은 것은 글자로다. 분명 글씨는 어느 정도 읽을 수 있었는데 무슨 내용인지 이해할 수가 없었다.

'고작 열 살짜리 아이에게 어려운 책을 추천해 줬을 리가 없는데. 내가 지력이 낮아서 그런가?'

리리는 한참이나 끙끙대며 붙잡고 있었지만 역시 무슨 소린지 알 수 없었다.

사실 지금 리리가 읽고 있는 책은 꽤 어려운 책이었다. 사서가 리리의 옷차림을 보고 귀한 집 자제로 착각해 수준 높은 책을 권해줬기 때문이었다. 보통 귀족들은 어렸을 때부터 많은 것을 보고 배우니 일반 사람들과 지식의 깊이가 달랐기 때문에 나름대로 고심해서 추천해준 결과였다.

　† 지력이 5 증가했습니다.

이 와중에 지력이 증가했다. 비록 이해는 하지 못했어도 노력이 가상했던 모양이었다.

'지력 올리려면 도서관이 좋겠네.'

이곳에서 가만히 책만 읽어도 지력이 쭉쭉 올라갈 것 같았다.

리리는 학교에 다니느니 도서관에서 일하면서 지력을 올리면 어떨까 생각했다.

'일정창.'

하지만 아르바이트 목록에는 도서관이 없었다. 일할 수 없는 곳일 리는 없는데. 그러면 나중에 생기나? 지력을 올리면 저절로 아르바이트 목록에 뜨나? 리리는 그런 생각을 하며 읽던 책을 다시 내려다봤다가 그냥 덮어버렸다. 아무래도 안 되겠다.

'아, 이 글자는 대체 뭐야.'

더구나 읽지 못하는 글자도 꽤 됐다. 읽을 수 있는 글자와 읽지 못하는 글자. 그 차이를 알 수가 없어 더욱 골치가 아팠다.

다련각이라고 적혀있는 현판의 글자를 읽지 못했던 기억이 떠올랐다. 그때는 단순히 다른 나라의 언어라고 생각했었는데, 지금처럼 한 책에 여러 언어를 마구잡이로 섞어놓는 건 아무래도 이상했다.

'한문 같은 건가?'

그녀는 도서관 내부를 휘저으며 읽지 못하는 글자에 관련된 책을 찾았다. 하지만 도서관이 워낙 넓은데다 언어 분야는 어느 쪽인지 쉽게 알 수가 없었다. 사서에게 물어봤자 또 어려운 책만 추천해줄 거 같아 스스로 쉬운 책을 찾겠다고 한참을 헤맸지만, 결국 리리는 제대로 읽을 수 있는 책을 찾지 못했다. 도무지 해석을 할 수가 없었다. 정말로 그녀의 지력이 너무 낮아서 이 안에 있는 책을 아무것도 이해하지 못하는 건가 하는 생각마저 들었다.

'알파벳도 모르는데 영어 서적을 읽으라 하면 어찌하리오.'

리리는 푹 한숨을 쉬며 동화책 코너로 걸어갔다.

다행히 동화책은 그녀가 읽을 수 있는 글자로만 되어있었다. 조금 힘이 난 그녀는 원래 목적대로 이 세계의 역사에 관한 책을 찾기 시작했다. 그리고 글자보다 그림이 더욱 많은 책을 한 권 가지고 자리로 돌아왔다.

'이제야 살 것 같네.'

제목은 『신화로 시작되는 이 세계의 역사』. 이 책은 확실히 이해하기가 쉬웠다.

책은 창조신 아래 수많은 별과 신이 탄생한 이야기부터 시작했다. 신들은 각각 마음에 드는 별을 하나씩 맡아 생명체를 만들고 다스렸다. 그중 별을 손에 넣지 못한 신 하나가 자신의 육체를 떼어내 스스로 세계를 만들었다. 그녀가 바로 빛과 희망의 여신인 멜비스였다. 그녀는 자신이 만든 세계를 사랑해 그녀의 이름을 따 「멜비스」라고 지어주었다.

'그럼 날 여기로 보낸 신이 멜비스 여신인가?'

멜비스는 계속해서 자신의 모습을 이어받은 생명체도 탄생시켰다. 바로 인간이었다. 여신은 그중 한 사람을 총애하여 자신의 힘까지 내려줬다. 후에 「신의 아이」라고 불리는 오르빌 센테르였다.

오르빌은 자신의 힘을 아낌없이 사용했고 수많은 사람과 부딪쳤다. 물론 후에는 모두 그가 가진 신의 힘에 굴복했고, 오르빌은 그들과 함께 나라를 세웠다. 그리하여 오르빌은 센테르 제국의 초대 황제가 되었다.

'나름 재밌네.'

다음으로 리리는 간단해 보이는 역사책을 찾았다. 역시 어린이를 위한 코너에서 고른 책이라 글자도 컸고 읽기도 쉬웠다. 책을 잘 고른 모양인지 바로 센테르의 역사부터 시작하지 않고 세계의 전반적인 모습이 설명되어 있었다.

세계는 크게 다섯 부분으로 구분했다. 중앙대륙과 서쪽의 사막 하르빌, 동쪽의 새디아 섬, 존재했었다는 기록만 남아 있는 남쪽 섬 마하엔스, 눈과 얼음으로 이루어진 바다 노베.

'엥? 중앙대륙에는 센테르라는 나라 하나만 있다고? 게다가 다른 대륙에는 사람이 살지 않는다고?'

당연히 여러 나라가 있을 거로 생각했던 리리에게는 상당히 충격이었다. 죽음의 사막이라고 불리는 하르빌과 얼어붙은 바다인 노베는 사람이 살 수 없다고 나와 있었다. 새디아와 마하엔스 역시 마찬가지였다. 즉, 사람이 사는 곳은 중앙대륙뿐이며 센테르 제국 하나밖에 없다는 뜻이었다.

'그게 가능한가?'

작은 땅덩어리에서도 늘 분쟁이 일어나고, 서로 더 가지기 위해 싸운다. 근데 이 대륙 하나가 통째로 한 나라라니 말이 되나. 혹시 황제는 그냥 이름뿐이고 지방에는 제후 같은 게 있어서 각자 나라를 다스리듯 하는 건가? 배운지 오래되어 기억은 잘 안 나지만 중앙 집권 체제라든지 지방 분권 체제라든지 하는 게 있잖은가.

리리는 책을 좌르르 넘겨보았다. 신의 아들이니 위대한 황제 폐하니 하는 표현이 눈에 띄었다. 그녀는 다시 읽던 페이지로 돌아와 다시 꼼꼼히 읽어나가기 시작했다.

결론부터 말하면 황제는 절대 권력을 가진 자가 맞았다. 심지어 그동안 나라가 나뉘거나 큰 내전이 일어난 적도 없는 모양이었다. 리리는 그 이유 중 하나를 신권과 왕권이 분리되지 않아서라고 생각했다.

책에 의하면 국민들은 신의 힘을 이어받은 황제 덕분에 풍족하고 평화로운 삶을 누린다고 믿었다. 물론 멜비스 여신을 모시는 멜비스교가 이 나라의 국교지만, 황제는 그 멜비스 여신의 힘을 물려받은 「신의 아이」다. 그러므로 황제에게 충성을 다하는 것이 신을 모시는 거나 다름없다는 논리였다. 고로 신전도 황제의 지배하에 있었다.

'이게 먹히나?'

혹시 이 책이 너무 과장하는 게 아닌가 해서 도서관에 있는 비슷한 분류의 책을 몇 개 더 찾아보았지만 모두 같은 내용뿐이었다.

하지만 황제가 신권을 잡고 있다는 이유 하나만으로 계속 절대적 권력을 유지할 수 있을 리가 없었다. 평민들만이 아닌 귀족들 또한 황제의 권위에 도전하지 못하는 뭔가가 있다는 뜻이었다.

'혹시 정말 보통 인간과 다른가?'

솔직히 주술처럼 초현실적인 힘도 있는 세상인데 황제 또한 인간의 힘을 초월하는 뭔가를 지니고 있어도 이상하지 않을 것 같았다. 여기가 현실 세계라면 절대 믿을 수 없었겠지만, 일단 그녀가 이곳에 온 것만 해도 과학적인 증거를 내놓을 수가 없었다. 멜비스 여신이 그녀를 데려온 것일까를 진지하게 고민할 만큼.

이번 책도 대충 이해가 가자 자신감을 얻은 리리는 조금 더 글씨가 많은 책을 골랐다. 다행히 무리 없이 읽을 수 있었다. 책에 나와 있는 내용 중 가장 리리의 눈길을 끈 것은 과거 「신의 아들」이 부재할 때의 이야기였다.

국력 1602년, 아노덴 센테르 10세는 황제였지만 신의 선택을 받지 못해 천자가 되지 못했다. 천자가 부재하자 날이 갈수록 땅이 황폐해지고 온갖 전염병이 나돌았다. 사람들은 굶주림과 고통에 신음했다. 게다가 모든 주술사가 힘을 잃어 센테르는 큰 위기에 봉착했다.

그대로 나라가 무너져 내리는 듯 보였지만, 다행히 새로운 천자가 나타나 나라를 다스리기 시작하자 땅은 다시 회복되었다. 책은 천자가 없던 28년간을 「암흑의 시대」라고 칭하며 천자의 위대함과 중요성을 다시 한 번 깨닫게 해주는 사건이라고 설명하고 있었다. 상당히 구체적인 내용이어서 지어낸 이야기라고 보기가 어려울 정도였다.

'이게 무슨 소리야? 신의 아들이 없으면 무조건 땅이 황폐해진다고? 그리고 황제가 있는데 천자의 부재라니. 그럼 황제와 천자는 다르다는 얘기잖아?'

리리는 그 부분을 도저히 이해할 수 없어 관련 내용의 책을 다시 찾기 시작했다. 하지만 어린이용 책에는 그 이상의 내용이 없었다. 할 수 없이 역사 코너에서 좀 두꺼운 책을 뽑아 펼쳤는데, 아나나 다를까 역시 읽기가 힘들었다.

딱 하나 이해할 수 있는 건 상당수의 주술사가 초대 황제와 함께 힘을 합쳐 나라를 세웠다는 부분뿐이었다. 결국 그녀는 그 이상의 수확을 얻지 못하고 책을 덮을 수밖에 없었다.

리리는 집으로 돌아와 저녁을 먹었다. 점심도 먹지 않은 채 책에만 집중했기에 배가 고팠다. 그렇게 정신없이 식사를 마친 후 그녀는 의자 하나를 창문 앞으로 끌고 와 앉았다. 그리고 바깥 풍경을 구경하기 시작했다. 날이 어둑해지니 새카만 이불을 덮는 듯 어두워지는 곳이 있는가 하면 이제야 하나둘씩 밝아지는 곳도 있었다.

그녀는 턱을 괴고 낮에 보는 것과는 느낌이 다른 세계를 감상했다. 여전히 게임 일러스트처럼 아기자기하고 화려한 풍경이었다. 아까까지만 해도 저 속에 있었는데 여전히 낯설게 보일 뿐이었다.

"이상한 나라에 떨어진 앨리스는 언니 때문에 잠에서 깨어나는데."

이상한 나라에 떨어진 리리는 깨워줄 사람이 없었다. 만약 PC방에서 잠이 든 것이라면 손님이 깨워주겠지. 하지만 그녀는 이미 3주 가까이 이곳에서 생활하고 있었다. 꿈이라면 진즉 일어나고도 남았을 시간이었다.

리리는 그동안 이 세계에서 지냈던 일들과 오늘 도서관에서 읽었던 내용을 떠올렸다. 하나부터 열까지 전부 낯설었지만, 하루하루 이곳에서 지내는 시간이 길어질수록 이 세계가 마음에 들었다. 여기라면 정말 뭐든지 배우고, 겪으며, 가질 수 있을 것 같았다. 말 그대로 「원하는 것은 모두 이룰 수 있는 세상」인 것이다.

"앞으로 뭘 어떻게 해야 할까."

그러나 막막한 것은 어쩔 수 없었다. 이 세계에 떨어진 이유를 알 수 있다면 나름대로 목표가 생기니까 길이라도 보일 텐데.

– 경고. 이 게임 속 세계로 보내질 예정이니 신중히 볼 것.

이런 식으로 알려주었다면 이름도 예쁘게 짓고 오프닝 영상도 꼼꼼히 봤을 것이다.

리리는 무심코 구시렁거리다가 이내 고개를 저었다. 만약 미리 알려줬다면 게임을 실행할 수 있었을까? 수상하다고 생각하며 그냥 창을 끄지 않았을까?

그새 해가 완전히 저물어 도시 전체를 어둠이 휘감고 있었다. 황궁과 그 근처는 휘황찬란한 불빛으로 그럴듯한 야경을 뽐내고 있었다. 리리는 이제 저 빛이 주술을 건 물건으로 밝힌 인공조명이라는 것을 알았다. 이 세계에 처음 들어왔을 때에 비하면 많은 발전이었다.

'그래, 그냥 즐기자.'

따지면 그녀는 이 게임 세계로 초대받은 셈이었다. 이유가 있든 없든 뭐가 중요할까. 설사 잠에서 깨는 순간 끝나버리는 꿈같은 세계라 해도 아무 생각 없이 즐기는 것도 나쁘지 않을 것이다. 언제 끝날지 모르는 여행을 왔다고 생각하면 된다. 그러니 나중에 후회하지 않도록 마음껏 경험해봐야지.

리리는 앞에 펼쳐진 그림 같은 도시 전경을 훑어보며 그간 갔던 곳은 어디인지, 또 가봐야 할 곳은 어디일지 생각하기 시작했다. 이틀 내내 부지런히 돌아다니긴 했지만 그 정도로 이 도시를 다 보기에는 어림도 없었다. 그녀가 돌아다닌 곳은 거의 티도 나지 않을 정도였다.

그러다 리리는 황궁 주변 외에 밝은 장소를 발견했다. 그냥 불이 약간 있는 수준이 아닌, 황궁만큼이나 휘황찬란하게 불을 밝힌 장소였다.

이 세계의 인공조명은 주술을 사용한 거라 굉장히 비쌌고, 황궁 주변 외에는 거의 설치되어 있지 않았다. 물론 횃불 등 불을 이용한 원시적인 등이 있긴 했지만 아무래도 화재의 위험 때문에 거의 쓰이지 않는 듯했다. 더구나 주변에는 좁고 복잡하게 얽혀있는 주택가 비슷한 곳이 보였다. 절대 부자 동네는 아닌 것 같은데 저렇게까지 밝은 곳이라면……

'아.'

리리는 한참이나 그 장소를 노려보다 깨달았다.

어두워지기 시작할 때부터 슬슬 등을 내거는 곳.

호기심이 생겼다. 리리는 내일 낮에라도 좋으니 잠깐 들려봐야겠다고 생각했다.

피곤했다. 의자에서 일어난 리리는 푹신한 침대로 파고들었다. 그리고 금세 달콤한 잠에 빠져들었다.

"아, 날씨 좋다!"

리리는 하늘만큼이나 맑은 웃음을 띤 채 기지개를 켰다. 오늘은 특히나 더 따스하고 청량한 날이었다. 정보창에는 분명히 1월이라고 적혀있건만 시장에서 산 얇은 원피스 하나만을 입어도 충분했다. 주변 사람들의 옷차림 역시 가벼웠다. 마치 늦봄 같은 날씨였다.

'설마 계절이 없을 줄이야.'

이곳에는 겨울이나 계절이라는 개념 자체가 없었다.

리리가 머무는 센테르 제국의 중앙이자 수도인 세이너트는 일 년 내내 따스한 날씨를 유지했다.

리리는 그걸 어제 도서관에서 책을 읽다가 깨달았다. 그전까지는 1월에 얇은 원피스를 입고 돌아다니면서도 이상한 점을 모르고 있었다.

일 년 내내 쾌청한 날씨라는 건 마음에 들었지만, 대신 여기서는 눈을 보지는 못할 거라는 사실이 좀 아쉽긴 했다. 중앙대륙은 6월에서 8월 사이에 비가 많이 오는 것을 제외하고는 날씨의 변화가 거의 없다고 나와 있었기 때문이었다.

'눈을 보고 싶으면 얼음바다라는 노베 쪽으로 가면 되겠지만.'

중앙대륙이 기본적으로 내내 봄 날씨라고는 하지만 워낙 땅덩어리가 크다 보니 당연히 차이는 있었다. 리리가 사는 센테르 제국의 수도는 중앙대륙에서도 가운데에 위치한 곳이라 늦봄 날씨지만, 북쪽으로 올라갈수록 추워지고 남쪽으로 내려갈수록 더워진다. 또 동쪽으로 갈수록 식물이 많이 자라고 서쪽으로 갈수록 건조해진다는 특징도 있었다.

이는 중앙대륙을 둘러싸고 있는 지역의 특징과 관계가 있는 듯했다. 북쪽에는 얼음으로 뒤덮인 바다인 노베가, 동쪽에는 거대한 식물원이라고 불리는 새디아가, 서쪽에는 죽음의 사막이라고 불리는 하르빌이. 아마 존재했었다는 기록만 남은 남쪽 섬인 마하엔스는 열대 기후가 아니었을까 싶었다. 각지의 특산물이 확연하게 나뉘는 이유도 지역마다 온도와 습도의 차이가 크기 때문이리라.

그녀는 날씨 좋은 날 소풍이라도 나온 것처럼 들뜬 표정으로 돌아다니기 시작했다. 만개한 꽃나무 아래에 앉아 지나다니는 사람들을 구경하기도 하고 평민들이 사는 주택가를 둘러보며 그들의 삶을 엿보기도 했다.

리리는 고급 찻집에서 우아하게 차를 마시거나 한껏 치장한 채 마차나 가마를 타고 이동하는 모습밖에 볼 수 없던 귀족 저택가보다 같이 빨래를 널며 수다를 떨거나 티 하나 없이 밝은 표정으로 뛰노는 아이들이 있는 평민 주택가가 더 마음에 들었다. 어쩐지 익숙한 기분이 들어 부담이 없었고, 그러면서도 이 세계만의 느낌은 그대로 전해졌기 때문이었다.

리리는 여기저기를 둘러보다 그들의 생계터전인 시장에 들어섰다. 중앙 시장과 달리 작고 제법 한산했는데도 먹을 것이 넘쳐 났다. 중앙 시장이 다양한 물건들을 판매하는 곳이라면 여기는 음식 위주로 판매하는 모양이었다. 가격도 무척 쌌다. 그녀는 여행가면 호텔 음식보다는 길거리에서 파는 현지 음식이 진국이라는 이야기를 들었던 것을 떠올렸다. 그래서 맛있어 보이는 노점 음식은 모두 먹고 보면서 시장을 구경했다. 그러다가 결국 사고를 치고 말았다.

갑자기 온몸이 간질거린다 싶더니 입술이 두툼해지는 느낌이 들었다. 리리는 급히 근처에 있는 가판대의 손거울을 들여다보았다. 작고 어여쁜 분홍빛 입술이 두 배정도 부풀어 올라 징그럽게 변해 있었다.

"이게 뭐야!"

그 모습을 본 가판대 주인이 말했다.

"에고, 알레르기가 있었구먼. 쯧쯧. 조심 좀 하지. 혹시 자홍선을 먹은 거요?"

"자홍선?"

"자홍선이 그런 식으로 알레르기가 일어나곤 하거든. 입술이 붓거나 가렵고, 심하면 몸 전체가 울긋불긋하게 일어나고 말이야. 달콤함에 속아 그렇게 된 사람이 많다우."

확실히 먹은 것 중 복숭아와 비슷한 맛이 나는 자홍선이라는 과일도 있었다. 리리는 거울에 비친 입술을 살펴보다 기가 막힌다는 듯 혀를 찼다. 원래 복숭아 알레르기 따위 없었는데.

갑자기 간지러워서 미친 듯이 긁기 시작하자 알레르기의 원인을 알려주었던 가판대 주인이 무언가를 내밀었다.

"그러다가 흉 져! 예쁜 얼굴 망가지면 우째. 일단 그러고 갈 수는 없으니 이걸로 가리고, 얼른 치료부터 받아요."

"아, 감사합니다."

주인이 건네준 물건은 얼굴의 절반 정도를 가릴 수 있게 만든 천이었다. 무협에서 나오는 면사 같은 모양새였는데, 얇고 하늘하늘했으며 무엇보다도 고운 자수가 새겨져 장식품처럼 보이기도 했다.

'이거 괜찮은데? 얼굴도 가려주고, 예쁘기도 하고.'

"2실버만 내슈."

"억."

리리는 그 천을 얼굴에 쓰자마자 손부터 내미는 여주인을 살짝 흘겨보았다. 걱정해주는 척하면서 물건을 팔아치우다니 역시 장사꾼은 장사꾼이었다. 물론 리리도 공짜라고 생각은 하지 않았기에 아무 말 없이 2실버를 건네주었다.

'정보창.'

어느덧 67실버밖에 안 남아있었다. 이제 돈을 좀 아껴야겠다고 생각하며 리리는 노점 주인에게 인사를 건네고 다시 발걸음을 옮겼다. 하지만 입술은 시간이 갈수록 더욱 간지러웠다.

아무래도 집으로 돌아가야 할 것 같았다.

'그래도 한군데는 더 들려야지.'

리리는 허름하고 옹기종기 모여 있는 주택가로 들어섰다. 아직 해가 떠 있는 시간임에도 이 동네에는 빛이 드리우지 않는 듯 어두운 골목이 계속 이어졌다. 바싹 붙어 있는 건물들 때문이었다.

'여기는 마차가 올 일이 없나 보네.'

한국으로 따지면 달동네 같았다. 그런데도 사람들은 크게 지친 모습도 아니었고 크게 가난해 보이지도 않았다. 나라 자체가 풍족하고 평화로워서 그런가.

확실히 멀리서 내려다보는 것과 직접 걸으면서 느끼는 것은 차이가 컸다. 창문으로 내다볼 때는 그냥 가난한 사람들이 하는 할렘가 비슷한 곳이 아닐까 생각했는데, 실제로는 조금 어둡고 골목이 좁아 미로처럼 생긴 걸 제외하면 의외로 평범했다.

그렇게 얼마나 헤맸을까. 갑자기 넓은 골목으로 나왔다. 눈앞에 화려하고 알록달록한 등들이 걸려 있는 건물들이 보였다.

"아, 여기군. 역시 홍등가?"

황궁 근처도 아니고, 그렇다고 부자동네도 아닌 것 같은데 유난히 밝은 곳. 그리고 그 옆에는 좁고 가난해 보이는 주택가가 있는 곳. 역시 어느 세계나 이런 곳은 있는 모양이었다.

리리는 내심 아직 밤이 찾아오지 않은 것이 아쉬웠다. 어두울 때 등불이 켜지면 굉장히 화려하고 예쁠 것 같았기 때문이다. 게다가 모두 문이 닫혀있어 조금 특이한 건물과 불이 꺼진 채로 알록달록 걸려있는 등만 제외하면 구경할 만한 것도 없었다.

물론 밤에는 여자, 그것도 열 살짜리 꼬마가 올 만한 곳이 아니긴 했지만.

리리는 대충 한 바퀴만 둘러보고는 페가수스 인형을 꺼내 들었다. 어차피 여기가 생각한 곳이 맞나 확인하러 온 것뿐이었다. 그녀가 막 돌아가고 싶다고 말하려는 순간, 리리의 귓가에 소란스러운 소리가 들려왔다. 고개를 들자 저쪽에 잔뜩 몰려 있는 사람들이 보였다. 리리는 페가수스 인형을 아이템창에 도로 넣은 뒤 조심스럽게 걸음을 옮겼다.

"어, 싸움인가?"

여자들 몇 명이 한 남자를 둘러싸고 있는 모습이 보였다.

'싸움 구경이 제일 재밌는 법이지. 사랑싸움은 더더욱!'

그녀는 짙은 미소를 지으며 목소리가 들릴만한 거리로 가까이 다가갔다.

"벌써 가시게요?"

"조금만 더 있다 가지."

교태 어린 여자들의 목소리가 들려왔다. 안타깝게도 리리의 기대처럼 싸움이 일어난 것은 아닌 모양이었다.

화려하게 꾸민 여자들의 얼굴이 붉게 달아올라 있었다. 멀찍이 떨어져 있는 리리에게 향수 냄새와 분 냄새, 술 냄새까지 풍겨 왔다. 이런 시간에 장사를 하는 곳이 있기는 했던 모양이었다.

여자들의 옷차림은 제각각이었지만 아슬아슬하다는 게 공통점이었다. 저고리를 입지 않아 새하얀 어깨를 고스란히 드러낸 옷, 깊이 파여 가슴을 아슬아슬하게 드러내는 옷, 다리 각선미를 완전히 드러내는 옷까지.

이 세계의 옷이 동양풍과 서양풍을 가리지 않고 각양각색이라는 건 알고 있었지만, 지금 여자들이 입은 옷은 모두 중국 사극에서나 나올법할 정도로 동양적이어서 또 다른 세계로 떨어진 것 같은 기분이 들었다.

"아이~ 아스더님. 조금만 더요, 네?"

여자들은 한 남자를 둘러싸고 아양을 부리고 있었다. 교태 어린 몸짓과 듣는 이에게 나른한 기분이 들게 하는 말투, 야릇한 콧소리까지. 리리는 어쩐지 그 앞으로 가면 안 될 것 같아 근처 건물 사이로 몸을 숨겼다.

물론 그녀의 실제 나이 스물네 살, 알만한 건 다 아는 나이에 이렇게 흥미로운 구경을 놓칠 수는 없었다. 리리는 고개를 빼꼼 내밀어 계속 그 모습을 구경했다.

남자는 술에 취한 듯 살짝 비틀거리면서도 주변에 있는 여자들을 달래며 품속에 안기도 하고 허리에 손을 두르기도 하는 둥 아주 가관이었다.

'와, 아직 해도 안 졌는데.'

술집 여자들이 가지 말라고 매달릴 정도라니 돈 많고 시간 많은 남자인 듯했다. 게다가 옷차림은 어찌나 허술한지, 주위에 있는 술집 여자들보다 더 아슬아슬하고 야해 보일 정도였다.

분명 그녀가 알고 있는 일본 남자 전통 의상과 비슷한 것 같은데 어째 더 간편하고 불안해 보였다. 리리는 심지어 벗기 쉽고 입기 쉬운 옷을 찾다가 저렇게 만들어 입었을 것 같다고까지 생각했다. 그 정도로 남자의 옷은 허술했다. 여기서는 그의 뒷모습밖에 보이지 않는데도 고급 비단으로 만든 샤워가운 같았다. 여자들이 남자의 옷을 이리저리 잡아당길 때마다 자꾸 흘러내려 어깨가 드러났지만 남자는 옷을 추스르기도 귀찮은지 그대로 두었다.

'뭐, 나와는 상관없지만.'

남이야 허술한 옷 입고 다니든, 아예 벗고 다니든 무슨 상관이람.

리리는 굳이 계속 보고 있을 이유를 느끼지 못했다. 이제 그만 돌아가 봐야겠다고 생각한 순간, 갑자기 뒤를 돌아보는 남자와 눈이 마주치며 그대로 얼어붙었다.

무언가가 그녀를 짓눌렀다. 어떤 말로도 표현할 수 없을 정도로 살벌한 기운이었다. 하지만 그 기운은 그게 뭔지 의문을 느낄 틈도 없이 나타났던 만큼이나 순식간에 사라졌다.

그녀는 숨 쉬는 것조차 잊어버릴 정도로 깜짝 놀랐다는 것을 깨닫고는 참고 있던 숨을 깊이 내쉬었다. 그때 바로 앞에서 목소리가 들렸다.

"안녕, 꼬마 아가씨? 이런 곳에는 무슨 일로 오셨을까?"

어느새 남자가 가까이 다가와 그녀를 내려다보고 있었다. 리리는 그런 그를 멍하게 올려다보았다. 낮게 울리는 목소리와 나른한 말투 때문인지 가슴이 묘하게 두근거렸다. 방금까지 겁에 질려 두근거리던 것과는 다른 느낌이었다.

섹시해. 그녀는 무심코 속으로 중얼거렸다.

그래, 이 남자는 섹시해.

사실 리리는 단순한 호기심만으로 계속 기웃거리고 있던 것은 아니었다. 달콤한 초콜릿 색 머리카락, 늘씬하게 큰 키, 여자들을 달래주며 웃는 웃음소리, 흘러내린 옷 사이로 드러나는 어깨, 여자들의 어깨를 감싸주는 잘 다듬어진 팔까지.

궁금했던 것이다. 이 남자의 앞모습이.

실제로 남자의 얼굴은 상상 이상이었다. 달콤한 초콜릿색인 짙은 갈색의 머리카락과 황금빛 눈동자. 같은 황금색이라도 젤리의 눈동자가 투명하고 성스러운 느낌이라면 앞에 있는 남자는 묘하게 어둡고 차가운 느낌이었다.

로쉐가 절제되어 있고 암흑에 가까운 분위기라면. 이 남자는 금방이라도 무너질 것처럼 아슬아슬하고 관능적인 붉은빛의 퇴폐미를 지니고 있었다. 마치 주위에 걸려 있는 홍등처럼.

빙글거리는 웃음이나 고양이처럼 올라간 눈꼬리와 붉은 입술은 전체적으로 천박한 느낌이건만 그 색기에 저절로 얼굴을 붉힐 정도로 매력적이었다.

잠시 남자의 모습을 감상하던 리리는 남자의 붉은 입술이 비틀리며 웃음소리를 흘리자 퍼뜩 정신을 되찾았다. 가지 말라며 매달리는 여자들의 마음을 이해할 수 있을 것 같았다. 그야말로 여자를 홀리네, 홀려.

"이런, 이런. 꼬마 아가씨께서 내게 반하신 모양이야."

리리는 남자의 말뜻을 알아채고 살짝 얼굴을 붉혔다. 반하긴 누가 반했다고? 물론 잘생기긴 했지만 해도 지기 전 홍등가에서 놀고 있는 남자에게 한눈에 반할 정도로 정신이 없진 않았다. 더구나 저 자식은 열 살짜리 꼬마에게 무슨 헛소리람.

"착각하지 마. 병이 심하군, 왕자병."

리리의 말이 의외였는지 남자가 잠시 멍하게 쳐다보다 이내 입꼬리를 씨익 말아 올렸다. 그 위험한 웃음에 리리는 인상을 찌푸렸다.

그는 손을 뻗어 리리의 은색 머리카락을 움켜쥐었다.

"색이 예쁘네. 홍등이 전부 켜지면 어떤 색상을 보여줄까."

마치 유혹하는 것 같은 그 행동에 리리는 심기가 더 불편해졌다.

"그쪽이야말로 내게 반한 모양이지?"

"뭐? 푸핫!"

남자는 이내 어깨까지 들썩이며 웃음을 터트렸다. 그 반동으로 아슬아슬하게 걸쳐져 있던 옷이 살짝 흘러내렸다. 남자의 넓은 어깨와 깊게 파인 쇄골, 흘러내린 옷 사이로 드러난 탄탄한 근육에 리리의 얼굴이 확 달아올랐다.

그런 리리의 모습을 보며 더욱 큰 소리로 웃어대던 남자가 허리를 숙여 리리의 얼굴 근처로 자신의 얼굴을 가까이 들이댔다.

"귀여운 꼬마로군."

멍하니 넋을 놓고 있던 리리는 남자의 술 냄새 때문에 정신을 차렸다. 이렇게 어린아이에게 무슨 짓을 하려고!

"꼬마야, 여긴 어린애가 올 곳이 아니야. 여기는 갈 곳을 잃어버린 여자들을 받아주는 마지막 장소. 아직 끝을 보기엔 너무 이르지."

낮은 울림이었다. 그는 싱긋 웃으며 허리를 폈다. 리리가 그 말을 곱씹고 있는데 갑자기 남자가 그녀의 머리카락을 붙잡지 않은 오른손을 쫙 폈다. 아무것도 없다는 듯 손등과 손바닥을 번갈아가며 보여주던 그 손에 갑자기 단검이 생겨났다. 마치 마술처럼.

그리고 어떻게 된 건지 제대로 인식하기도 전에 그 단검이 리리의 목을 향해 날아왔다. 단검은 순식간에 그녀의 목 바로 옆을 스치고 지나가 바닥에 꽂혔다.

리리는 그대로 얼어버렸다. 남자는 싸늘하게 웃으며 꽉 쥐고 있던 왼손을 펴 그녀의 머리카락을 놓아주었다. 은색 실들이 이리저리 흩날렸다.

"버릇없는 꼬마는 벌을 받아야지. 뭐, 귀여우니까 이 정도로만."

그 모습을 바라보고 있던 여자들이 웃음을 터트렸다.

"아이, 친절하시어라. 역시 아스더님다워."

"아스더님은 그런 점이 매력이라니까~. 시간 아깝게 저런 꼬마랑 놀아주지 말고 저랑 놀아주셔요."

"그러지 말고 조금만 더 있다 가시면 안 돼요?"

리리의 귓가에 여자들의 웃음소리와 교태 어린 말소리가 웅웅 울렸다. 그 상태로 얼마나 있었을까. 퍼뜩 정신을 차렸을 때는 어느새 남자와 그에게 매달린 여자들이 웃음소리를 흘리며 멀어지고 있었다. 남아있는 짙은 향과 귓가를 도는 웃음소리에 방금 일어난 일이 마치 환상이나 꿈같았다.

리리는 바닥에 쓰러지듯 주저앉아 버렸다. 다리가 후들거렸고 심장은 크게 울려댔다. 방금 무슨 일이 일어난 건지 이해하기가 어려웠다. 겉으로 보기에 열 살 남짓이니 꼬마 취급받는 것은 당연했다. 하지만 단검을 날리다니? 꼬마한테?

리리는 고개를 돌려 바닥에 꽂혀 있는 단검을 쳐다보았다. 주위에 떨어져 있는 은색 머리카락들을 보니 아무래도 꽤 많이 잘린 모양이었다. 단검이 스치고 지나간 목 언저리가 욱신거렸다. 리리가 손으로 닦아보니 붉은 피가 묻어 나왔다.

"……진짜 죽일 생각은 없었던 거겠지? 그래, 아마 그럴 거야."

하지만 자신도 그다지 믿음이 가는 말은 아니었다. 꼬마 여자애에게 검을 던졌는데, 그것도 목에! 심지어 주변에 있는 여자들도 그걸 보고 비명을 지르기는커녕 꺄르르 웃었다. 익숙하다는 얘기잖아?

다행히 목에는 살짝 스친 작은 상처만 났을 뿐이지만 남자는 술에 취해 있었다. 죽일 생각이 없어도 실수할 수 있었다. 아니, 어쩌면 죽이려고 했는데 실수로 빗나갔을 수도 있었다.

'아냐, 술에 취한 눈이 아니었어.'

여자들 사이에서 비틀거리고 술 냄새가 나긴 했지만, 리리는 남자의 또렷하고 날카롭던 눈동자를 떠올렸다. 그 눈은 마치 야생동물을 연상케 했다. 날카롭고 잔인하지만, 오만할 정도로 나른하고 요염한.

리리는 심호흡을 하며 진정하려고 애쓰다가 겨우겨우 자리에서 일어났다. 그러고는 바닥에 꽂혀 있는 검을 뽑아들었다. 새카매서 불길하게 느껴지기까지 하는 단검이었지만 상당히 고급스러워 보였다. 손잡이 역시 세밀하게 조각되어 있었다.

'아이템 확인.'

---

† 암흑(暗黑) 속성 주술주문이 새겨져 있는 단검.
:: 굉장히 섬세하게 만들어져 그 가치를 매기기가 어렵다. 특별 제작된 검으로 그림자 속에 숨기고 다닐 수가 있다. 사용하기 위해서는 특별한 행동이 필요하다. 공격력+20

리리의 눈이 커다랗게 떠졌다. 주술이 걸려있는 단검이라니. 그럼 이게 얼마야? 그녀는 자신의 그림자 위에 검을 올려놓았다. 검은 녹아들듯 스르르 사라졌다.

"특별한 행동이라는 건 설마……."

그 남자가 했던 행동을 떠올렸다. 마술사가 보여주는 것과 비슷하던 손짓이었다.

이렇게 했던가? 리리는 남자의 손동작을 떠올리며 몇 번이고 따라했다. 정확하게 기억이 나지 않아 잠시 헤맸지만 이내 손에 단검이 생겨났다. 리리는 저도 모르게 감탄사를 내뱉었다.

"뭐야, 이건. 선물이야?"

알다가도 모를 남자였다. 겁에 질리도록 만들어놓고, 머리카락까지 왕창 잘라놓고 왜 이 검은 그냥 두고 가는 것인가. 그렇게 돈이 많나? 무려 특별 제작한 검이라는데? 가치를 매기기가 어렵다는데?

리리는 그림자 속에 검을 숨긴 뒤 페가수스 인형을 꺼냈다. 더 이상 돌아다니고 싶지 않았다. 집으로 돌아가고 싶다고 속삭이자 어느덧 익숙해진 따스한 바람이 그녀를 감싸 안았다.

"아가씨, 다녀오셨습니까."

젤리는 평소대로 아가씨를 맞이하며 고개를 숙였다. 그리고 허리를 펴 리리를 바라보는 순간, 자신도 모르게 숨을 삼키고 말았다. 길고 탐스럽던 은발이 엉망으로 잘려 있었고 목에는 상처까지 나 피가 비치고 있었기 때문이었다.

"아가씨! 이게 어떻게……!"

리리는 그답지 않게 큰 소리를 내며 안절부절못하는 젤리를 가만히 바라보다가 이내 울먹거리기 시작했다. 커다란 보라색 눈동자에 눈물이 가득 찼고, 울음을 참아보려고 꽉 깨물었던 입술 사이로 흐느낌이 새어나왔다.

"아, 아가씨!"

"젤리이이이……."

결국 리리는 어쩔 줄 몰라 하는 젤리의 품에 안겨 아기처럼 울음을 터트렸다. 무서웠다. 이렇게 직접적으로 죽을 수 있다는 생각이 든 것은 처음이었다.

그녀는 이런 일이 일어날 것이라곤 상상도 못 했다. 게임 속 주인공 몸에 빙의했으니 리리는 무의식중에 모든 사람이 자신을 호의적으로 대할 것이라고 생각했다. 원래 게임이든 만화든 주인공을 중심으로 돌아가니까. 대부분의 사람이 이유 없는 호의를 보이고, 만나자마자 반했다고 청혼하는 캐릭터도 부지기수니까.

그래서 이것도 게임 이벤트 중 하나가 아닐까 생각하면서 애써 진정해보려고 노력했지만 사실 말이 되지 않았다. 게임 캐릭터가 이 시간에 홍등가엘 왜 가. 그리고 저런 남자를 왜 만나.

'이대로 게임 오버 될 뻔했네. 아니, 인생 오버지. 인생 오버.'

그녀는 이것이 깨어나면 그만인 꿈도 아니고, 아무 걱정 없이 즐길 수 있는 평화롭고 따스한 동화도 아니라는 것을 다시 한 번 깨달았다. 그동안 너무 안일하게 생각했다.

그녀는 게임을 하고 있는 것이 아니었다.

아무리 게임 시스템이 적용됐다고는 해도 로그아웃이라는 시스템도 없는 판에, 모든 고통을 체감도 100%로 느끼는 판에 죽으면 게임 캐릭터처럼 다시 살아날 리가 없지 않은가.

리리는 24년간 쌓여 왔던 것을 한 번에 풀어내려는 듯 젤리의 품에서 내내 울어 댔다. 조심스럽게 토닥이는 손길과 아늑한 품, 따스한 체온까지.

이제까지 그녀는 혼자 모든 걸 해결하려고 했다. 그건 그녀가 강인한 성격이라기보다는 주변에 의지할 사람이 없었던 탓이었다. 그런 그녀가 처음 느껴보는 평온함이었다.

'이 정도는 욕심내도 되지 않을까.'

이 애정이 비록 그녀가 아닌 그녀의 몸 주인에게 향했을지라도 조금은 더 누리고 싶었다.

젤리는 자신의 품에서 엉엉 울어대는 아가씨를 달래며 어쩌면 좋을까 난감해하고 있었다. 도대체 무슨 일이 있었던 거야. 그는 리리의 등을 토닥거리며 한숨을 내쉬었다.

03. 자유롭게, 좋을 대로

　오늘은 토요일로 로쉐가 집에 있는 날이었다. 아침 식사 시간, 리리와 로쉐는 식탁을 가운데로 두고 서로 마주 보고 앉았다.

　그리고 로쉐는 리리의 머리카락을 보고 할 말을 잃어버렸다. 허리춤에서 찰랑거리던 은발이 귀 바로 밑까지 짧아져 있었기 때문이었다.

　'이것도 갑작스러운 감정 변화를 이기지 못해 벌어진 일인가.'

　원래 집사 젤리가 무슨 일이 일어났는지 로쉐에게 미리 보고를 했어야 했다. 특히 리리가 알레르기 때문에 퉁퉁 부어 고생했던 것과 목에 난 상처에 대한 이야기는 더더욱. 로쉐에게 치료를 받아야 했기 때문이었다.

　하지만 젤리는 그렇게 할 수가 없었다. 무슨 일을 당했는지 끝끝내 입을 열지 않았지만 아기처럼 울며 매달리는 아가씨 때문이었다. 무엇보다 엄마의 사랑을 갈구하는 어린아이의 모습이 느껴져 젤리는 리리의 곁에서 떨어질 수가 없었다.

그동안 어른스럽고 독립적으로 보이던 아가씨답지 않았다. 마치 그녀 자신을 꼭꼭 숨기고 있던 벽을 허문 것 같았다.

동시에 그는 조금 안심이 되기도 했다. 이게 정상이지. 지금까지는 리리가 너무 아이답지 않아 보여 걱정이 됐었다.

그는 로쉐에게 보고조차 못 한 채 내내 아가씨의 곁에 붙어 있었다. 혼자 놔뒀다간 어떻게 될지 알 수 없었기 때문이었다. 어차피 이번 주는 일정이 모두 비어 있었기에 다음날 온종일 리리는 젤리의 보살핌을 받으며 집에서 쉬었다.

리리는 현재 자신의 나이가 열 살이라는 것을 이용해 젤리를 계속 곁에 붙잡아 두었다. 그 자상한 시선이 좋았다. 걱정을 한가득 담은 황금빛 눈동자로 내려 보는 이 집사만큼은 분명히 그녀의 편이라는 걸 느낄 수 있었다.

그나마 다행인 것은 로쉐가 집으로 돌아오기 전에 알레르기가 일어났던 입술은 많이 가라앉았다는 점이었다. 그 상태로 로쉐와 리리가 마주쳤다면 젤리는 단단히 혼났을 터였다.

어쨌든 보고를 받지 못해 무슨 일이 일어났는지 전혀 모르는 로쉐는 얌전히 식사를 하는 리리를 바라보며 머뭇거렸다. 예민하고 감성적일 때라고 했지. 최대한 조심스럽게 말하는 것이 중요했다.

"머리 자른 것도 잘 어울리는군."

실제로도 탐스럽고 화려하던 머리카락이 짧아져서 안타깝긴 했지만 나름대로 상큼하고 귀여운 모습이었다.

로쉐는 말을 해놓고도 이 정도면 괜찮았나, 말끝을 조금 더 부드럽게 늘릴 걸 그랬나 같은 걱정에 휩싸였다. 하지만 리리는 로쉐의 말에 애써 잊고 있었던 일이 다시 떠올라 숟가락을 탁 내려놓고 말았다.

머리카락을 뭉텅 잘라놓은 그 남자 때문에 머리를 정리했더니 귀 바로 밑에 올 정도로 짧은 단발이 되었다. 처음으로 긴 머리를 가지게 되어 내심 기뻐하고 있었는데. 가만두지 않겠어. 리리는 누군지도 모르는 남자에 대한 복수심을 불태우며 입술을 꾹 깨물었다.

그 모습을 바라보던 로쉐의 안색이 창백해졌다.

'또 무슨 실수를 하고 말았나. 여자아이에게는 예쁘다는 칭찬 하나로만으로도 반은 먹고 들어간다고 배웠는데.'

정말이지 알다가도 모를 일이었다.

젤리는 고개를 푹 숙이며 작게 한숨을 흘렸다. 속으로 깊은 늪에 빠져드는 주인님과 그런 로쉐의 마음을 전혀 모른 채 그날 일을 곱씹고 있는 아가씨. 상성이 정말 안 맞았다. 살얼음판 위에 올라서 있는 것처럼 아슬아슬하고 살벌한 식사시간이었다.

그 후 방에서 쉬고 있던 로쉐는 리리가 방문을 두드리는 소리를 들었다. 갑작스러운 방문이었기에 로쉐는 바싹 긴장했다. 이상하게도 딸아이 앞에만 서면 작아지는 느낌이 들었다.

"무슨 일이니."

그는 말 한 마디 한 마디를 조심스럽게 내뱉기 위해 노력했다. 물론 여전히 겉으로는 싸늘하고 날카로운 모습이었지만, 그를 아는 사람이 본다면 모두 믿기 힘들다는 반응을 보일 것이 분명했다.

그걸 전혀 모르는 리리는 방으로 들어와 의자에 걸터앉았다. 그러고는 작은 손가락을 꼼지락거리며 잠시 머뭇거렸다. 웨이브 져 있던 긴 머리카락이 짧아져 이리저리 살짝 뻗쳐 있고, 보라색 눈동자를 도록도록 굴리고 있는 모습이 제법 깜찍했다.

"아, 저……. 부탁이 있어서 왔어요."

"부탁?"

리리의 입에서 부탁이라는 단어가 나오자 의외라는 듯 로쉐의 눈동자가 살짝 동그래졌다. 그답지 않게 겉으로 드러난 감정 표현이었다. 그 정도로 리리의 부탁은 낯설었다.

변하기 전은 물론이고 갑작스레 변한 후도 마찬가지였다. 리리는 이제까지 일정을 짜는 것에 대한 권한을 달라고 했던 일 외에는 그 어떤 것도 바라지 않았다.

"혹시 머리카락과 눈동자 색을 바꾸는 주술이 있나요?"

리리는 그동안 바깥나들이를 하면서 은색 머리카락과 보라색 눈동자가 너무 눈에 띈다는 것을 느꼈다. 그다지 주목받는 걸 좋아하지도 않을뿐더러, 흑발흑안의 동양인으로 24년간 살아온 리리에게 이런 화려한 색은 어색하기만 했다.

"가능하다."

로쉐는 그다지 어렵지 않은 부탁에 고개를 끄덕였다.

"직접 주술을 걸어서 모습을 바꿀 수도 있지만 그건 너무 불안정하다. 가장 좋은 방법은 물건에 주문을 새겨 넣는 것이지. 어떤 색을 원하지?"

그 질문에 리리는 고민에 휩싸였다. 막연하게 색을 바꾸고 싶다는 생각만 했지, 원하는 색이 있는 것은 아니었다. 길거리에서 사람들을 둘러보니 금색과 갈색 계열의 머리카락이 가장 많았다. 어두운 밤색 정도면 괜찮을까.

'검은색이 제일 좋은데.'

하지만 검은색에 가까운 밤색은 봤어도 먹물처럼 새카만 색은 보지 못했다. 그것도 분명 튈 거야. 더구나 이 세계에 떨어진 지 3주가 다 되어 가는데도 아직 익숙한 것만 찾는 모양새라니. 잠시 고민하던 리리는 입을 열었다.

"그, 음……. 님하고 같은 색이요."

"……님이라니."

로쉐는 충격을 받았다. 이젠 하다 하다 낯선 사람을 높여 부르는 존칭까지 나오다니.

물론 리리는 나름대로 신경을 쓴 결과였다. 「저기요」나 「그쪽」이 아닌 것이 어딘가. 리리는 젤리와의 일로 이 사람들에게 상처를 주지 말자는 생각을 했고, 그렇다고 아빠라는 부르기에는 여전히 껄끄러우니 결국 찾아낸 단어가 「님」이었다.

"검푸른 색 머리카락하고 눈동자가 참 예뻐요. 마음에 들어요. 그걸로 해주세요."

열 명 중 여덟 명꼴로 가지고 있는 옅은 금발이나 갈색 머리는 마음에 들지 않았다. 하지만 빛에 따라 짙은 푸른색이었다가 검은색에 가까워졌다가 다양한 색상을 보여주는 로쉐의 머리카락 색은 괜찮을 것 같았다.

'이왕이면 예쁘고 마음에 드는 색이 좋으니까.'

검푸른 색은 밝고 화려한 은발과 보라색 눈동자보다는 눈에 띄지 않을 거고, 비록 양딸이지만 부녀관계니까 같은 색상으로 하는 편도 좋겠지. 그녀는 심해처럼 깊고도 깊은 로쉐의 눈동자를 바라보며 생각을 굳혔다.

리리의 말에 로쉐는 기분이 좋아졌다. 님이라는 호칭에 벌어졌던 입을 도로 다물며 가벼운 미소를 걸쳤다.

'역시 표현에 서툴 뿐인가.'

그와 같은 색으로 해달라니 어쩐지 귀엽게만 느껴졌다. 평소에는 잔잔한 바다와도 같은 그의 마음을 들었다 났다 하는 딸이라는 존재가 신기했다.

"금방 만들어 주지. 조금만 기다리거라."

로쉐는 자리에서 일어났다. 자신과 같은 색 머리카락과 눈동자를 지닌 리리의 모습이 빨리 보고 싶어졌다.

"어? 혹시 제가 어려운 일을 부탁한 거에요? 그럼 됐어요, 안 주셔도 괜찮아요."

"어렵지 않다."

리리는 나갈 채비를 하는 로쉐 때문에 당황했다. 최상급 주술사라길래 쉽게 만들 줄 알았는데 그게 아닌 모양이었다. 리리는 2천 골드라는 가격에 기겁했던 방어구를 떠올렸다.

'하긴, 쉽게 만들 수 있으면 주술이 걸린 게 가격이 그렇게 비쌌겠어?'

생각이 짧았다. 그녀는 당황한 표정을 고스란히 드러내며 말했다.

"지, 진짜 됐어요! 하지 마세요! 모처럼 쉬는 날인데……."

"잠깐 기다리거라."

하지만 로쉐는 리리의 말이 끝나기도 전에 모습을 감췄다. 미약한 빛만 남긴 채 훌쩍 사라지는 바람에 리리는 미안해서 발만 동동 굴렀다.

'아니, 이게 뭐야. 일하고 돌아온 사람한테 또 일거리를 안겨주면 어떻게 해.'

로쉐가 사라진 바닥을 보니 주술진 같은 것이 그려져 있었다. 아무래도 이걸 타고 이동한 것 같아, 리리는 얼른 그 위로 올라갔다. 하지만 아무런 반응도 없었다. 바로 따라가서 다시 데려올 생각이었는데 사용 방법이 따로 있는 모양이었다.

그녀는 급히 젤리를 불렀다. 그리고 주술진을 가리키며 다급한 목소리로 물었다.

"젤리! 이거 어디로 통하는 건지 알아?"

"다련각입니다. 그건 왜 물어보시는지⋯⋯."

"다련각? 그거 주술사들이 모여 있다고 했던 거기 맞지. 아, 어떡해. 혹시 나도 갈 수 있어?"

"아가씨. 일단 진정하세요."

젤리는 어쩔 줄 몰라하는 리리를 다독였지만 소용이 없었다. 그녀는 다급하게 그를 졸랐다.

"너라면 날 보내줄 수 있지. 좀 보내줘. 로쉐가 있는 곳으로."

젤리는 겁에 질려 조심스럽게 물어보았다.

"무슨 잘못이라도⋯⋯."

리리는 발을 동동 굴렀다.

"내가 머리카락이랑 눈 색을 바꾸고 싶다고 그랬어. 쉬울 줄 알았어. 진짜야! 금방 할 줄 알았는데 잠깐 기다리라고 하더니 주술진을 타고 가버렸어. 아, 어떻게 해. 빨리 가서 하지 말라고 해야 해."

그는 리리의 대답에 안도의 한숨을 내쉬었다. 다행히 걱정할 필요가 없었다. 오히려 로쉐를 걱정하며 어쩔 줄 몰라하는 리리가 귀여워 저절로 미소가 지어졌다.

로쉐의 능력이라면 머리카락과 눈동자 색을 바꾸는 주술을 건 물건 정도야 여기서도 쉽게 만들고도 남았다. 굳이 다련각으로 갔다는 건 뭔가 더 큰 선물을 준비한다는 말이었다.

젤리는 리리를 다시 한 번 다독이며 빙긋 웃었다.

"괜찮습니다, 아가씨. 주인님의 말씀대로 잠시 기다리시는 것이 좋겠네요."

"받거라."

리리는 로쉐가 건네주는 물건을 얼떨결에 받은 뒤 멍하게 쳐다보았다. 보라색 보석이 박혀 있는 작고 심플한 귀걸이였지만 자세히 들여다보니 그녀가 손에 넣은 단검처럼 알 수 없는 문양이 잔뜩 새겨져 있었다.

'아이템 확인.'

† 자색 보석의 귀걸이.

:: 복잡한 주술주문이 섬세하게 새겨져 있으며 보는 이로 하여금 감탄을 자아낼 만큼 아름답다. 만든 이의 정성을 느낄 수가 있다. 최상급 은폐 주술이 걸려 있어 어떤 효과가 있는지는 알 수가 없다.

리리는 가슴 속 어딘가가 찌잉 울리는 느낌을 받았다. 따끔따끔거리며 싸한 것 같기도 하고, 울렁울렁거리는 것 같기도 하고, 꼭 눈물이 날 것 같기도 한 미묘한 느낌이었다. 마구 방방 뛰고 싶은 기분이 들기도 했다.

'만든 이의 정성을 느낄 수가 있다니.'

특히 그녀를 감동시킨 건 그 한 문장이었다.

이제껏 언제 선물이라는 것을 받아본 적이 있었나. 그것도 그녀만을 위해 정성스럽게 만든 선물이라니. 리리는 손에 들려 있는 귀걸이에서 눈을 뗄 수가 없었다.

'날 위해……. 내게 주기 위해 만든 귀걸이…….'

감동이 파도처럼 밀려와 가슴 속을 촉촉하게 적셨다. 따뜻하고 부드러운 감정이 자꾸 스며들어 그녀를 뒤흔들었다. 생소하고 당황스러운 느낌이었다.

"별로인가."

리리는 로쉐가 말을 걸어오는 바람에 급히 정신을 차렸다.

"아, 아뇨! 마음에 들어요. 정말 예쁘네요, 고마워요……. 고마워요."

그녀는 로쉐를 보고 활짝 웃었다. 진심으로 고마웠다. 이 고마운 마음을 어떻게 표현해야 좋을지 알 수 없을 정도였다.

귀걸이에는 비록 은폐 주술이 걸려 있어 자세한 설명은 읽을 수 없었지만 지금 그녀에게는 효과가 중요한 게 아니었다. 그녀는 벽에 걸려 있는 거울로 다가갔다. 귀걸이를 끼기 위해서였다.

"……어라."

귀를 뚫은 적이 없구나.

리리는 잠시 당황해서 귀걸이를 든 채 머뭇거렸다. 거울에 비친 로쉐의 표정이 살짝 흔들리는 것을 보니 그 역시 미처 생각하지 못했던 모양이었다. 그녀는 그 모습을 잠시 바라보다가 이내 귀걸이를 제대로 잡은 다음 귀에다 가져다 댔다.

'지금 뚫으면 되지.'

그러고는 아무렇지 않게 귓불이 아닌 조금 더 위쪽에다가 귀걸이를 힘껏 쑤셔 넣었다. 혹시 또 주술이 걸린 귀걸이를 껴야 할 일이 있을지도 모른다는 생각에 어중간한 자리를 잡은 것이다.

하지만 곧 후회했다. 뚜둑 소리가 나게 꽂을 때까지는 괜찮았지만, 점차 욱신욱신하며 아파왔기 때문이었다.

"아, 아가씨!"

"쓰……."

젤리의 다급한 외침이 들려왔지만 리리는 대답을 하지 못한 채 오만상을 다 찌푸리며 바람 소리를 냈다. 그리고 귀걸이를 하나 더 들어 올려 이번에는 눈을 꼭 감고 꽂았다. 두 번째는 조금 더 아프게 느껴져 눈물이 핑 돌았다.

그때 리리를 잠시 얼어붙은 듯 가만히 바라보고 있던 로쉐가 서둘러 다가왔다.

"리, 리리."

그는 손을 뻗어 그녀의 귓가에 가져다 대었다. 리리는 곧 두 눈을 크게 뜰 수밖에 없었다.

"어?"

주위가 환해진다 싶더니 금세 사라졌다. 마치 그녀의 몸에 흡수되는 느낌이었다. 리리는 어리둥절한 표정으로 로쉐의 손바닥과 얼굴을 번갈아가며 바라보았다.

"괜찮나?"

"어……. 네."

미처 느끼지 못했는데 어느새 고통이 사라지고 없었다.

'뭐지? 이게 그 주술인가 뭔가 하는 능력인가.'

리리는 귀를 만지작거리며 신기해하다가 다시 한 번 감사의 마음을 전했다.

"정말 정말 고마워요. 마음에 쏙 들어요."

로쉐의 얼굴에도 미소가 걸렸다. 그는 딸아이가 밝은 웃음을 짓는 것을 처음 보았다. 그 웃음이 자신으로부터 비롯되었으며 그에게 향해 있다는 사실이 무척 뿌듯했다. 이렇게 기뻐할 줄이야. 가슴 속에서 몽글몽글하고 달콤한 무언가가 차오르는 기분이었다. 생소한 느낌이었지만 기뻤다. 리리는 거울로 시선을 돌렸다. 거울 속에 있는 그녀의 모습은 로쉐와 마찬가지로 짙은 푸른색의 머리카락과 심해와 비슷한 눈동자로 변해 있었다.

리리는 낯설게 느껴지는 자신의 모습을 이리저리 살펴보다가 흐뭇한 표정으로 그녀를 바라보는 로쉐와 젤리에게 시선을 돌렸다.

그녀 역시 덩달아 미소가 떠올랐다. 하지만 갑자기 떠오른 시스템 창 때문에 순식간에 사라졌다.

† 매력이 5 하락했습니다.

'머리 잘렸을 때도 이러더니. 머리빨이 중요하다 이거야?'

순간 짜증이 울컥 치밀어 올랐지만 금세 가라앉았다. 큰 수치가 하락한 것도 아니고, 귀걸이만 빼면 원래대로 돌아오니 신경 쓸 필요가 없었다.

로쉐는 자신과 똑같은 색으로 변한 리리를 멍하게 바라보았다. 10년이나 봐왔지만 머리카락과 눈 색이 바뀌니 많이 생소했다. 이제야 정말로 딸이 생긴 느낌이었다. 그것도 너무나 귀엽고 사랑스러운 딸이.

바뀐 리리의 눈동자는 움직일 때마다 반짝거렸다. 그건 깊이를 알 수 없는 신비로운 바다 같기도 했고 별을 품고 있는 밤하늘 같기도 했다. 새벽을 맞이하는 어스름한 밤하늘을 보는 듯한 느낌까지 들었다. 로쉐는 이제까지 거울 속에 비치는 자신의 머리카락과 눈 색이 어둡고 칙칙하다고만 생각했다. 하지만 리리에게는 아니었다. 앞으로 거울을 볼 때마다 반짝이는 밤하늘 같은 리리가 떠올라, 어둡고 칙칙하다는 생각이 들지 않을 듯했다.

"큼. 페가수스 인형 좀 줘 보거라."

리리는 아이템창에서 페가수스 인형을 꺼내 건네주었다. 로쉐와 젤리는 허공에서 생겨난 인형 때문에 놀란 듯 이리저리 그녀의 주변을 살폈다. 아무 생각 없이 인형을 꺼낸 그녀는 뭐라고 설명해야 할지 난감해서 어색하게 웃었다.

"아, 저는 물건들을 여기에다 저장할 수 있어요."

두 사람은 허공을 가리키고 있는 리리의 손가락을 오묘한 표정으로 바라보다가 이내 고개를 끄덕였다.

"아……. 그렇군요."

이번에도 역시 순순히 이해하는 모습이라 오히려 그녀가 더 당황스러웠다.

'뭐지? 전에 젤리도 그러더니. 내 말이라면 다 믿는 건가, 아니면 워낙 믿기 힘든 얘기니 그러려니 넘어가는 건가, 아니면 정말 그럴 수도 있겠다고 이해하는 건가?'

하지만 되묻거나 자세하게 설명해달라며 난감하게 만드는 것보다 나았으므로 조용히 입을 다문 채 페가수스 인형을 건넸다.

로쉐는 다련각에서 만들어온 부적을 페가수스 인형에 대고 주문을 외우기 시작했다. 부적이 인형 속으로 스르륵 녹아 들어갔다.

로쉐는 젤리의 생각대로 귀걸이를 만들기 위해 다련각에 간 것이 아니라, 이 부적을 만들기 위해 갔었다. 그렇지 않아도 집사가 리리에게 페가수스 인형을 줬다는 이야기를 들은 이후로 계속 생각하고 있었는데 부탁을 받은 김에 겸사겸사 해결한 셈이었다.

리리는 그 모습이 신기해 멍하니 바라보다, 로쉐의 손 위에 있던 페가수스 인형이 움직인 것 같아 고개를 갸웃거렸다. 착각인가? 하지만 곧 날개를 파닥이며 날아오르는 페가수스 인형에 입을 다물지 못했다.

"날고 있어⋯⋯. 인형이 살아났다!"

서툰 날갯짓으로 이리저리 서성이던 페가수스가 리리에게 날아왔다. 그녀는 자신도 모르게 손을 내밀었고 페가수스는 그 위로 내려앉았다. 하지만 겉으로 보기에는 여전히 인형이었다.

리리가 로쉐에게 고개를 돌렸다. 묻고 싶은 게 많은데 말이 나오질 않았다.

"그 귀걸이와 이어져 있다. 그래서 너를 주인으로 따르지."

로쉐는 길게 말하지 못하는 자신이 한심했다. 말주변이 없어 힘들었지만, 최대한 자상하게 말하려고 노력하며 설명해주기 시작했다.

"부적 때문에 움직이고 있지만 살아난 것은 아니다. 이성이나 감정이 없지. 하지만 네 말은 거의 다 알아들을 거다."

리리는 손 위에서 버둥거리는 페가수스 인형을 내려다보며 그의 이야기를 들었다. 만지작거리니 통통한 앞발로 그녀를 툭툭 쳐왔다. 분명히 인형인데 꼭 동물처럼 느껴졌다.

'강시 같은 건가.'

그녀는 오래전에 보았던 강시 영화를 떠올렸다. 시체에 부적을 붙이면 죽었는데도 마치 살아있는 사람처럼 움직이며 주인의 명령을 따랐다. 로쉐가 가졌다는 암흑 속성 주술이 인형을 그와 비슷하게 만들었을지도 모른다는 생각을 했다.

"어, 그럼⋯⋯. 이 인형이 가지고 있던 능력은요?"

젤리의 머리카락으로 만들어진 이 인형의 원래 능력은 귀환이었다.

"물론 그대로다. 이제는 그 인형을 통해 언제든 젤리를 부를 수도 있다. 네가 먼저 말을 걸어야만 하고, 젤리가 대답하지 않으면 연결되지 않는다는 문제가 있지만."

"젤리가 대답을 한다고요? 어떻게?"

로쉐는 리리의 귀에 꽂혀있는 귀걸이를 가리키며 대답했다.

"그걸 통해 젤리의 목소리를 들을 수 있지."

리리는 로쉐의 설명에 놀라움을 금치 못했다. 젤리가 만들어준 귀환 인형도 충분히 신기했는데 로쉐의 손길이 닿으니 더 기능이 많아졌다.

'그러니까⋯⋯. 이 인형이 전화기고 귀걸이가 이어폰이라 이거지? 주술, 정말 대단한걸.'

리리는 한 번 주술을 배워보는 것이 좋겠다고 생각했다.

방으로 돌아온 리리는 침대에 벌렁 누웠다. 그리고 자신에게 아장아장 걸어오는 페가수스 인형을 빤히 바라보았다.

'귀엽다.'

관절이 없어서 걷는 모습이 어색했다. 그래서 더욱 귀여웠다. 앞다리, 뒷다리 쭉쭉 피며 통통통 걷는 모습 때문에 저절로 웃음이 터져 나왔다. 살아있는 것이 아니라지만 애완동물을 하나 선물 받은 기분이었다. 어떻게 이런 것을 만들 수가 있는 걸까.

"아, 이러면 안 되는데."

리리는 페가수스 인형과 함께 침대 위를 굴러다니다가 한숨 섞인 목소리로 중얼거렸다. 기분이 매우 좋아서 그만큼 불안해지고 있었다. 이렇게 행복하면 안 되는데. 언제 돌아갈지 모르는데⋯⋯ 이 행복이 언제까지 이어질지 알 수 없는데.

'왜 이렇게 잘해주는 걸까.'

친딸도 아니었다. 그저 양녀로 받아들인 피 한 방울 섞이지 않은 여자아이일 뿐인데 왜 이렇게 자상할까. 그녀가 아닌 이 몸 주인에 대한 시선과 애정이라도 이상한 일이었다.

'어떻게 자신의 아이도 아닌데 사랑을 줄 수가 있는 걸까.'

이 의문은 꽤 오래전부터 가지고 있었다. 보육원에 있는 아이들을 입양해가는 사람들을 봤을 때도 그랬다. 친부모도 버린 아이를 전혀 관계없는 사람들이 대신 사랑해주겠다고 데려가는 것이 신기했다. 과연 정말 그럴 수 있을까도 의심스러웠다.

'정말로 사랑해줄 수도 있었구나.'

하지만 로쉐와 젤리를 보며 생각이 바뀌었다. 한없이 따스하고 자상한 두 사람의 눈빛과 태도에 자신도 모르게 기대고 싶어질 정도였다. 그녀가 상상하던, 그토록 가지고 싶었던 가족에 가까웠다.

'부럽네. 이 몸뚱이의 본래 주인. 이렇게 자상하고 따뜻한 가족들을 가지고 있었으니.'

리리는 그녀가 빙의한 몸의 주인에게 질투를 느꼈다. 자신은 그렇게 간절히 원했는데도 결국 얻지 못했는데 그 아이는 아주 어렸을 때부터 당연했을 테니까. 양녀라는 걸 알고 있다는 사실에 굉장히 놀라던 두 사람이었으니 아마 몸의 본래 주인은 전혀 모르고 지냈을 것이 분명했다.

'내 것이 아니야.'

리리에게 사랑을 주는 가족도, 그로 인해 지금 느끼고 있는 행복도. 따스한 눈빛조차 자신에게 향한 것이 아니었다. 원래 주인이었을 그

아이의 것이었다.

하지만 질투는 잠시였을 뿐 곧 미안함을 느꼈다. 그런 당연한 사랑을 자신이 빼앗았다는 생각이 들었기 때문이었다. 이 몸의 주인은 지금 어디에 있는 걸까.

'혹시…… 내 몸에 들어갔으려나?'

낯선 세계에 낯선 몸. 하지만 리리와는 달리 가진 것도 없고 도와줄 이도 없었다. 그녀는 점차 행복을 알아가고 있었지만 늘 행복했을 그 아이는 불행 속에 버려져 있을지도 몰랐다.

그녀가 죄책감을 느꼈다. 가지고 싶었던 것들을 이렇게나마 손에 넣었다며 기뻐해서는 안 될 것 같았다. 원래 이 생활을 누리고 있어야 할 주인에게 미안해졌고 또 잃고 난 후가 두려워졌다.

리리는 귀에 꽂혀 있는 귀걸이를 만지작거리다가 몸을 일으켰다. 머리 아프게 생각해봐야 답이 나오는 것도 아니었다.

'일정창.'

눈앞에 일정창이 떠올랐다. 오늘은 토요일이니 돌아오는 주의 일정을 짜볼까 했다.

"뭘 해볼까."

리리는 아르바이트 목록과 교육 목록을 훑어보았다. 지금 할 수 있는 거라곤 나중에 조금이라도 덜 후회하기 위해 마음껏 즐겨두는 일밖에 없었다. 이왕 이렇게 되었으니 이것저것 다양한 경험을 해보는 것도 나쁘지 않을 것 같았다. 언제 또 이런 기회가 찾아오겠어? 만약 현실로 돌아가게 된다면 또다시 돈에 허덕이며 하루 먹고 살기 바빠질 터였다.

리리는 잠시 고민하다 무용교육을 선택했다.

그러면서도 시선은 연신 음악교육에 닿아 있었다. 어렸을 때에는 성당에서 성가대로 활동했을 정도로 노래를 좋아했다. 언젠가 신께서 그녀의 기도를 들어주실 거라고 믿으며 노래를 배우고, 악기를 다루어보며 음악에 푹 빠졌다. 그 뒤로도 리리는 계속 음악과 관련된 미래를 꿈꿨다. 실제로 초등학교 때는 방과 후 교육으로 합창단 활동도 계속 했었다.

리리는 옛날 생각을 하다 곧이어 떠오른 좋지 않은 기억들에 얼굴을 굳혔다. 어릴 때는 신이 정말로 존재한다고 믿었다. 하지만 성장하면서 리리는 그 생각을 의심했다. 정말 신이 있다면 어린 소녀의 기도를 들어주시지 않았던 것인가. 그러면서 왜 이제 와서 이런 세계에 버리듯 던져 놓으신 것인가. 비록 신의 선물이라며 좋게 받아드리려 애쓰고 있었지만 그렇다고 과거에 느꼈던 절망이 사라진 것은 아니었다.

'아, 그만두자. 뭐 좋은 거라고 떠올리고 있어.'

리리는 애써 일정창으로 시선을 돌린 뒤 무용을 하루에 두 시간씩 일주일 내내 배울 수 있도록 설정했다. 주말도 포함하려고 했지만, 갑자기 안내창이 떠올랐다.

† 주말에는 배울 수가 없습니다.

"하, 참나. 주 5일이라니 쓸데없이 현실적이잖아."

그녀는 기가 막힌다는 듯 허탈한 웃음을 흘렸다. 결국 월요일부터 금요일까지만 선택할 수밖에 없었다.

"이왕 하는 거 질릴 때까지 해봐야지."

괜히 깨작거리면 안 하느니만 못하다. 적어도 기초는 떼야 배웠다고 할 만하겠지. 하지만 교육비가 어찌나 비싼지 리리는 로쉐에게 미안함과 고마움을 동시에 느꼈다. 아르바이트는 제일 시급이 높은 농장일이 네 시간에 10실버인데 무용은 두 시간에 무려 40실버. 이 세계의 교육은 돈 많은 사람이 아니면 받지 못하는 모양이었다.

리리는 일정창을 열어놓고 고민에 휩싸였다. 주술도 배워보고 싶은데 무려 두 시간에 50실버나 했다. 정말 이걸 배워도 괜찮은 걸까? 나중에라도 교육비 내준 걸 조금이라도 갚을 생각이었는데 이대로 가다간 갚기는커녕 엄청난 빚더미에 앉을 기세였다. 돈도 써본 사람이 쓴다고, 리리에겐 어떻게든 아끼려고 애쓰던 습관들이 고스란히 남아있어 마음 편히 지원을 받을 수가 없었다.

"그나마 돈 많이 주는 알바라도 해야 하나."

하지만 할 만한 아르바이트도 많지 않았다. 아르바이트 창에는 「심부름」, 「시장일」, 「식당일」, 「집안일」, 「농장일」, 「호외 돌리기」가 전부였고, 가장 비싼 것이 네 시간에 10실버인 농장일이었다. 아마 그녀의 나이가 열 살이고, 전체적으로 능력치 수치가 낮아 일이 별로 없는 모양이었다.

"그래. 당장은 힘들어도 수치가 높아지고 실력이 늘어나면 지금보다 돈 벌기도 쉽겠지. 당장은 푼돈밖에 안 모이니 일단 이것저것 경험부터 해보자."

리리는 결국 주술도 두 시간씩 5일을 채웠다. 하지만 교육만 네 시간을 넣으니 양심에 찔렸다. 눈 가리고 아웅이긴 하지만 아르바이트도 하나쯤 해야겠다는 생각이 들었다. 하지만 마음에 드는 일이 없었다. 이왕이면 조금 색다르고 재밌어 보이는 걸 하고 싶은데.

'만약 여기에 나와 있는 것이 아니라 새로운 알바를 찾아낸다면?'

비록 게임 시스템이 적용되어 있지만 행동에는 제약이 없었다. 꼭 여기에 등록된 아르바이트만 해야 하지는 않을 것이다. 리리는 다련각에서 물건을 판매하던 사람들을 떠올렸다. 나이가 어리니 판매원까진 무리겠지만 잡일이나 청소할 만한 아르바이트생을 구할지도 몰랐다.

'다련각에서 알바를 하면 주술력이나 지력 같은 게 올라갈지도 몰라.'

충분히 가능성이 있었다. 리리는 자리에서 일어나 페가수스 인형을 들어 올렸다. 일단 다련각으로 가서 혹시 아르바이트생을 구하냐고 물어볼 생각이었다. 로쉐에게 말하면 간단하게 해결될 일이었지만 그건 낙하산이 아닌가. 그렇게 들어갈 바에는 차라리 용돈을 올려달라고 말하는 편이 나았다.

"젤리, 다련각으로 보내줄래."

하지만 인형은 그 말에 아무런 반응도 보이지 않았다. 그저 작은 날개를 퍼덕거리며 쳐다보고 있을 뿐이었다. 결국 리리는 진짜 젤리에게 직접 말하기 위해 걸음을 옮겼다.

그 시각, 로쉐는 젤리에게 그간 있었던 일을 보고받고 있었다. 그의 눈빛이 분노로 일렁였다. 알레르기는 그렇다 쳐도 목에 상처라니! 머리카락을 자의로 자른 것이 아니라니!

젤리는 그런 로쉐의 모습에 겁에 질렸다. 이렇게까지 화를 내는 모습은 10년 이상을 곁에 있던 젤리에게도 처음이었다. 제때 보고를 못 했다는 잘못도 있었기에 젤리는 거의 울기 직전이었다.

"누군진 몰라도 가만둘 수 없지."

감히 리리에게 상처를 입히다니. 쉽지 않겠지만 알아낼 방법이야 얼마든지 있었다. 로쉐가 당장 몸을 일으키는데 똑똑, 노크 소리가 들려 왔다. 젤리를 찾아온 리리였다.

"대체 무슨 일이 있었던 거냐!"

"……네?"

리리는 방에 들어서자마자 버럭 소리 지르며 성큼성큼 걸어오는 로쉐 때문에 순간 겁에 질렸다. 로쉐는 익숙하지 않은 분노라는 감정 때문에 그런 리리의 반응을 알아채지 못하고 짧게 잘려 이리저리 뻗쳐 있는 머리카락을 쓸어내렸다.

이제야 로쉐는 식사 중에 있었던 일이 이해가 갔다. 떠올리고 싶지 않은 일이었을 테니 당연한 반응이었다. 그 예쁜 머리카락을 이렇게 만들어 놓다니. 목도 살펴봤지만 상처는 보이지 않았다. 아까 귀에 난 상처를 치료할 때 같이 치료됐으리라.

"아…… 이거요?"

그녀의 머리카락을 쓸어내리며 화를 내는 로쉐와 저만치 떨어져 금방이라도 눈물을 뚝뚝 흘릴 듯한 표정으로 바들거리는 젤리를 보아하니 무슨 일이 있었는지 알 것 같았다.

"걱정 말거라. 내가 혼내주마."

리리는 로쉐의 나지막한 속삭임에 설레었다. 무슨 일이 있었는지 전혀 모르면서 당연하다는 듯 리리의 편을 들어주고 있었기 때문이었다. 젤리도 그렇지만 로쉐도 자신의 편이라는 생각이 들어 기분이 좋아졌다. 리리는 미소 가득한 얼굴로 고개를 저었다.

'이런 남자가 아빠라니 역시 안 될 말이지.'

그녀의 불손한 생각을 알 리 없는 로쉐가 안타까운 눈빛으로 말을 이었다.

"무서운 거냐."

"아뇨, 그런 게 아니에요. 전 괜찮으니까 신경 쓰지 마세요."

물론 리리도 복수하고 싶었다. 가만두지 않겠다며 분노했지만 뭐 어쩌나. 마땅히 떠오르는 복수가 없는데. 자신처럼 머리카락을 잘라버리나? 아님, 로쉐라는 빽으로 혼내줄 건가? 뭘 떠올려도 속 시원하지가 않았다. 스스로 만족할만한 통쾌한 무언가가 필요했다. 지금 당장은 그럴 수 없으니 일단 복수의 칼날만 갈기로 했다.

상대가 누군지는 모르지만 찾을 방법이 아예 없는 것도 아니었다. 남자가 남기고 간 암흑 주술이 걸려 있는 검. 마음 같아서는 팔아치워 살림살이에 보태고 싶을 정도로, 보기만 해도 열 받았지만 리리는 일단 참았다. 특별 제작한 검이라니 그 남자를 찾을 단서가 될 것이다.

그녀는 일단 화가 나 있는 로쉐를 다독이기로 했다.

"걱정해줘서 고마워요."

리리는 생글생글 웃으며 그를 올려다보았다. 리리의 잔잔하게 반짝이는 검푸른 색 눈동자가 깜빡거릴 때마다 바다처럼 일렁였다. 그녀의 뽀얀 뺨이 미소로 인해 통통하게 부풀고 사랑스러운 분홍빛으로 물들었다. 그 모습에 로쉐의 표정이 부드럽게 풀렸다.

'어? 방금까진 화가 나 있었고 지금은 누그러졌어. 늘 무표정하다고 생각했었는데 어떻게 알아본 거지?'

그의 표정 변화를 눈치챈 자신이 신기했다. 사소한 일이었지만 묘한 기분이 들어, 그를 가만히 바라보았다. 로쉐는 그녀의 시선을 피하지 않은 채 평소와 비슷한 목소리로 말을 이었다.

"네가 괜찮다니 어쩔 수 없군. 하지만 생각이 바뀐다면 언제든 말해도 좋다."

리리는 따스한 로쉐의 눈빛에 잠시 멍하니 서 있다가 곧 배시시 웃음을 머금으며 고개를 끄덕였다. 그의 애정이 고스란히 느껴졌다.

어쨌건 이 방에 찾아온 목적은 자신에게 상처를 입힌 남자에 대해 말하기 위해서가 아니었다. 그녀는 젤리에게 시선을 돌렸지만, 갑작스러운 로쉐의 말이 이어졌다.

"아빠라고…… 불러줄 수 없나."

리리는 잠시 망설였다. 한 번도 가져본 적 없던, 그토록 원하던 아빠라는 존재를 쉽게 만들기가 망설여졌다. 아빠라는 호칭은 너무 의미가 컸다. 무엇보다 언제 헤어질지 모르는 남자였다. 원래 세계로 간다면 또다시 잃어버리게 되니까.

물론 그건 그녀의 속사정일 뿐이니 그렇게 말할 수는 없었다. 리리는 젤리를 다시 힐끗 바라보았다. 걱정스러운 눈빛이었다. 그래, 그래. 안다고. 나도 상처 주기 싫다고.

"음…… 아빠로 인정하기에는 너무 멋진 남자여서 아쉬워요. 차라리 오빠라고 부르면 안 될까요?"

리리는 나름대로 괜찮은 대안이라고 생각했는데 로쉐의 안색이 눈에 띄게 창백해졌다. 뭔가 아니었던 모양이다.

'왜? 어차피 친딸도 아니고, 꼭 부녀 관계를 고집해야 할 이유가 없잖아. 그게 어려우면 제자로 받아들이던가.'

리리는 간단하게 생각했지만 그녀의 제안을 들은 로쉐는 커다란 충격에 휩싸였다.

'이성에 눈뜨는 나이라더니!'

아무리 그래도 이건 아니지 않은가. 뭐라고 대답해야 할지 알 수가 없었다. 조언이 필요했다. 그에겐 이런 일에 능통한 전문가가 하나 대기하고 있었다.

"음. 갑자기 급할 볼일이 생각났군."

그는 도망치듯 그 자리를 벗어났다. 리리는 갑자기 주술진 위에 올라서더니 훌쩍 사라진 로쉐 때문에 당황했다. 그렇게 이상한 일인가. 하긴, 딸이라고 입양했는데 충격적이긴 하겠다.

그녀는 일이 생각보다 복잡한 것 같아 머리를 긁적였다.

그녀의 실제 나이 스물네 살. 열 살 몸에 빙의했다고 해도 자신이 열 살이라고 인정하고 적응할 수 있는 일이 아니었다. 리리는 그녀의 실제 나이의 또래나 그 살짝 위로 보이는 로쉐가 아빠라는 생각은 더더욱 들지 않았다. 오히려 그녀의 이상형과 가까우면 가까웠지.

"아가씨, 이건 또 무슨 일인가요!"

"왜에. 난 나름대로 잘 해결해보겠다고 한 거야."

"아아, 아가씨……."

젤리는 눈앞이 깜깜해지는 것 같았다. 대체 왜 이러실까. 그는 도무지 리리를 이해할 수가 없었다. 언제쯤 평화로운 부녀관계가 될지.

"아, 그것보다 나 좀 다련각으로 보내줘."

"……알겠습니다."

묻거나 따질 힘도 없었다. 젤리는 리리의 말대로 그녀를 다련각 앞으로 보내주었다.

따스한 바람이 리리의 온몸을 휘감더니 이내 주위 풍경이 바뀌었다. 그래도 본 적이 있다고 익숙하게 느껴지는 호수와 그 위에 떠 있는 전각이었다.

그녀는 다리를 건너 다련각 안으로 들어섰다. 1층에는 여전히 이런저런 물건을 판매하고 있었다. 리리는 그것들이 얼마나 비싼지 잘 알고 있었기에 물건에는 눈길 하나 주지 않은 채 주위를 둘러보았다.

'여긴 말단 직원들밖에 없는 것 같은데…….'

일자리를 구하려면 조금 더 높은 사람을 만나야 할 것 같았다. 2층으로 통하는 듯한 계단으로 올라서려는데 어디서 나타난 것인지 어두운 옷을 입고 있는 남자가 막아섰다.

"주술사 외에는 출입하실 수가 없습니다."

"아, 그런가요?"

리리는 그에게 질문을 건넬까 하다가 상당히 무서운 인상이라는 사실을 깨닫고 몸을 돌렸다. 그래도 이왕이면 대화하기 편한 상대가 좋았다.

"저기요."

그녀는 친절함이 몸에 밴 듯해 보이는 여자에게 말을 걸었다.

"네, 찾는 게 있으신가요?"

"혹시 여기 직원 구해요?"

"⋯⋯네?"

하지만 리리의 말에 얼굴에 활짝 피어있던 미소가 순식간에 사그라졌다.

'여긴 이런 식으로 알바를 구할 수가 없나. 그럼 구인은 어떻게 하지? 추천?'

어쨌든 이대로 물러설 그녀가 아니었다. 급히 묻지도 않은 자기소개를 늘어놓았다.

"어떤 일도 상관없어요. 청소도 잘할 수 있고요, 말도 잘해요. 성실함과 강한 책임감이 큰 장점이며 조건이나 급여를 그다지 따지지도 않아요."

"아, 저기⋯⋯."

리리는 당황스러워하는 점원을 붙잡고 자신의 장점을 어필하기 시작했다.

"뭐든 잘할 자신 있습니다. 일단 시켜만 주세요."

"다, 다른 곳 가서 알아보세요."

"제가 조금 어려 보여서 그렇지, 참 야무지답니다. 아, 혹시 이력서를 준비해야 하나요?"

점원은 마냥 떼를 쓰는 리리 때문에 어쩔 줄 몰라 하다가 결국 도와달라는 시선으로 주위를 둘러보았다. 손님이 될지 모르는 아이를 매몰차게 뿌리칠 수도 없으니 굉장히 곤란했다.

다행히 소란스럽다고 느꼈는지 관리자가 다가왔다. 점원은 내심 안도의 한숨을 내쉬며 살짝 물러났다.

"무슨 일이죠?"

"아, 관리자님. 이 손님께서 일을 시켜달라고 부탁하시는 바람에……."

"아, 관리자님이신가요? 혹시 일손이 필요하지는 않습니까? 판매는 물론이고 청소나 뒷정리도 자신이 있습니다."

"이름이 뭐지요?"

리리의 눈이 반짝였다. 그녀는 서둘러 대답했다.

"리리입니다. 누구보다 열심히 일할 자신이 있습니다."

"아, 리리 양……. 미안하지만 일을 시켜줄 수가 없어요. 일단 이곳에서 일하기엔 너무 어려 보이네요."

"나, 나이는 숫자에 불과……."

"미안해요. 우리는 지금 직원을 구하지 않는답니다. 대신 직업소개소 하나를 알려드릴게요. 힘들게 찾아다니지 말고 그곳에 가서 알아보도록 해요."

관리자의 말은 정중했고 또 친절했지만, 매몰찼다. 리리는 더 이상 떼를 쓸 수도 없었다.

결국 그녀는 입술을 댓 발이나 내민 채 다련각을 나섰다.

'여기서 일해보고 싶었는데 아깝네. 그래도 직업소개소를 알게 되었으니 나쁘지만은 않지, 뭐.'

그녀는 어떤 아르바이트를 해야 그나마 나을까 고민하며 다리를 건너고 있었다. 그때 갑자기 뒤에서 다급한 목소리가 들려왔다.

"거기, 잠깐만! 이, 일자리!"

일자리? 리리는 뒤를 돌아보았다. 아까 그녀가 일 좀 달라고 처음 매달렸던 그 점원이 뛰어오고 있었다. 그녀는 걸음을 멈추고 점원이 가까이 다가올 때까지 기다렸다. 숨을 고를 때도 인내심 있게 기다려 주었다.

"1층 정리 및 청소와 수련실 보조. 할래요?"

"할래요!"

리리는 그녀의 말이 끝나기 무섭게 콜을 외쳤다. 그 순간 「새로운 아르바이트가 등록되었습니다.」라는 시스템창이 떠올랐다. 일정창을 열어보니 「다련각 보조」라고 떠오른 아르바이트가 반짝거리고 있었다.

'무려 15실버!'

그녀는 속으로 비바를 외쳤다. 춤이라도 추고 싶은 기분이었다.

그녀가 할 수 있는 아르바이트 중 가장 높은 금액인 것도 신이 났지만, 무엇보다도 주술사들이 모여 있는 곳이니만큼 수치에도 좋은 영향이 있을 것 같았다.

그 뒤 조건과 보수 등 이런저런 이야기가 오갔고, 할 말을 끝낸 점원은 다련각으로 돌아갔다. 리리는 그 뒷모습을 보며 의문에 빠졌다.

"근데 갑자기 왜 써주는 거지?"

그렇게 매달릴 때는 거들떠보지도 않더니, 더구나 직원을 구하지도 않는다더니 포기하고 다리를 건너는 중에 따라오는 건 무슨 심보람. 게다가 이런 식의 설득을 해내면 「화술」이 증가할 것 같은데 아무런 변화가 없었다. 그녀는 찝찝한 마음에 인상을 찌푸렸다.

'설마 로쉐가 힘을 쓴 건 아니겠지.'

아마 지금쯤 다련각에는 로쉐가 있을 것이다. 하지만 그 짧은 동안에 그녀가 온 걸 알 수 있을 것 같지도 않았고, 만약 로쉐가 힘을 쓴 거면 더 괜찮은 일자리를 주지 않았을까. 그럼 리리가 로쉐의 양딸이라는 걸 알아본 다른 사람이 멋대로?

'그것도 이상한데?'

만약 리리의 얼굴이 다련각에 알려져 있었으면 첫 번째 방문 때 그녀를 알아봤을 터였다. 지금도 아무리 머리카락 색과 눈동자 색이 로쉐와 같다고 해도, 검푸른 머리카락이나 눈동자가 아예 없는 색도 아니니 그거 하나로 연관 짓기 어려웠다. 리리는 고개를 갸웃거렸다. 알다가도 모를 일이었다. 결국 리리는 고개를 흔들었다.

"생각해봐야 머리만 아프지."

리리는 그렇게 중얼거리며 걸음을 옮겼다.

월요일 아침이 밝았다.

젤리의 「일어나세요, 아가씨」 버전 육성 알람으로 인해 잠에서 깬 리리는 시장에서 산 옷 중에 하나로 갈아입고 아침 준비를 시작했다. 싼 옷이지만 익숙해지니 제법 편했다.

하지만 젤리는 마음에 들지 않는다는 듯 리리의 뒤를 쫓아다니며 눈치를 주고 있었다.

"아가씨, 예쁜 옷도 많은데 왜 굳이 그런 옷을 입으시나요?"

"난 이게 편한걸."

"하지만 그건……."

"난 이게 좋다고, 젤리."

그는 아가씨를 설득해보려 했지만 고집을 꺾을 수가 없었다.

'어째서 비단옷들 다 놔두고 저런 옷을 입으실까. 주인님이 최상급 주술사에 다련각 각주인데다 황궁주술사까지 겸하고 계시는데! 돈이 부족한 것도 아니고, 대체 왜!'

리리가 원한다면 다양한 주술이 걸린 드레스도 거침없이 사줄 로쉐였기에 젤리는 리리의 고집을 이해할 수가 없었다. 오히려 리리는 젤리가 알았다면 뒷목 잡고 쓰러졌을 생각마저 하고 있었다.

'기회 되면 옷장에 있는 옷 좀 팔아치워야지. 돈벌이 톡톡히 될 것 같은데.'

그녀가 보기에는 아무 효과도 붙어 있지 않은 옷들을 굳이 모셔둘 필요가 없었다. 차라리 판 돈으로 싸구려 주술이 걸려있는 방어구라도 하나 사는 편이 이익일 것 같았다. 겉모습에는 옷이나 방어구나 큰 차이가 없으니 말이다.

마음 같아서는 전부 다 팔아버리고 싶지만 혹시 모르니 몇 벌 정도는 남겨둬야 할 것 같았다. 고급스러운 옷을 입어야 할 때가 있을지도 모르고, 처음으로 다양한 옷을 가져본 것도 좋았다. 그렇지만 무엇보다도 이건······.

'로쉐가 딸을 위해 채워둔 옷장일 테지.'

옷장에는 「고급스러운」, 「가격이 비싼」, 「귀한 옷감으로 만든」 등의 수식어가 붙어 있는 옷이 가득 채워져 있었다. 게임으로 생각한다면 옷장에 있는 옷들을 전부 팔아치워 필요한 물건을 사는 것이 이익이다. 하지만 현실로 생각한다면······ 그가 딸을 위해 준비한 옷들을 모조리 팔아치울 수가 없다. 리리는 결국 반 정도만 팔아치우기로 했다.

아침 식사를 마친 뒤, 리리는 잠시 젤리 주변을 서성였다. 첫 수업을 앞둬 두근거리며 설레기도 했고, 긴장이 되기도 했다. 의무교육이 중학교까지였기 때문에 그녀는 고등학교에 진학하지 않았고, 학원은 더더욱 가본 적이 없었다. 공부한 지 너무 오래됐다.

"아가씨, 무슨 문제라도 생기셨습니까?"

"어? 아니······ 응. 젤리, 나 좀 무서워. 혹시 교육받다가 무슨 실수라도 할까 봐. 뭐, 주의해야 할 것 없어?"

게다가 이 세계는 계급 사회가 아닌가. 혹시 귀족과 잘못 연관되기라도 하면 골치 아플 것 같았다. 리리의 걱정이 무엇인지 알게 된 젤리가 살며시 웃으며 그녀를 다독였다.

"무용을 가르쳐줄 선생님은 아델라 남작부인입니다. 우아하고 여성스러운 성품을 지녔으니 크게 걱정하실 일은 없습니다."

"뭐? 남작부인? 그거 귀족 아니야?"

리리는 깜짝 놀라 되물었다. 귀족이 무용을 가르친다니 의외였다. 그녀가 생각하는 귀족이란 돈을 벌지 않아도 부자라 매일 치장을 하고 파티나 여는 등 쓸모없는 일에 시간과 돈을 쓰는 부류였다. 계급 사회에 대해서 역사책보다는 소설이나 만화 등으로 접해보았기 때문이었다.

리리의 머릿속에 있는 귀족의 이미지는 악역에 가까웠고, 결국 부정부패를 일삼다가 나라를 망하게 하거나 처형을 당하는 인물들이었다. 그러니 여기서도 사치스럽고, 자신들은 고귀한 존재라며 같은 사람을 무시하는 그런 이들일 거라고 생각했다. 물론 그녀는 로쉐가 귀족이나 다를 바 없는 최상급 주술사라는 사실은 이미 까마득하게 잊고 있었다.

"영지가 없는 귀족은 이런 식으로 돈을 벌기도 합니다. 자신이 지니고 있는 능력을 선생님이라는 이름으로 포장해 판매하는 것이지요."

리리는 고개를 끄덕였다. 어쩐지 비싸더라. 교육비를 보니 돈이 없으면 받지 못할 것 같았다.

"그럼 교육받는 사람 중에 귀족도 있는 거네?"

"아, 신경 쓰지 않으셔도 됩니다."

어차피 작위가 높은 귀족들은 따로 가정교육을 받기에 허울뿐인 귀족이 아니라면 학원에서 마주칠 일이 없다는 말이었다. 학원은 여러 명의 수강생을 모아두고 교육을 하기에 1대1 교육보다는 아무래도 전문성이 떨어진다. 특히 무용이나 검술과 같은 특정 장소와 도구가 필요한 경우는 더 그랬다.

'아, 일정창에 있는 방문 교육이 그거구나. 어쩐지 엄청 비싸더라.'

리리 역시 젤리에게 가정교육을 받으면 어떠냐는 말을 들었지만 그렇지 않아도 비싼 교육비를 더 늘릴 필요가 없었기에 거절했었다.

"그럼, 아가씨. 열심히 배우세요."

젤리는 인사를 하며 리리를 무용 학원으로 이동시켰다.

가장 먼저 보이는 것은 화려하게 장식된 문이었다.

리리는 잠시 망설이다가 문을 열고 들어갔다. 무용학원의 내부는 굉장히 넓었다. 두 개의 벽면이 거울로 되어있어 실제보다 더욱 넓어 보였으며 천장 역시 높았다. 그리고 거울 앞에는 봉이 길게 달려 있었는데 영화나 드라마에서 보았던 발레 학원이 떠올랐다. 크게 다르지는 않은 모양이었다.

문 옆쪽으로는 무용 연습할 때 필요한 도구가 늘어져 있었고 거울이 달리지 않은 벽에는 두 개의 작은 문이 있었다. 여기까지는 괜찮았는데, 정말 생소한 것이 하나 있었다. 벽 한쪽에서 악기를 든 채 가만히 앉아 있는 사람들이었다.

'곡을 연주해주는 사람들인가.'

그리고 보니 이곳에는 텔레비전이나 냉장고와 같은 물건이 전혀 없었다. 컴퓨터는 물론이고 오디오 역시 없는 것이 당연했다. 그렇다고 아무 소리 없이 춤을 추기는 어려우니 직접 사람이 연주를 하는 모양이었다.

리리는 다시 한 번 교육비가 왜 비싼지를 깨달았다.

리리는 머뭇거리다가 옹기종기 모여 있는 아이들에게 다가갔다. 그녀가 가장 늦게 온 모양이었다. 모두 리리와 비슷한 또래로 보이는 여자아이들로, 이상하게도 남자아이는 보이지 않았다. 무용이라서 그런가, 아니면 남자와 여자 따로 교육받는 건가? 남자도 춤을 추긴 줄 텐데.

모두 여섯 명의 여자아이가 리리를 힐끔대고 쳐다보며 호기심을 드러냈다. 어쩔까. 인사를 해줘야 하나. 리리는 잠시 고민하다가 이내 시선을 돌렸다.

'어차피 선생님이 인사시켜 주겠지. 별로 친해지고 싶은 마음도 없고.'

리리야 겉모습만 열 살이라지만 저 아이들은 실제로 어릴 것이다. 그녀는 어린아이들을 별로 좋아하지 않기 때문에 굳이 다가서야 할 필요성을 느끼지 못했다.

물론 이곳을 작은 사교 모임이라고 볼 수 있기도 했다. 저 꼬마 아가씨들도 크면 사교계에서 활동을 할 것이기 때문이다. 그렇기에 비싼 돈 주고 무용 학원에 다니는 거겠지. 리리야 수치를 높이고, 다양한 경험을 하기 위해서였지만 보통은 그렇지 않을 터였다.

그러니 인연을 맺거나 인맥을 늘리고 싶으면 먼저 다가가 살갑게 굴어야 되겠지만 리리는 그런 것에 관심이 없었다. 후에 사교 모임에서 잔뜩 치장한 후 호호호 가식 웃음을 흘리며 서로 재는 건 생각만으로도 피곤했다.

잠시 주변을 둘러보며 멍하니 있는데 어디선가 향긋한 꽃냄새가 풍겨왔다. 리리가 고개를 돌리는 순간 갑자기 나타난 중년 부인이 입을 열었다.

"자, 시작하지요."

다짜고짜 시작이라니. 리리는 갑자기 울려 퍼지는 음악 소리와 당연하다는 듯 자세를 잡는 아이들 때문에 당황했다. 하지만 아이들은 그런 그녀를 그냥 둔 채 익숙하게 몸을 움직였다. 춤 같기도 하고 스트레칭 같기도 한 움직임이었다. 그리고 선생님으로 추정되는 중년 부인은 아이들을 한 명씩 봐주며 자세를 교정해주고 있었다.

리리는 난 누구인가, 여긴 어디인가 하며 반쯤 넋이 나간 채로 그 모습을 바라보며 굉장히 소외된 느낌을 받았다. 그리고 아이들을 한 번씩 둘러본 중년 부인이 비로소 그녀에게 다가왔다.

"반가워요. 전 아델라입니다. 무용은 몸의 선을 어여쁘게 만들고, 행동을 우아하게 만들어 주지요. 아름다운 여성이 되기 위해서는 꼭 필요합니다."

중년 부인이 우아하게 나긋나긋한 인사를 건넸다. 그녀를 보니 역시 귀족은 귀족이라는 생각이 들었다. 만약 게임 캐릭터였으면 매력 300에 기품 400 정도는 찍었을 것 같았다. 그녀가 생각하던 귀족 부인의 이미지와 맞아떨어져 어쩐지 안도의 한숨이 나왔다.

"리리입니다. 잘 부탁드려요."

아델라는 리리에게 수업이 어떻게 진행되는지에 대해 간단하게 말해주기 시작했다.

"음, 다음부터는 시작하기 전에 무용복으로 갈아입도록 해요. 옷은 저기 탈의실에서 입으면 된답니다. 자리를 지정해주거나 하지는 않으니 편한 곳에서 배우면 되지만 이왕이면 앞쪽에 서길 바라요. 그래야 다른 학생들과 비교하며 조급해하거나 무리하지 않을 테니까요."

수업은 두 시간 간격으로 정해져 있었는데, 그중 편한 시간에 와서 배우면 되는 모양이었다. 수업도 횟수로 계산하는 식이니, 일주일에 다섯 번 모두 오는 아이도 있을 거고 한 번만 오는 아이도 있을 터였다. 그러니 아이마다 수준도 진도도 다 달라 학교처럼 같은 것을 함께 배우는 게 아니라 한 명씩 따로 봐주는 것 같았다. 실제로 아이들은 제각각 다른 춤을 추고 있었다.

'그래서 새로 온 학생을 소개해주지 않는구나.'

어차피 같은 곳에 모여 배울 뿐이었다. 시간이 계속 엇갈리면 오늘 하루의 인연으로 끝날 가능성도 있었다.

"오늘은 준비체조를 알려드릴게요. 본격적인 무용은 준비체조를 다 배운 후부터 알려드릴 예정입니다. 자, 다리를 어깨너비로 벌리고 팔을 머리 위로 올려주세요. 어깨에는 힘을 빼고 팔은 둥글게."

리리는 아델라가 가르쳐 주는 대로 따라 하기 시작했다. 익숙하지 않은 터라 굉장히 버벅거렸지만 꼼꼼하고 다정하게 가르쳐줘서 차분하게 따라갈 수가 있었다.

"오늘은 여기까지 알려드릴게요. 익숙해지도록 계속 연습하세요."

어렵지 않은 동작들로 이루어져 있었지만 한 번에 외우기는 힘들었다. 앞으로 수업 시작과 동시에 추게 될 준비 체조라고 했으니 꼼꼼하게 배워두는 편이 나을 터였다.

아델라는 다른 아이들을 봐주기 위해 걸음을 옮겼고 혼자 남은 리리는 지금까지 알려준 동작들을 열심히 연습했다. 아직 어린 몸이어서 그런지 유연하고 별로 힘들지 않아 재미있었다. 두 시간은 금방 지나갔다.

"수고하셨습니다. 또 뵙도록 해요."

아델라가 수업을 마침과 동시에 시스템창이 떠올랐다.

† 매력과 기품이 각각 2씩 증가했습니다.

리리의 얼굴에 함박웃음이 걸렸다. 이게 바로 현실과 다른 점이었다. 아무리 열심히 해도 아무도 알아주지 않았는데, 그녀가 얽매여 있는 시스템은 조금만 신경 써도 바로바로 알아주곤 했다. 그리고 수치 증가라는 보상을 주었다. 살맛 나는 세상이었다.

그 후 집에서 점심을 마친 리리는 다련각으로 이동했다. 그녀는 어딘가의 복도에 서 있었다. 아무래도 주술각 1층이 아닌 것 같았다.

시선이 닿는 곳마다 모두 고풍스럽기 그지없었다. 천장을 받들고 있는 기둥마다 섬세하게 조각되어 있었으며 어찌나 화려한지 고궁을 보는 느낌이었다.

"와, 장난 아니네."

† 감수성이 5 증가했습니다.

이제 리리는 놀라지도 않았다. 시스템창이 떠오르는 것을 당연하게 여길 정도로 아름답고 웅장했다. 게다가 어찌나 넓은지, 바로 앞에 보이는 문만 해도 여러 개였다. 어디로 가야 하는지 알 수가 없었다. 사람이 북적이는 1층과는 다르게 주변에는 한 사람도 없었다.

그때 갑자기 누군가가 불쑥 나타났다. 리리는 순간 깜짝 놀라 한걸음 물러났다가 이곳이 주술각이라는 사실을 떠올리곤 조용히 놀란 가슴을 쓸어내렸다. 주술로 이동하는 것은 그녀뿐만이 아니라는 것을 이미 알고 있었지만, 로쉐 외에 실제로 보는 건 처음이었기에 당황할 수밖에 없었다.

나타난 사람은 제법 준수한 외모의 중년 남성이었다. 검은색 옷을 입고 있었는데 조금 소박한 것을 제외하면 로쉐의 옷과 비슷해 보였다.

"처음 왔나 보군. 이쪽이다."

남자를 따라 가장 가까운 문으로 들어서자 큰 교실이 나왔다. 그녀가 다녔던 학교와 비슷한 느낌을 풍기는 곳이었다. 앞에는 교탁과 칠판 비슷한 것이 세워져 있었고, 가운데에는 책상과 의자가 있었다. 열 명쯤 되어 보이는 학생들은 얌전히 앉아 있었다.

'억. 이론 수업인가.'

리리는 주술 수업이라고 하면 실습 위주일 줄 알았기에 당황했다. 당연히 무언가 만들어내고 실험해볼 줄 알았지, 책상에 앉아 펜을 굴리게 될 거라곤 생각도 못 했다. 주술의 이론이라. 굉장히 어려울 것 같았다. 어쩐지 골치가 아파지는 느낌이었다.

"나는 중급 주술사 루퍼트라고 한다. 신입 담당자지. 그냥 주술사님이라고 부르면 된다. 하급 주술사로 넘어가면 사제관계가 아니라 계급제에 얽매이게 될 테니까. 이번 수업을 들은 이후부터는 각자 반을 배정받아 정식 교육을 받게 될 것이다."

루퍼트가 소개하며 자리 하나를 배정해줬다. 리리는 그 자리에 앉으며 주변을 둘러보았다. 이 방은 처음 오는 사람들을 위한 임시 반이었던 모양이었다. 리리는 생각보다 체계적이고 잘 정리되어 있다는 생각에 살짝 놀랐다.

"만물 또는 우주를 구성하는 기본 요소 물질의 근원 및 본질을 「기」라고 하는데, 주술사는 자연에 퍼져 있는 이 기운을 느끼고 사용하는 사람들이다."

리리는 진지한 표정으로 루퍼트의 말을 들었다. 그녀의 손은 루퍼트의 말을 받아적느라 재빠르게 움직이고 있었다. 전에 젤리가 해주었던 이야기와 비슷한데 조금 더 어렵고 구체적인 용어들이 마구 흘러나오고 있기에 메모를 해두는 편이 나을 것 같았다.

"속성을 타고난 주술사는 자신의 몸을 주구로 삼아 주술을 사용할 수 있지. 하지만 속성을 타고나는 건 주술사 중에서도 귀하다. 그래서 대부분 무속성 주술을 사용하지. 반대로 속성을 두 개 이상 타고 나는 경우도 있는데, 극히 드물어 손으로 꼽힐 정도다."

'로쉐가 두 가지 속성을 가졌다고 했지. 신성과 암흑.'

리리는 새삼 로쉐의 대단함을 듣고 있는 것 같아서 기분이 좋았다. 그런 사람이 이 몸의 아빠로, 지금 그녀를 자상하게 챙겨준다. 리리는 그 이유만으로도 뿌듯함을 느꼈다.

그 이후로도 루퍼트의 이야기는 계속되었다.

"주술에는 「주문」과 「주구」가 있다. 「주문」은 말 그대로 주술에 따르는 언어 행위, 「주구」는 주술에 쓰이는 물질적 요소지. 주구는 물건에서부터 사람 몸까지 아주 다양하다. 물건에 주술을 직접 걸거나 주문을 새겨 효과를 극대화하면 주술사가 아닌 사람들도 주술의 효과를 볼 수 있다."

어렵지만 흥미로운 내용이었다. 리리는 한껏 집중한 채 눈을 반짝였다. 루퍼트는 그런 그녀에게 잠시 시선을 주었다가 다시 말을 이어갔다.

"주술은 「기」를 느끼는 것부터 시작한다. 그리고 주구를 이용해 자연의 힘을 사용한다. 설사 무속성 주술사라고 해도 이 역시 타고난 사람들만 가능하다. 주술 수업을 받는다고 아무나 주술력을 사용할 수 있는 것이 아니다. 그랬으면 너도나도 주술사가 되었겠지."

그렇지. 리리는 고개를 끄덕였다. 누구나 주술력을 사용할 수 있다면 주술사가 대우를 받지 못할 것이다.

"기를 느끼기 시작하면 하급 주술사로 인정받는다. 자신이 가진 주술력을 이용해 간단한 무속성 주술을 사용할 수 있게 되면 중급, 도구와 주문을 이용해 자연의 힘을 빌려 쓰며 그것을 도구에 담을 수 있게 되면 상급이다. 주문 없이 주술을 사용하고, 자연의 힘을 자신의 의지대로 다룰 수 있으면 최상급 주술사다."

총 네 단계라. 능력창 수치로 따지면 0~199가 하급, 200~499가 중급, 500~799가 상급, 800부터가 최상급이 되나? 최고 수치는 나와 있지 않지만 아마 999가 끝일 테니까. 하지만 루퍼트의 말은 계속 이어졌다.

"최상급 주술사 위에는 대주술사가 있지. 타고난 속성의 힘을 자유자재로 사용할 수 있다고 한다. 아무런 제약과 한계 없이, 즉 가지고 있는 주술력과 상관이 없이 사용할 수 있다는 말이다. 이는 황족과 연관이 있지."

루퍼트의 이야기에 그렇지 않아도 반짝이던 리리의 눈동자가 밤하늘에 떠 있는 은하수처럼 더욱 빛났다. 그렇지 않아도 황제와 천자에 대한 이야기는 계속 궁금했다. 머리카락을 자른 남자 때문에 정신이 없어서 로쉐나 젤리에게 물어본다는 것도 깜빡하고 있었는데.

"황족의 이야기를 하기 전에 먼저 알아둬야 할 게 있다. 속성이다. 속성에는 불, 물, 나무, 금속, 전기, 바람, 암흑이 있다."

순간 리리는 의아했다. 화(火), 수(水), 목(木), 금(金), 토(土). 리리에게는 무척 익숙한 오행이었다. 그런데 왜 땅은 없는 거지? 또한 루퍼트는 리리가 가장 궁금해하고 있는 「신성」 역시 언급하지 않았다.

"그리고 흙, 즉 지(地)력이 있다. 바로 황족만의 힘이지."

리리는 도서관에서 읽었던 책 내용을 떠올렸다. 천자가 부재했을 때 흉년과 전염병이 돌았다고. 또한 황제가 존재해도 천자는 존재하지 않을 수도 있다고.

"황족은 지력을 타고나지만, 땅의 힘을 제약 없이 자유자재로 사용해 풍요와 번영을 불러일으킬 수 있는 사람은 단 한 명뿐이지. 바로 대주술사인 천자다. 신에게 선택되어 신의 아들이라 불리는 천자는 태어났을 때부터 지니고 있던 지력과 전대 황제들의 힘을 물려받고 나서야 비로소 센테르 전체를 다스릴 수가 있다. 보통 사람들은 그 위압감에 고개조차 들어 올릴 수가 없다더군. 주술사면 좀 낫겠지만, 최상급 주술사 정도는 되어야 버틸 수 있을 거다."

리리는 손을 번쩍 들어 올렸다. 루퍼트는 잠시 목을 가다듬다가 질문을 해도 좋다는 듯 손짓을 해주었다.

"황족이 아니어도 천자가 될 수 있나요? 만약 천자가 없다면 어떻게 되나요? 또 지금 센테르를 다스리고 계시는 황제 폐하는 천자인가요?"

"조금 전 말했듯이 지력은 황족만이 타고난다. 피와 함께 물려받는 것이지. 그리고 천자는 반드시 지력을 가지고 있어야 한다. 그래야 땅을 다스릴 수 있으니까. 즉, 지력을 타고난 황족만이 천자가 될 수 있다. 천자가 땅의 힘을 자유자재로 사용할 수 있기 때문에 부재한다면 흙이 메마르고 식량이 줄어들지. 당연히 동물들도 점차 사라져가고 사람들은 배고픔에 시달리게 된다. 그 외에도 역병이 돌고 주술사들이 힘을 잃는다고 하더군. 천자가 부재했던 시기를 칭하는 「암흑의 시대」를 알아보면 더욱 자세히 나와 있을 거다. 또 뭘 물어봤지?"

"지금 황제 폐하는 천자시냐고 물어봤는데……. 듣지 않아도 알 것 같네요."

루퍼트는 그녀의 말에 고개를 끄덕였다. 천자가 아니라면 지금쯤 모두가 배고픔과 역병에 허덕이고 있을 터였다.

리리는 왜 사람들이 잘 먹고 잘살 수 있는 것은 천자 덕분이라고 하는지 알 것 같았다. 그의 존재만으로도 대륙은 풍요로우며 번영하니까.

어떻게 사람이 아무런 제약 없이 땅의 힘을 자유자재로 사용할 수 있는 것일까? 정말로 신의 선택을 받지 않는 한 불가능할 것 같았다.

'신의 선택?'

리리는 다시 손을 들어 올렸다.

"또 뭐지?"

"타고난 지력과 전대 황제의 힘을 물려받아야 비로소 천자가 될 수 있다고 하셨잖아요?"

"그렇지."

"전대 황제의 힘은 어떻게 물려받나요?"

루퍼트는 리리의 질문이 의외라는 듯 두 눈을 동그랗게 뜨며 잠시 입을 다물었다. 하지만 곧 대답해주었다.

"그걸 모르는 사람이 있었다니 의외군. 당연히 신이 내려준다. 등극할 때 신의 목소리를 듣는다고 하지. 그때 신의 선택을 받으면 모든 힘을 물려받으며 천자가 되는 것이고, 받지 못하면……. 더 이상 말해 봐야 입만 아프겠군."

받지 못하면 천자가 아닌 황제가 되며 점차 땅이 황폐해져 멸망기 도를 걷게 된다는 이야기였다.

리리는 멍한 표정으로 입을 딱 벌렸다. 신의 목소리를 듣는다니? 정말로 신이 존재하고 있었단 말인가?

어쨌든 왜 절대 황권이 유지될 수 있는지, 사람들이 천자라고 부르며 신처럼 믿고 따르는지 어느 정도 이해할 수 있을 것 같았다.

하지만 리리는 또 손을 올렸다. 루퍼트는 깊은 한숨을 내쉬었다. 그녀는 그 마음을 이해할 수 있을 것 같아 어색하게 웃었다.

다른 아이들에게도 미안했지만 궁금한 것을 참을 수는 없었다.

"말해라."

"천자는 대주술사라고 했잖아요? 그럼 천자로 선택받지 못한 황제는요? 그리고 왜 귀족과 주술사 계급이 따로 나뉘어 있나요? 황제가 주술사니 귀족들도 주술사여야 하지 않나요?"

루퍼트는 조금 질린다는 눈빛을 던졌다. 너무 상식적인 것만 물어본 모양이었다. 하지만 이때가 아니면 또 언제 물어보겠는가.

"하……. 천자로 선택받지 못한 황제는 타고난 지력에 따라 다르겠지. 만약 가진 주술력이 높다면 굳이 천자가 아니라고 해도 대륙을 안정시키는 데는 큰 문제가 없을 것이다. 그래서 황실에서는 본디 후계자를 많이 만든다. 그래야 천자가 없더라도 황족들의 힘으로 대지가 안정될 테니까. 사실 말이 대주술사지, 지력은 계급을 따질 수가 없다. 엄밀히 말하면 주술력과는 조금 다르지. 부적으로 확인해도 나오질 않는데다가 그 정도를 파악하기가 어렵지. 그리고 또……."

루퍼트는 목이 타는지 교탁 위에 있던 물을 한 모금 마신 뒤 말을 이었다.

"주술사들은 워낙 주술 외에는 관심이 없어서 나랏일은 할 수가 없다. 바쁘기도 하고. 그렇지 않아도 주술이 걸린 물건을 만들고, 새로운 주술을 탐구하고, 나라를 위해 주술을 사용하는데 여기에 정치까지 하면 끔찍하게 바빠지겠지. 그래서 정치는 황제와 귀족이, 주술은 지주와 주술사들이 맡게 된 것이다."

리리는 지주에 관해서도 묻고 싶었지만 조용히 입을 다물었다. 더이상 물어보면 화를 낼 것 같았다. 루퍼트든 간에 아이들이든 간에.

'지주는 주술사들의 우두머리라고 했으니까, 뭐. 주술을 배우다 보면 알게 되지 않을까?'

하지만 다행히도 루퍼트가 먼저 지주에 대해 설명해주기 시작했다.

"지주는 지력을 제외하고 모든 속성의 힘을 다 사용할 수가 있다. 계급으로 따지면 상급 정도."

'그게 인간이여?'

리리는 순간적으로 내뱉을 뻔한 말을 급히 꿀꺽 삼켰다. 주술사가 바로 앞에 있는데 그들의 우두머리에 대해 함부로 말했다간 큰일 날 수도 있었다.

"황제에게 주술사들을 다스릴 수 있는 권한을 받았지만 정작 지주를 본 주술사는 몇 없다고 들었다. 아마 각주들만이 얼굴을 알고 있겠지. 그래서 주술사들을 실질적으로 지휘하는 것은 각 주술각의 각주인 셈이다."

리리는 조금 놀랐다. 다련각의 각주라는 게 대단한 줄은 알았지만 설마 이 정도일 줄 몰랐다.

루퍼트는 대강의 설명을 모두 마친 듯 손뼉을 치며 분위기를 전환했다.

"이제 각자의 속성을 알아보도록 하지. 반을 배정해야 하니까."

'어라, 성력은?'

루퍼트는 신성계열에 대한 이야기를 해주지 않았다. 그녀는 또 질문을 하려다가 다른 애들의 기대 어린 표정들을 보고 일단 조용히 따르기로 했다. 자신 때문에 더 이상 진도가 늦어지는 것은 원치 않았다.

루퍼트는 한 사람 한 사람에게 부적을 나누어 주었다.

특이한 문양이 가득 새겨진 종이였다.

"이 방에는 속성력을 높여주는 주문이 걸려있다. 다들 부적을 양손으로 들고, 눈을 감아라. 그리고 부적에 집중하도록."

루퍼트가 알 수 없는 말을 중얼거리기 시작했다. 반 내부가 오로지 루퍼트의 주문을 외우는 목소리로 가득 찼다.

갑자기 이상한 소리가 들려 리리는 깜짝 놀라 눈을 떴다. 한 아이가 지닌 부적에 불꽃이 튀는 것이 보였다. 저쪽 다른 아이의 부적은 갑자기 움직이더니 까맣게 뭉그러졌다. 그걸 본 루퍼트의 얼굴에 함박웃음이 걸렸다.

"속성이 두 명이나 나왔군."

하지만 그 뒤로 부적 반응이 보이는 아이는 없었고, 리리도 마찬가지였다.

"지금까지 부적 반응이 없다는 건 무속성이라는 뜻이다. 어쩌면 아예 주술에 재능이 없을 수도 있겠지. 그럼 반을 배정하겠다."

'이해할 수가 없네. 내가 왜 무속성이지?'

리리가 배정된 반은 대부분의 아이와 같은 무속성 초급반이었다. 다음부터는 배정된 반으로 가면 된다고 했다.

그녀는 급히 물었다.

"왜 「신성」에 대한 내용은 알려주지 않나요? 혹시 부적에는 별다른 반응이 나오지 않나요?"

그녀의 질문을 받은 루퍼트가 실소를 흘렸다. 이 꼬맹이, 무속성이라고 믿고 싶지 않은 모양이군.

"부적 반응 중 가장 화려한 것이 신성이야. 직접 본 적이 있는데 그

새하얀 빛과 따스함에 모두들 고개를 숙였었지."

"어……. 그런가요?"

그녀는 고개를 갸웃거렸다. 혹시나 해서 상태창을 열어보니 「주술
(무속성)」이라는 글자가 떠올라 있었다.

"신성계열 주술사는 대륙에 딱 하나. 바로 이곳, 다련각 각주님이시
다. 그전까지는 「신성」이라는 계열이 존재하는지도 몰랐지."

어째서? 그럼 성력은 대체 뭐야? 게다가 성력 뒤에 물음표 표시도
여전했다.

'잠깐, 지력은 보통 주술력과 좀 다르다고 했지. 주술력과 관계없이.
관계가 없어……?'

"어, 만약에…… 음, 진짜 만약이요. 신성계열 주술사가 또 나타나
면 어떻게 되는 거에요?"

"그럴 리가 없겠지만, 혹시나 또 등장한다면 그자 역시 온갖 지원을
받게 되겠지. 높은 직위를 보장해주는 것은 물론 국가적인 차원에서
보호할 것이다. 다련각 각주님 역시 황궁주술사를 겸하고 있으시니
까. 치료, 정화, 축복 등은 정말 대단한 힘이다."

루퍼트의 말이 이어질수록 리리는 아찔해졌다. 그녀의 귀에는 "자
유를 빼앗기고, 내내 주술 교육을 받아야 하며, 그 능력을 남 좋으라
고 쓰게 될 것이다."고 들려왔기 때문이었다.

'어라, 이건 아닌데. 내가 원하는 것은 마음대로 즐기는 건데.'

식은땀이 등줄기를 타고 주르륵 흘러내렸다. 그녀가 지니고 있는
성력. 아무리 생각해도 무속성인 주술과는 별개인 듯했다. 굳이 따지
자면 황족이 지니고 있다는 지력과 비슷한.

'이 몸뚱이, 대체 정체가 뭐야.'

"고맙습니다. 많은 것을 배웠어요."

어쨌든 걸리면 골치 아파질 것 같았다. 리리는 고개를 꾸벅 숙인 뒤 자리에 다시 앉았다.

'아무래도 이건 로쉐에게 물어보는 것이 빠를 것 같아. 로쉐라면 믿을만할 거야.'

반이 배정된 후부터는 실습도 진행된다고 했다. 그 외에도 이런저런 이야기로 수업의 마무리를 지었다.

수업이 끝나자 주술이 4, 주술력이 2 상승했다. 별개로 지력도 5 증가했다. 이런 것이 존재할 거라곤 상상도 못 하며 살아와서인지 생각보다 흥미진진했다.

주술 교육 이후가 바로 다련각 아르바이트였기에 이번에는 젤리가 순간이동을 시키지 않기로 했었다. 그녀는 교실을 나서는 루퍼트에게 다가갔다. 그는 얼굴을 구기며 물었다.

"또 물어볼 것이 남았나?"

"네? 아, 아니요."

자신이 생각해도 상당히 귀찮은 학생이 아닐 수가 없었다. 리리는 슬쩍 웃다가 말을 이었다.

"제가 오늘부터 이곳에서 일하게 되었거든요. 정리 및 청소, 보조 일이라고 들었는데 이제 어디로 가야 할까요?"

"음, 나도 모르겠군. 일단 1층으로 내려가도록 해라. 아마 그곳에서 일을 가르쳐 줄 테니까."

"앗, 감사합니다."

루퍼트가 모습을 감춘 뒤 리리는 1층으로 가기 위해 계단을 찾았지만, 당장 여기가 몇 층인지도 어디로 가야 하는지도 알 수가 없었다. 완전히 길을 잃어버렸다.

"젤리 능력이 편하긴 한데……. 이게 문제구만. 지금 여기가 어디인지나 알아야 방향을 정하든가 말든가 하지. 아오."

리리는 투덜거리며 복도를 걸었다. 넓기도 넓거니와, 주변에는 사람은커녕 개미 한 마리 지나가지 않아 으스스하게 느껴지기까지 했다.

"수련생 같은데. 여긴 무슨 일이지?"

갑자기 들려온 목소리에 리리는 화들짝 놀라 비명을 질렀다. 그러면서 인기척 좀 내주면 어디가 덧나냐고 외칠 뻔했지만, 다행히 입 밖으로 내뱉지는 않았다. 벌렁거리는 가슴을 진정시키며 고개를 돌려보니 늘씬한 여자 한 명이 서 있었다.

'의복을 보아하니 주술사인데.'

여자는 로쉐나 방금까지 그녀를 가르쳤던 루퍼트와 비슷한 겉옷을 입고 있었다. 리리는 아직 계급에 따라 로브의 끈 색이 다르다고만 알고 있을 뿐, 겉모습만 보고 계급을 확실히 알 수가 없었다. 여자는 20대 초중반 정도로 보였지만 분위기는 그렇지 않아, 실제 나이가 꽤 많을지도 모른다는 생각을 했다.

"아, 전 여기 수련생인데요, 수업 끝나고 내려가려고 했는데 길을 잃어버렸어요."

리리는 이상한 오해를 사는 것은 절대 사절이었기 때문에 최대한 순진무구한 미소를 지으며 대답했다. 여자는 그 모습에 묘한 표정을 지으며 고개를 갸웃거렸지만, 곧 따라오라며 앞장서 걸었다.

리리는 그 뒤를 따랐다.

'예쁘다.'

겉옷에 가려져 자세히는 알 수 없었지만 꽤 육감적인 몸매를 지닌 것 같았다. 거기에 뽀얀 피부, 그와 대비되는 짙은 보라색 머리카락, 역시 짙은 보라색 눈동자, 붉은 입술까지. 원래 주술사들은 다 이렇게 뛰어난 미모를 지니고 있는 건가.

리리는 여자를 쭉 훑어보다가 좌우로 살랑거리는 머리카락에 시선을 줬다. 걸음을 옮길 때마다 노란색 리본으로 묶은 짙은 보라색 머리카락이 양옆으로 살랑거렸다. 마치 말꼬리 같았다. 그러다 리리는 그렇게 찾아 헤매도 보이지 않던 계단을 발견하고 정신을 차렸다.

"고맙습니다!"

난 대체 왜 헤맸던 거지? 리리는 뒤따라 내려온 여자에게 꾸벅 인사한 뒤 계단을 내려갔다. 사람들이 물건을 파는 모습이 보였다. 그녀가 있던 곳이 2층이었던 모양이었다. 리리를 발견한 관리자가 일을 시키기 위해 다가왔다. 이전에 리리가 일을 하고 싶다고 매달리는 걸 친절하게 거절했던 깐깐한 인상의 여자였다.

리리를 1층으로 안내해준 보라색 머리카락의 여인은 삐딱하게 서 그 모습을 바라보다 슬쩍 고개를 돌렸다. 새침하게 올라간 그녀의 시선이 계단 밑에 닿자 그림자가 마치 검은색 파도처럼 순간적으로 일렁거렸다. 그녀는 실소와 함께 한숨을 터트렸다.

"그렇게 걱정되면 직접 나와 보시던가요."

그게 주문이라도 된 듯 그림자가 바닥에 스르륵 흡수되었다.

정말 재밌다니까.

그녀는 즐겁다는 듯 미소를 띠며 붉은 입술을 달싹거렸다.

이내 계단 위에 서 있던 여자의 모습이 사라졌다. 처음부터 아무도 없었던 것처럼. 다만 그 자리에 미미한 바람만이 맴돌다 사라질 뿐이었다.

1층 정리 및 청소도 그다지 어려울 건 없었다. 아르바이트를 하는 시간은 2시부터 6시까지였고, 판매원들이 한참 손님에게 판매를 하고 있을 시간이었다. 그리고 판매원이 아닌 리리는 마땅히 할 만한 일이 없었다. 이렇게 쉽게 돈을 벌어도 되나. 리리는 주술이 걸려 있는 빗자루를 만지작거리며 시선을 돌렸다.

'심심한데 주술 공부나 해볼까.'

주술이 걸린 물건을 아이템 확인으로 보다 보면 어느 속성의 주술이 걸려 있어 어떤 능력이 있다는 둥 원리를 알게 되니 지력이 올라갔다. 또 주술에 관련된 지식이라 주술이 증가했다. 실제로 주술을 쓸 때 필요한 것이 「주술력」이고 주술을 해석하고 탐구할 수 있는 능력치가 「주술」인 모양이었다. 또 워낙 물건들이 예쁘고 특이하다 보니 감수성 역시 증가했다.

그녀의 예상대로 여긴 꿈의 직장이었다.

'앞으로도 괜찮은 곳 있으면 알바생 구하냐고 일단 찔러봐야겠어.'

이미 몇 군데 점찍어 두기도 했다. 의원이라든가 도서관이라든가 신전. 굳이 돈 내고 교육받을 필요가 뭐 있나. 느리더라도 돈 벌면서 배우는 것이 낫지.

서당개 삼 년이면 풍월을 읊는다고 했다. 교육비도 아낄 겸 용돈도 벌 겸 근처에만 서성이면 되는 일이었다.

아르바이트가 끝나자 익숙한 바람이 그녀를 감싸 안았다.

'모처럼 머리 썼더니 피곤하네.'

리리는 23까지 올라가 있는 스트레스 수치를 바라보며 얼른 좀 쉬어야겠다고 생각했다.

9시부터 11시까지 무용, 11시부터 12시까지 점심, 12시부터 2시까지 주술, 2시부터 6시까지 다련각 아르바이트. 똑같은 일정으로 5일을 채웠었기 때문에 하루하루가 별다를 것 없이 흘러갔다. 단지 그녀는 처음부터 「주술」과 「주술력」을 모두 지니고 있었기 때문에 큰 문제 없이 기라는 것을 느낄 수 있었다.

그래서 초급 수업을 시작한 지 고작 3일 만에 「하급 주술사」라는 호칭까지 얻었다. 다른 아이들이 모두 기를 느끼려고 헤매고 있던 때였다.

주술 학원에 다닌다고 다 주술사가 되는 것도 아닌데다 이렇게 빠른 경우도 처음이었는지 다련각이 발칵 뒤집혔다. 하지만 아무리 배우는 속도가 빠르고 주술력이 높다고 해도 「무속성 상급 주술사」보다 「속성 중급 주술사」가 더욱 인정받는다. 그래서 다들 리리가 무속성인 걸 안타까워했다. 그래도 3일 만에 하급 주술사가 되었으니 「천재 주술사」라는 호칭도 얻었고, 덕분에 명성도 100이나 증가했다.

그리고 하급 주술사용 로브 역시 받았다. 검은색 주술복은 눈까지 가릴 정도로 깊은 후드가 달려 있었고 활동성이 좋도록 큼지막한 외투처럼 만들어져 있었다.

'하지만 로쉐가 입은 건 망토 같았는데?'

그게 계급에 따라 다른 건지 아니면 취향에 따라 다른 건지는 알 수가 없었다. 일단 리리는 소매가 있는 편이 좋았다.

'아이템 확인.'

† 하급 주술사복
:: 금(金)속성 주술이 걸려있어 튼튼하고 질기다. 하급 주술사라는 사실을 나타낸다는 것에 의미가 있다. 방어력+10

조금 싸구려처럼 느껴지는 검은색 천에다 하급 주술사라는 표식인 흰색 끈을 매달고 있어 별로 마음에 들지 않았는데, 방어력을 10이나

올려주다니. 역시 주술복은 뭔가 달랐다.

'그래도 얼른 중급 주술사로 올라가야겠다. 근데 중급 주술사는 몇 부터지?'

단순히 4등급으로 능력치를 나누면 리리는 처음부터 하급 주술사여야만 했다. 하지만 주술이 45가 된 후에야 기를 느끼고 비로소 하급 주술사가 된 걸 보니 수치만으로는 등급을 나누기가 모호한 모양이었다.

다련각 아르바이트는 계속 잡일만을 했다. 아직 「보조」 일은 해본 적이 없어 아쉬웠다. 그거야말로 주술과 주술력이 급증할 것 같은데. 그래도 별다른 일도 하지 않고 15실버를 받는 건 물론 주술, 지력도 증가했다. 운 좋으면 감수성까지. 물론 주술과 제대로 관련된 일이 아니어서 그런지 증가하는 수치는 무척 낮았다. 1에서 높아야 2 정도.

'상태창.'

† 체력	50	† 근력	30
† 지력	62	† 감수성	80
† 매력	295	† 기품	60
† 도덕성	35	† 성품	57
† 스트레스	0		
† 전투기술	20	† 명성	200
† 공격력	20	† 방어력	10
† 주술력	60	† 주술(무속성)	55
† 성력	???		

† 예의범절	10	† 화술	110
† 예술	27	† 요리	20
† 가사	20		

그래도 많은 변화가 일어나 있었다. 물론 아직도 전체적으로는 낮은 수치였지만 이제 겨우 3주를 보냈을 뿐이니 당연한 일이었다. 그 사이 리리는 어떻게 하면 수치가 증가하고 허락하는지 대충 감을 잡았으니 앞으로 더욱 잘하면 될 터였다.

시장에서 산 옷으로 갈아입은 리리가 방에서 나왔다. 젤리는 그 옷차림에 살짝 한숨을 내쉬는 것으로 끝냈다. 백날 붙잡고 말해봐야 입만 아픈 일이라는 것을 이제는 깨달았다. 입고 싶다는데 어쩌겠는가.

"오늘은 같이 식사하는 거지?"

"주인님 말씀하시는 거죠? 이미 자리에 앉아 계십니다."

"내가 또 늦은 거니? 빨리 준비한다고 하는데 쉽지가 않네."

물론 리리는 침대에서 뭉그적거리느라 늦은 거였지만 아무렇지 않은 표정으로 핑계를 댔다. 젤리도 그런 아가씨의 속사정을 잘 알고 있었기에 그러냐고 대답하면서 속으로는 이런저런 계획을 세우고 있었다.

'역시 유모나 메이드 한 명쯤은 구하는 것이 좋겠어.'

리리는 식탁에 앉자마자 로쉐를 향해 종알거리기 시작했다.

"오랜만이에요. 잘 지냈어요?"

"그래. 너는 잘 지냈니."

"네, 덕분에요. 요즘 주술을 배우고 있는데 이거 꽤 재밌데요? 근데 너무 어려워요."

아직 아빠라고 받아들인 것은 아니었지만 딸 노릇 정도는 해줄 수 있었다. 로쉐 덕분에 돈 걱정 없이 교육을 마음껏 받을 수도 있고, 그는 정말 그녀를 위해주기도 했으니까.

그런 리리의 태도는 무척 효과가 좋았다. 로쉐의 입가에 미소가 걸렸다. 그는 리리가 말하는 모습이 작은 아기 새 한 마리가 짹짹거리고 있는 것 같아 귀여웠다. 검푸른 머리카락은 아직 제대로 정리하지 않아 이리저리 뻗쳐 있었고, 반짝반짝 빛나는 눈동자는 그에게 향해 있었다. 분홍빛 입술은 식사하랴 말하랴 바쁘게 쉴 새 없이 오물거렸다. 그동안 계속 거리를 두며 쌀쌀맞게 굴던 딸아이가 맞나 싶을 정도였다.

'사춘기라는 것이 지나가 버렸나.'

특히 「하급 주술사」가 되었다는 이야기를 들을 때에는 그답지 않게 겉으로 확연하게 드러나는 미소를 지었다. 리리의 얼굴에 활짝 피어오른 웃음이 너무나 사랑스러워 견딜 수가 없었기 때문이었다.

"대단하구나."

물론 그는 다련각의 각주이기에 리리가 하급 주술사가 되었다는 이야기는 이미 알고 있었다.

그 소식을 듣고 어찌나 기쁘고 자랑스럽던지 나니에를 붙잡고 자랑까지 했었다.

내 딸이니 이 정도는 해줘야 한다는 말에 나니에가 이상한 표정을 지어 보였지만, 로쉐는 당장 달려가 잘했다고 칭찬해주고 싶은 마음을 꾹 누르느라고 바빠 그런 것까지 신경 써줄 여유 따위 없었다. 비록 무속성이라고 했지만 그는 크게 신경 쓰지 않았다. 어차피 리리에게는 별 필요 없는 힘이었다.

리리는 로쉐의 얼굴에 떠오른 미소를 보고 식사하던 것도 잊고 포크를 든 채 넋을 놓아버리고 말았다. 미소를 짓는 모습이 어찌나 멋있는지. 리리는 어쩐지 쑥스러워졌다. 나쁘지 않은 기분이었다.

"오늘도 일정이 있던데."

"아, 맞아요. 아르바이트는 주말에도 할 수 있더라고요."

교육과 달리 아르바이트는 낮과 밤, 주말에 얽매이지 않았다. 그래서 그녀는 토요일과 일요일 둘 다 여덟 시간씩 농장 아르바이트로 채워놓은 상태였다. 툭하면 스트레스가 올라 골치 아팠기 때문이었다. 스트레스야 조금 오르면 별다른 이상이 없지만, 체력 수치와 엇비슷하게 오르면 처음 이 세계에 왔을 때처럼 병에 걸릴 터였다. 그러니 체력을 기르는 것이 우선이었다. 지금까진 스트레스가 쌓여도 일과 후, 집에서 뒹굴거리며 해소할 시간이 있었지만 앞으로도 계속 그럴 수 있다는 보장이 없었다.

'체력은 올려두면 좋으니까.'

이 세계는 행동 하나하나가 다 수치의 증감과 관련된다. 머리를 굴리면 지력 증가, 우아한 몸짓을 하면 기품 증가, 착한 행동을 하거나 좋은 생각을 하면 도덕성과 성품 증가. 그럼 내내 몸을 쓰는 농장일을 하면 다른 건 몰라도 일단 체력이 올라갈 터였다. 힘을 쓸 테니 근력이 오를지도 몰랐다.

리리가 주말 내내 아르바이트를 한다는 말에 로쉐는 아쉬웠다. 모처럼 쉬는 날이니 딸내미와 함께 놀러 가고 싶었다. 하지만 직접 말하기에는 그가 너무 소심했다. 언제 한 번 집사를 통해 슬쩍 흘려봐야겠다고 생각할 뿐이었다.

"다련각에서도 일하고 있더군."

"음. 그거 물어보고 싶었는데. 혹시 나를 알바생으로 써 준 거예요?"

"……내가 아니다."

로쉐의 대답에 리리가 고개를 살짝 기울였다. 눈을 게슴츠레하게 뜨고 바라보는 게 그의 말을 의심하고 있는 모양이었다.

거짓말은 아니었다. 물론 리리가 다련각에서 일하게 된 걸 알게 된 이후로 몰래 지켜보고 있었지만, 처음 그녀를 아르바이트생으로 받아들인 것은 로쉐가 아니라 나니에였다.

나니에는 우연히 아르바이트를 시켜달라고 떼를 쓰고 있는 리리를 보게 됐다. 처음에는 그저 머리카락과 눈동자를 보고 익숙한 색상이라고 고개를 갸웃거린 것이 다였는데 그녀의 거침없는 행동과 어른들 여럿을 휩쓰는 화술을 보자 누군가가 떠올랐다.

바로 로쉐 각주님의 이야기에서 등장한 달콤살벌한 딸이었다. 그리고 리라는 이름을 듣는 순간 확신이 섰다. 각주님 딸 이름은 상담을 해줄 때 들었던 바가 있었다.

결국 나니에는 그녀를 아르바이트생으로 뽑았다.

그녀도 딸이 하나 있기에 거침없는 리리의 행동이 귀엽고 당차게 느껴졌기 때문이었다. 나니에의 딸도 한가락 하는데 그에 못지않을 정도였다. 그리고 고용한 뒤에는 혹시 몰라 로쉐에게 그런 아이가 있더라고 전했다.

그날 이후 나니에는 그림자를 보내 딸을 지켜보고 있는 로쉐 각주의 모습을 볼 수가 있었다. 처음에는 굉장히 놀랐다. 익숙한 그림자가 리리의 뒤를 쫓아다니고 있었으니까. 결국 그녀는 여기서 뭐하시냐고 물었을 때 크게 일렁이는 그림자를 보며 웃음을 터트렸다. 나니에는 딸 바보가 이렇게 가까운 곳에 있었는데 왜 몰랐을까, 아니, 왜 결혼을 안 하셨을까 생각했다.

로쉐는 리리의 의심스러운 눈초리에 다시 한 번 강조했다.

"내가 아니다."

그녀는 고개를 끄덕였다. 굳이 거짓말할 이유가 없었다. 운이 좋아 아르바이트생으로 뽑혔던 모양이었다. 갑자기 자리가 비었을 수도 있지, 뭐. 아니면 수치의 증감이 없어 좀 이상하긴 했지만 정말 그녀의 화술이 통했던가.

"그런데 꼭 알바를 해야 하나."

"네? 음, 돈 벌면 좋지요. 언제 갑자기 돈이 필요할지 모르는 일이니까요."

"용돈을 올려줄 수도 있는데."

잠시 머뭇거리다가 내뱉은 로쉐의 말에 리리는 살며시 웃음을 머금었다. 이 남자는 정말 보기와 다르게 다정함이 뚝뚝 떨어져 내릴 정도로 자상했다. 그녀는 몸의 원래 주인이 새삼 부러워졌다. 이런 사람이 아빠라면 틀림없이 행복할 거야.

'아, 이럴 줄 알았어. 난 왜 이렇게 나약한 걸까. 나중에 얼마나 고생하려고.'

그녀는 이 세계와 여기 사람들에게 최대한 거리를 두고, 정 붙이지 않으려고 했다. 그래야 떠날 때 아쉽거나 슬프지 않을 테니까.

리리는 어느 날 갑자기 떠나가게 될 수도 있다는 생각을 계속 하고 있었다. 이곳에 온 게 어떻게 된 일인지 알 수 없기 때문에 헛된 기대와 희망을 품지 않으려고 했다. 가장 나쁜 미래를 생각하며 품고 있으려고 했다. 그래야 최악의 상황이 현실로 닥쳐도 "아, 이럴 줄 알았어. 미리 준비하고 있길 잘했어." 라고 말할 수 있으니까. 늘 뒤늦게 후회하고 아파하던 그녀가 깨달은 나름의 방어였다.

하지만 사는 것에 별다른 의욕이 없었던 그녀는 요즘에서야 행복하다는 생각을 조금씩 하고 있었기에, 벽을 쌓아놓는 것이 어렵기만 했다.

언제까지 머물지 알 수 없는 몸. 언제까지 유지될지 알 수 없는 행복.

리리는 갑자기 울적해지는 것 같아 급히 고개를 저었다. 굳이 떠올릴 필요 없었다. 지금은 즐기면 되는 일이었다. 최선을 다해, 후회가 남지 않도록.

"아뇨, 제가 벌어서 쓰고 싶어요. 그렇지 않아도 교육비 너무 비싸던데 내주시는 것만으로도 감사해요. 아, 그리고 제가 양딸이라는 사실을 다련각 사람들이 몰랐으면 좋겠어요."

"왜지?"

"각주님이라면서요? 이목 집중되는 것도 부담스럽고, 전 그냥 알바생일 뿐인데 다른 사람들이 조심스럽게 대할까 봐 걱정되거든요. 음, 그리고 그것도 있다. 아빠가 최상급 주술사니까 딸 역시 잘하지 않을까, 하는 기대?"

다련각 각주. 리리는 주술을 배우면서 로쉐가 가진 영향력을 뼈저리게 느끼고 있었다. 최상급 주술사, 유일한 신성계열 주술사, 황궁주술사. 그녀 앞에 있는 이 남자가 주술각 내부에서는 황제와 다름없는 수준이었다. 로쉐가 그녀의 아빠라는 사실이 밝혀지면 그 시선과 관심을 감당하기 어려울 것이다.

'현실로 따지자면 신입사원인 줄 알았는데 알고 보니 회장 딸. 뭐 이런 거지. 으, 생각만으로도 부담스럽군.'

로쉐는 고개를 끄덕였다. 나니에 말대로군. 그는 리리가 다련각에서 일한다는 것을 알게 되자마자, 그녀에게 아르바이트를 시키는 담당자에게 무슨 청소 따위를 시키냐며 나무랄 생각이었다. 하지만 나니에가 그랬다간 또 혼날 거라고 그를 말려 조용히 지켜보기만 했던 것이다.

'어차피 다른 아르바이트에서도 허드렛일만 하는 건 마찬가지겠지.'

하지만 그의 시선이 닿는 곳에서 잡일을 하는 모습을 보니 어찌나 가슴 아픈지 당장 집으로 돌려보내고 싶었던 적이 한두 번이 아니었다.

어느덧 시계가 9시를 가리켰고, 리리는 그녀가 따로 가지고 있는 성력에 대해 묻고 싶었지만 아쉽게도 자리에서 일어날 수밖에 없었다.

"수고하거라."

"네, 모처럼 주말이니까 푹 쉬세요! 젤리도 이따 봐, 빠이빠이!"

리리의 인사에 로쉐와 젤리가 어리둥절한 표정을 지었다. 손바닥을 흔들면서 인사말을 건네는 것 같은데 처음 듣는 단어였기 때문이었다.

"빠…… 뭐?"

"아가씨, 그건 뭔가요?"

"헤어질 때 하는 인사예요. 빠이빠이!"

"어…… 그래. 빠이빠이."

"아가씨, 빠이빠이입니다."

그녀의 설명에 두 사람은 어색하게 손바닥을 흔들면서 맞인사를 해 줬다. 그 모습이 무척 귀여워 리리는 자신도 모르게 웃음을 터트리고 말았다. 저런 사람들을 대체 어떻게 밀어내란 말이야. 정말 큰일이 아닐 수 없었다.

따스한 바람이 그녀를 끌어안고, 리리는 한가득 피어오른 웃음을 그대로 둔 채 농장으로 이동했다.

센테르의 수도 세이너트는 대륙의 중앙인데다가 황궁 근처여서 농장이 없었다. 농장은 대부분 동쪽이나 남쪽에 몰려 있었는데, 리리가 일하기로 된 농장은 남쪽이었고 확실히 햇볕이 강하게 내리쬐고 있었다. 리리의 몸이 체질적으로 더위를 별로 타지 않는지 크게 변화를 느끼지는 못했지만 말이다.

리리는 가까운 거리도 아닌데 이동시켜주는 젤리의 능력에 새삼 감탄했다. 역시 이 세계의 주술은 알면 알수록 신기한 힘이었다.

그녀는 오늘도 기분 좋은 하루를 보낼 수 있을 것 같다며 빙긋 웃으며 걸음을 옮겼다.

잠시 후, 그녀는 자신의 생각이 얼마나 어리석었던 것인지 깨달았다.

"일단 이 옷으로 갈아입어요."

리리는 농장에서 준, 마음껏 부려 먹겠다는 의지가 돋보이는 허름한 의상으로 갈아입었다.

그녀는 햇빛을 막아주는 챙이 긴 모자를 깊게 눌러쓰고, 장화를 신으며 한숨을 내쉬었다.

내가 어리석었지. 모든 것을 직접 해내야 하는 현실이라는 사실을 잊어버리다니.

리리는 강렬하게 쏟아지는 햇빛 아래 끝도 없이 펼쳐진 작물 밭과 구수하게 풍기는 동물의 배변 냄새에 정신이 혼미해지는 것을 느꼈다.

"아가씨, 일어날 시간입니다."

"어억, 으으으, 끄앙!"

"아가씨?"

"……금방 나갈게."

리리는 침대 안에서 고통스러운 신음을 흘리며 온몸에 기름칠을 해주고 싶다는 실없는 생각을 하고 있었다. 몸이 삐거덕거리며 제대로 움직이지 않았다. 농장에서 고작 여덟 시간을 보냈을 뿐인데 그 후폭풍은 어마어마했다.

농장 주인인 베니카 부인은 첫날이니 간단한 일을 시켜준다고 했지만 리리는 여덟 시간 내내 허리 한번 제대로 펴지 못한 채 꼭 피망같이 생긴 작물을 따야 했다. 밭은 또 어찌나 넓은지 끝까지 갔다가 돌아오면 다시 자라나 있을 것 같은 기분이 들 정도였다.

"덕분에 체력하고 근력이 많이 올랐지만……."

리리는 상태창을 보며 중얼거렸다. 하룻밤 자고 일어나서 그런지 스트레스 수치는 0이었지만 온몸은 알이 배긴 듯 아팠다. 그렇게 고생을 한 만큼 수치 증가는 매우 높은 편이었다. 네 시간마다 체력뿐만 아니라 근력도 각각 5씩 증가했다. 총 여덟 시간을 일했으니 하루 만에 10씩 올라간 것이다. 그것뿐이랴. 먹을 때는 쉽게 먹는데 재배하는 사람은 죽을 고생을 한다는 생각을 했다가, 농부의 마음을 이해했다며 도덕성까지 올라갔다. 게다가 드넓은 작물 밭에 큰 감명을 받았다며 감수성까지 증가했다. 저절로 욕설이 튀어나올 정도로 질려있었는데 큰 감명이라니. 어이가 없었지만 수치가 올라가는데 싫을 리가 없었다. 참 좋은 아르바이트였다.

"근데 왜 기품이 내려가냐고요."

리리는 절망했다. 온몸이 쑤신다는 후폭풍과 높은 스트레스 증가는 이해할 수 있었다. 다만 기품 하락만은 용납이 안 됐다. 하루 만에 무려 5씩이나 하락했다. 어떻게 올린 기품인데 그게 내려가! 무용 학원이 얼마나 비싼데! 하루에 2씩밖에 안 올라가는 귀한 수치인데!

만약 오늘도 똑같이 하락한다면 일주일 내내 비틀고, 찢고, 흔들면서 애써 올린 기품이 원상복구 되고 마는 것이다. 힘들어서 그렇지 괜찮은 아르바이트인데, 기품 때문에 포기해야 하나.

리리는 비명을 질러대는 몸을 대충 씻은 뒤 아무거나 입고 방문을 나섰다. 어차피 거기서 갈아입을 옷을 주니까 뭘 입든 상관이 없었다.

'그래. 일하다 보니 그냥 바닥에 주저앉고, 지쳐서 드러눕게 되더라. 작업복을 주는 이유가 있었어.'

퀭한 안색의 리리를 본 젤리가 안타까운 목소리로 말을 걸어왔다.

"아가씨, 괜찮으십니까?"

"뭐, 살만해. 아직까진."

조금 후면 어떻게 되는지 모르겠지만. 리리는 뒷말을 삼킨 채 식탁 의자에 앉았다. 오늘은 평소보다 더욱 늦게 나오는 바람에 역시 로쉐가 먼저 와 앉아 있었다.

'로쉐도 쉬는 날에는 늦잠 좀 자고 그러지.'

다련각 각주에다 황궁주술사까지 맡아서 힘들 텐데.

"좋은 아침이에요."

리리는 입꼬리를 말아 올리며 웃음을 지어 보였다.

어제 농장일을 끝내고 돌아와서 저녁도 같이 먹었지만 반쯤 넋이 나간 상태였기 때문에 밥이 입으로 들어가는지, 코로 들어가는지 알 수 없을 정도였다.

"몸은 괜찮은가."

"네, 거뜬해요."

아직까진. 이번에도 뒷말은 꿀꺽 삼켜버렸다. 그 순간, 로쉐의 몸에서 새하얀 빛이 터져 나오는가 싶더니 그녀의 몸에 흡수되었다. 리리는 깜짝 놀라 잠시 얼어붙어 있다가 가벼워진 몸 상태를 느끼고 입을 다물지 못했다.

"……어, 이게 그…… 뭐냐. 신성계열 주술인지 뭔지 그건가요?"

"회복 주술이다. 필요해 보여서."

"와……!"

리리는 벌어진 입을 다물 생각도 못 하고 멍하게 로쉐를 바라보았다. 언제 그랬냐는 듯 온몸에 알이 배긴 것처럼 아팠던 몸이 멀쩡해졌다. 로쉐의 주술은 이전에도 겪어본 적이 있었지만 상처뿐만이 아니라 근육통까지 낫게 해주는지는 몰랐다.

"진짜 대단해요!"

로쉐는 리리의 반짝거리는 눈동자에 할 말을 잃어버렸다. 그 속에는 진심이 가득 담겨 있었다. 동경과 감탄이 잔뜩 뒤섞여 있는 그 눈동자가 오로지 그를 위해 빛나자 로쉐는 왼손으로 입을 꾹 누르며 시선을 내렸다. 간질간질하고 몽글몽글한 감정 때문에 신음이 터져 나올 것 같았기 때문이었다.

"와, 진짜……. 말이 안 나오네. 어떻게 이런 힘을 사용하지? 몸이 완전 가벼워졌어요. 아팠던 게 꿈같아. 고마워요, 정말 정말 고마워요!"

"……별거 아니다."

그저 열심히 하는 딸내미에게 힘을 보태주고자 별생각 없이 사용한 회복 주술이었는데 이리 기뻐할 줄이야. 로쉐는 새삼 자신의 힘에 뿌듯함을 느꼈다.

리리는 가벼워진 몸과 로쉐의 따뜻한 배려심에 기분이 좋아 방글방글 웃어댔다. 그 얼굴을 보는 로쉐의 마음 역시 기쁨으로 가득 차올랐다.

식사가 시작됐고, 리리는 오늘따라 음식도 더욱 맛있게 느껴졌다. 매일 맛있는 식사 준비해줘서 고맙다고 젤리에게 인사라도 건네야겠다. 그동안 너무 무심했어. 그렇게 생각하며 그녀는 일단 눈앞에 있는 로쉐에게 궁금했던 것부터 물어보기로 했다.

"있잖아요. 그 속성 주술은 어떻게 사용하는 거예요?"

"속성 주술을 사용하려면 최소 「중급 주술사」가 되어야 한다. 물론 타고난 속성이 있어야 하지."

"저는 주술력 외에 성력도 가지고 있는데, 혹시 알고 있었어요?"

리리의 말에 로쉐의 눈이 동그래졌다. 그의 표정이 겉으로 드러나는 경우는 별로 없었기에 리리는 로쉐가 전혀 모르고 있었다는 사실을 깨달았다.

뭐지? 리리는 고개를 갸웃거렸다. 그녀는 성력이 따로 있는 게 젤리가 말하던 「신의 축복」과 관계가 있을 거로 생각했고, 그래서 어릴 때 양육을 맡은 로쉐는 당연히 알고 있을 줄 알았다. 혹시 이 몸이 신의 아이가 아닌가 싶은 생각을 한 지가 한참이었는데.

"몰랐다. 주술력과 성력이 따로라고?"

"네. 그래서 저는 황제가 지니고 있다던 「지력」과 비슷한 건가 생각했었는데."

"지력 역시 부적 반응이 없지만, 부적 반응이 없는 성력은 들어본 적이 없다."

"그럼 이 성력은 뭐죠? 아, 일단 아무에게도 이야기하지 마세요. 이거 큰일인 거죠?"

로쉐는 고개를 끄덕였다. 신성계열 주술사인 로쉐가 이정도 대우를 받는데, 주술력과 상관없는 성력이라면 그 존재만으로도 세상이 발칵 뒤집힐 일이었다. 그의 얼굴이 심각해졌다.

"일단 중급 주술사가 되면 속성 주술을 사용할 수 있을 테니, 좀 더 구체적인 걸 알 수 있을 거다. 무속성이라면 속성 주술을 사용할 수 없겠지만 성력을 지니고 있다고 하니 좀 다를지도.”

“그럼 그때까진 주술을 계속 배워야겠네요?”

“그래. 신성계열 주술은 다련각에서는 배울 수가 없을 테니 내가 가르쳐 주마.”

“와, 좋아요!”

듣던 중 반가운 소리였다. 하지만 곧 미안해졌다.

“근데 그렇지 않아도 바쁘신데……. 제가 더 힘들게 하는 건 아닌지.”

“아니다. 일주일에 한 번 정도면 어렵지 않다.”

리리는 그의 말에 고개를 끄덕였다. 그래 주면 정말 고마운 일이었다. 「중급 주술사」가 될 때까지 다련각에서 주술 교육을 받으면 무속성 주술도 어느 정도 익히겠지.

어느새 농장에 갈 시간이었다. 리리는 식사를 마치고 로쉐에게 인사를 한 후 젤리의 도움을 받아 농장으로 이동했다.

오늘 역시 햇볕은 참으로 따스했다.

“오늘도 수고해줘요.”

“넵.”

리리가 옷을 갈아입자마자 베니카 부인이 기다렸다는 듯 삽처럼 생긴 물건을 건네며 한쪽을 가리켰다. 리리는 그녀는 앞에 펼쳐진 갈색의 향연에 할 말을 잃어버렸다. 굳이 손에 쥔 물건에 아이템 확인을 외치지 않아도 어디에 쓰라고 준건지 알 수 있었다.

'어젠 푸른빛의 향연이었는데. 둘 중 뭐가 나은 건지 알 수가 없네.'

그나마 다행인 것은 쭈그리고 앉은 채 작업하지 않아도 된다는 점이었다. 허리와 다리도 덜 아플 것 같을 뿐 아니라 리리가 생각했던 방법을 제대로 써먹을 수 있을 것 같았다. 그녀는 눈을 감고 심호흡을 하며 마음을 다스리려 애썼다.

'지금 내가 있는 곳은 농장이 아니야, 파티장이야.'

그랬다. 리리는 기품 하락을 막기 위해 이런저런 방법을 생각했다. 그중 가장 그럴듯해 보이는 방법이 바로 행동을 조심하는 것이었다.

농장일을 하면 왜 기품이 하락할까? 궂은일을 해야 해서다. 지칠 때마다 바닥에 주저앉거나 드러누우니 당연하게도 기품과는 거리가 멀어질 수밖에 없었다.

하지만 조심한다면? 행동 하나하나를 우아하게 노력하고, 아무리 힘들어도 여성스러움을 잃지 않는다면? 충분히 가능성이 있는 방법이었다. 물론 힘이야 더 들겠지만 말이다.

지금 그녀에게 기품을 올려야 할 이유 같은 것은 딱히 없었다. 하지만 비싼 학원비를 내면서 겨우 하루 2씩 오르는 수치인데다가 처음부터 가지지 않았으면 모를까, 하락하는 꼴을 도저히 두 눈 뜨고 지켜볼 수가 없었다.

리리는 욕심이 많았다. 아니, 이 세계에 온 뒤로 욕심이 생겼다.

그녀의 노력 여하에 따라 뭐든 할 수 있고, 뭐든 가질 수 있다는 건 정말 대단한 일이었다. 이런 기회를 놓칠 수 없었다.

리리는 삽을 들고 춤추듯 우아하게 일을 시작했다. 걸음을 하나하나 부드럽고 사뿐하게 옮겼으며, 삽을 들고 있는 손끝까지 신경 썼다. 처음에는 실수도 잦았고 온몸에 쥐가 날 것 같았지만 계속 하다 보니 적응되어 가는 듯했다.

리리는 아예 노래까지 흥얼거리며 일했다. 그럴 필요가 없는데도 일부러 폴짝폴짝 뛰어다니려고 애썼다. 그럴 때는 다리를 쭉쭉 펴며 몸의 곡선이 잘 살도록 안간힘을 썼다. 당연히 몇 배는 더 일이 힘들 수밖에 없었다.

'누가 보면 춤에 미친 아이인 줄 알겠네.'

그것도 나쁘진 않을 것 같았다. 춤에 재능이 있고, 춤추는 것을 좋아하는데 사정이 어려워 돈을 벌면서 연습을 하는 가련한 여자 주인공처럼 보이지 않을까. 드라마나 소설을 보면 꼭 이런 캐릭터가 성공하던데.

하지만 그녀의 바람과는 다르게 농장 내에 이상한 호칭이 퍼지기 시작했다. 바로 「변의 요정」이었다. 작업복을 입고, 삽을 든 채 춤을 추는 모습은 그다지 아름답지 않았던 것이다.

† 좋지 않은 호칭으로 인해 명성이 10 하락했습니다.

리리는 춤추다 말고 갑자기 떠오른 시스템창에 황당해했다.

'명성의 중요성은 잘 모르겠다만 어쨌든 「하락」이라는 단어는 참 불쾌해.'

도대체 어떤 별명이 생겼길래 시스템창까지 떠오른 것일까, 궁금했지만 모르는 게 약일 것 같아 무시했다. 그녀는 반 정도는 오기로 농장일이 끝날 때까지 계속 춤추듯 비료를 퍼 날랐다.

리리의 노력이 통했는지 정말로 기품 하락은 막아냈다. 오히려 더 힘을 쓴 걸 알아주기라도 하듯 체력과 근력이 1씩 추가로 증가했다. 그녀는 삽을 붙잡고 환호성을 질렀다. 비록 스트레스가 10 정도 더 증가했지만 그게 대수랴. 그 귀한 기품을 지켜냈는데.

원하는 바를 이뤘더니 긴장이 풀려 아르바이트가 끝나자마자 기진맥진했다. 리리는 집에 돌아오자마자 대강 씻은 뒤 침대에 누워버렸다. 밥이고 뭐고 이대로 자고 싶은 생각뿐이었다. 내내 구수한 냄새를 풍기는 갈색의 무언가를 봤더니 입맛이 싹 달아나기도 했다.

"아가씨, 농장일은 어떠셨습니까?"

"어…… 죽을 것 같아. 나 오늘 저녁은 안 먹을래."

"안됩니다."

리리는 눈물이 아른거리는 눈으로 젤리를 바라보았다. 리리는 정말 죽을 것 같았다. 온몸에 힘이 없고, 중력이 그녀를 어찌나 사랑하는지 도저히 일어날 수가 없었다. 하지만 젤리는 고개를 저었다.

"그래도 굶는 건 건강에 좋지 않으니 식사는 하셔야 합니다."

"정말? 꼭 그래야 해? 오늘 하루쯤 안 먹는다고 죽진 않아."

"열심히 준비한 저녁 식사인데…… 어쩔 수 없군요. 아가씨의 입맛을

돋우지 못한 제 잘못이지요. 전 왜 이렇게 못난 집사인지……. 죄송합니다."

커다란 금색 눈동자가 눈물을 금방이라도 떨어뜨릴 듯 파르르 떨렸다. 리리는 너무 놀라 그대로 굳어버렸다.

'어어, 이게 아닌데. 난 그냥 밥맛이 없을 뿐인데!'

젤리는 힘이 쭉 빠진 듯 어깨를 늘어트리고 천천히 문 쪽으로 발걸음을 옮겼다.

침대에 누워 있던 그녀가 급히 몸을 일으켰다. 그리고 언제 끙끙 앓았냐는 듯 빠른 걸음으로 젤리를 따라잡아 그의 소매를 꼬옥 쥐었다. 그리고 그녀가 지을 수 있는 가장 순진무구하고 밝은 웃음으로 말을 이었다.

"젤리가 해준 밥이 얼마나 맛있는데! 먹을게, 응? 먹을 테니까 울지 마!"

"……아가씨."

젤리는 감격했다는 듯 미소를 지었다. 그의 투명한 눈동자가 눈물로 더욱 아름다워져 있었다. 일견 성스러워 보이기까지 했다.

리리는 어색하게 웃어준 뒤 걸음을 옮겼다. 이게 다 젤리의 수법이라는 것을 알면서도 넘어갈 수밖에 없는 마력을 지니고 있었다.

젤리는 리리의 뒤를 따르며 생긋 웃었다.

'역시 이 방법이 최고라니까.'

잔소리도, 회유도, 협박도 통하지 않는 리리에게 유일하게 먹히는 방법이었다. 이제 슬슬 젤리도 리리 아가씨 길들이는 방법을 터득해 나가고 있었다. 리리가 이 세계에 떨어진 지 4주 만이었다.

"아가씨, 오늘부터 3월입니다."

"벌써?"

리리는 식탁에 앉자마자 인사처럼 건네는 젤리의 말에 깜짝 놀라 되물었다. 정보창을 열어보니 3월 1일, 목요일이라는 글자가 보였다. 어느덧 이 세계에서 두 달을 보낸 것이다. 매일 같은 일상을 반복하다 보니 날짜 감각이 둔해졌다.

평일에는 무용 교육 두 시간, 주술 교육 두 시간, 다련각 아르바이트 네 시간, 주말에는 농장 아르바이트 여덟 시간씩. 하루하루를 정신 없이 달려왔다. 그녀는 상태창과 스킬창을 열어 하나씩 훑어보며 아침 식사를 했다.

† 체력	169	† 근력	149
† 지력	86	† 감수성	85
† 매력	343	† 기품	103

† 도덕성	35	† 성품	57
† 스트레스	0		
† 전투기술	20	† 명성	240
† 공격력	20	† 방어력	10
† 주술력	108	† 주술(무속성)	175
† 성력	???		
† 예의범절	10	† 화술	110
† 예술	27	† 요리	20
† 가사	20		

　그동안 수치가 제법 올라가 있었다. 가장 큰 변화는 역시 체력과 근력이 올라간 것이었다. 이제는 자신도 체력이 올라갔다는 것을 느낄 정도였다. 농장일을 한 다음 날에도 이전처럼 몸이 삐거덕거리지 않았으며 아침에 일어나는 것도 덜 힘들었다. 계속 춤추듯 우아하게 농장일을 한 보람이 있었다. 기품도 유지하고, 체력과 근력이 조금씩이나마 더 증가했으니까.

　하지만 살짝 걱정되기도 했다. 말랑말랑하고 포동포동하던 몸이 조금 단단해졌기 때문이었다.

　'설마 근육 소녀가 되는 건 아니겠지?'

　얼굴은 사랑스럽고 귀여운데 몸은 불끈불끈. 생각만으로 끔찍했다. 하지만 매력 수치가 워낙 높으니 아직까진 괜찮을 것 같았다. 비슷해진 후부터는 같이 올리면 될 터였다.

　그리고 새로운 호칭이 등록됐다.

바로 「농장의 요정」이었다. 그다지 마음에 드는 호칭은 아니었지만 명성이 50 증가했으니 나쁜 일은 아니었다. 호칭란에는 「신의 축복을 받은 아이, 천재 주술사, 농장의 요정」 이렇게 세 가지가 떠올라 있었다.

그녀는 이 호칭 부분을 발견한 지 얼마 안 된 상태였다. 그저 얼마나 벌었나 확인하려고 정보창을 열었는데 이름 아래에 새로 호칭란이 생겨 있었다. 그때 농장에서 생긴, 명성을 10이나 내린 호칭이 「변의 요정」이라는 것도 알게 되었다.

'그때의 충격이란.'

무용을 배운지 얼마 안 된 터라 춤을 잘 춘다고는 할 수 없던 때이지만 그래도 지니고 있는 매력이나 기품 등이 있는데 변의 요정이라니.

리리는 그 호칭을 떼어내려고 필사적으로 노력했다. 무용을 더 열심히 배웠고, 농장일을 할 때도 동작 하나하나를 더욱 우아하게 하려고 노력했으며 작물을 따는 것도 마치 안무인양 손끝과 발끝까지 신경을 썼다. 그렇게 무용 실력이 늘어나고 노력을 하면서 제법 우아하게 보인 모양인지 「변의 요정」은 「농장의 요정」이라는 호칭으로 바뀌었다.

놀라운 것은 호칭이 단순히 불리는 것으로 끝나지 않는다는 점이었다. 처음 생길 때 명성과 관계가 있을 뿐 단순히 별명과 비슷하다고 생각해서 별 신경을 쓰지 않았는데, 각각 호칭에 따른 부가 효과가 있었다.

† 농장의 요정

:: 더위와 끝이 없는 일거리에 지친 농장 사람들에게 어린 소녀의 우아하고 활기찬 춤은 색다른 즐거움으로 다가왔다. 작물과 동물, 자연과 어우러져, 눈에 보이지 않는 작은 생명 역시 춤에 감동하여 반응을 보여주었다. 그로 인해 수확량이 증가하고 일의 능률이 올라간다. 이는 다른 농부들에게 요정이라고 불리게 되는 계기가 되었다.

「자연에 대한 친화력이 증가하여 그와 관련된 모든 것에게 호감을 불러일으킨다.」

† 신의 축복을 받은 아이

:: 천자의 즉위식 때에만 내려진다고 전해지는 여신의 축복. 세계를 창조하고 생명을 불어넣은 여신의 축복을 받았다는 것은 특별하고 대단한 일이다. 그러나 현재 이 사실을 아는 사람은 천자와 측근 몇몇뿐이므로 명성 수치에 큰 영향을 주지 못한다.

「축복받은 당사자라는 사실이 널리 퍼질수록 명성은 높아지며 호칭에 대해 알고 있는 사람들에게 호감과 존경심을 일으킨다.」

† 천재 주술사

:: 주술사가 되기 위해 수많은 사람이 주술각을 찾아왔지만

이렇게 짧은 시일 내에 하급 주술사가 된 경우는 없었다. 비록 무속성이지만 어린 나이의 소녀가 3일 만에 하급 주술사가 되었다는 사실만으로도 전례가 없기에 많은 주술사가 주목하고 있다.

「호칭에 대해 알고 있는 사람들에게 호감과 호기심을 일으킨다. 원한다면 주술각에 정식으로 소속되어 특별 교육을 받을 수도 있다. 단, 주술사들에게만 영향을 끼치므로 일반인들에게는 호칭이 알려져도 효과가 없다.」

호칭은 아는 사람이 많을수록 명성에 영향을 끼치는 것 같았다. 즉, 이 말은 호칭이 아무리 유명해도 그 사람이 리리라는 사실을 모른다면 소용이 없다는 뜻이었다. 하긴 현실적으로 생각하면 농장의 요정이라는 호칭을 설사 전 세계 사람이 다 안다 하더라도 결국 그 농장의 요정과 리리를 연관시킬 수 있는 사람은 그녀를 아는 사람뿐일 테니까.

리리는 다행이라고 생각했다. 마치 일부 게임처럼 생판 모르는 사람이 그녀를 보는 것만으로도 명성과 호칭을 바로바로 알게 된다면 상당히 골치 아파질 것 같았다. 특히 「천재 주술사」의 경우 사람들에게 호감과 호기심을 일으킨다고 했는데, 모르는 사람들에게 호감과 존경심을 얻어 무얼 하겠는가.

'어쨌건 아는 사람들 한정이라는 소리니까 때와 장소에 따라선 꽤 유용할 거야. 많이 모아야겠다. 근데 어떻게 생기는 거지?'

리리는 지금까지처럼 그냥 열심히 하면 호칭이 생기지 않을까 막연히 생각했다. 문제는 스킬이었다. 호칭은 몇 개 생기기라도 했지, 1월과 2월 내내 같은 일정을 반복했는데 여전히 스킬창이 비어있는 걸 보니 답답했다. 얼마나 더 계속 해야 할까? 어쩌면 달성해야 할 필수 조건이 있는지도 몰랐다.

리리는 일정창을 열었다. 무용, 주술, 다련각, 농장. 어느새 익숙해진 것들이었지만 다시 한 번 점검해볼 필요가 있었다.

다련각 아르바이트는 수치 변동이 낮은 대신 돈벌이가 쏠쏠했고 일 역시 간단했다. 계속 하는 것도 나쁘지 않을 것 같았다. 농장 아르바이트는 체력과 근력을 많이 올려줄 뿐만 아니라 터득한 방법으로 기품을 보호할 수 있었다. 돈도 그럭저럭 주는 편이니 주말에 하기 좋았다. 이 두 가지는 이번 달만이 아니라 한동안은 계속하는 게 좋을 것 같았다.

'문제는 교육인데.'

중급 주술사라는 호칭을 얻어 속성 주술을 쓸 수 있게 되면 굳이 돈을 내가면서 다련각에 다닐 필요가 없었다. 그동안 배운 무속성 주술도 가까운 거리 이동, 간단한 부적 주술이나 주문 주술이었기 때문에 신기할 뿐 쓸 만하진 않았다.

대신 이 세계 사람들이 어떤 방식으로 순간 이동을 사용하는지, 주술이 어떤 원리인지 정도는 알 수 있었으니 그걸로 만족하기로 했다. 어차피 이 세계는 주술을 모르면 이해하기가 힘든 세계인 것 같았다.

무속성 순간 이동 주술은 원하는 장소에 이동 주술이 걸려 있는 도구를 가져다 놓은 뒤 그 물건과 자신의 몸을 바꿔치기하는 방식으로, 공개된 장소에서는 거의 사용이 불가능했다. 리리처럼 바꿔치기 없이 이동하는 건 속성이 걸려 있는 주술 도구를 사용하거나 속성을 지닌 주술사가 직접 능력을 쓰는 경우였다. 물론 이 경우도 몇 가지 제한이 있다. 주술력에 따라 이동할 수 있는 거리가 비례하며, 반드시 목적지를 알고 있어야 했다. 모르는 장소로 이동하려면 반드시 그곳의 지도가 필요했다. 그렇기에 보통 광장 등 사람이 많고, 정확히 알고 있는 장소가 이동장소로 애용되는 모양이었다.

즉 언제나 리리를 순간이동 시켜주는 젤리의 속성 역시 바람이라는 소리였다. 이동할 때마다 따스한 바람이 그녀를 감싸 안은 이유가 있었다. 더구나 거리가 얼마나 되던 자유자재로 리리를 이동시키니 상급 주술사 정도가 아닐까. 물어봐도 끝끝내 말해주지 않아 정확히는 알 수 없었다.

어째서인지 로쉐와 젤리는 리리의 과거는 물론 젤리에 관한 이야기도 해주지 않았다. 그럴수록 궁금해져서 리리는 온갖 방법으로 회유도 해보고 협박도 해보고 애원도 해봤지만 둘은 결코 입을 열지 않았다.

어쨌거나 리리에게 성력이 있다는 사실을 알게 된 로쉐가 따로 주술을 가르쳐 준다고 했기 때문에 중급 주술사가 되면 다련각을 다니는 걸 그만둬야겠다고 생각했다.

다음은 무용.

'기품도 오르고 춤추는 것도 재미있으니 계속 다녀볼까, 아니면 다른 교육도 궁금한데 다른 교육을 받아볼까.'

리리는 일정창을 바라보며 고민했다. 하지만 곧 젤리의 부름에 정신을 차렸다.

"아가씨."

"응?"

젤리의 말에 리리가 그를 바라보았다.

"혹시…… 친구분은 만드셨습니까?"

"엉?"

"친구, 말입니다."

젤리는 두 달 가까이 계속 같은 수업을 듣는데도 동급생에 대해서 별다른 말을 하지 않는 리리가 걱정이 되었다. 전부터 계속 걱정은 하고 있었지만 이렇게 직접 말을 꺼내게 된 계기는 다름 아닌 로쉐 때문이었다. 그는 리리에게 친구가 필요할 거 같다며 리리에게 친구를 만들어달라고 젤리에게 부탁했다.

물론 로쉐 또한 리리 나이 또래 여자아이는 친구들과 사이좋게 지내는 게 좋다는 나니에의 충고 때문에 이야기를 꺼낸 것이다. 늘 혼자였던 로쉐는 나니에의 충고가 그럴듯하게 들렸다. 로쉐는 리리가 자신처럼 쓸쓸하게 크는 것을 원치 않았다. 하지만 이 집에는 여자도 없고 리리 또래도 없어 그녀와 같이 놀아줄 사람이 없었다. 그 뜻을 전달받은 젤리는 사명감에 불탔다. 아가씨에게 친구를 만들어 드려야 해. 반드시.

하지만 리리는 시큰둥했다. 뭐래. 내 나이 스물네 살에 띠동갑보다 어린 아이들이랑 소꿉장난할 일 있니.

"필요 없는데, 그런 거."

그리고 보니 그녀가 했었던 육성 게임에 등장하는 친구들은 다 별로였다.

갑자기 쫓아와서는 라이벌로 인정하니 어쩌니 하질 않나, 느닷없이 대결을 신청하지 않나, 이기면 속 긁는 대사를 하고 지면 약 올리는 대사를 내뱉는, 그야말로 짜증 나는 캐릭터들이 아니던가. 그 게임과 똑같은 일이 벌어질 리는 없었지만, 그게 아니더라도 친구는 리리에겐 불필요한 존재였다. 그런 거 없이도 잘만 살았다.

　물론 그녀도 어릴 때는 친구가 있었다. 그러나 다신 떠올리고 싶지 않은 기억으로 남아 버려, 그 이후부터는 지인의 개념으로 사람을 만났다. 그래서 사람이 다가왔다가 금세 멀어져도 리리는 별로 슬퍼하지 않았다. 이렇게 될 줄 알았다며 훌훌 털어버릴 뿐이었다.

　준비하고 있었으니까. 언제 또 혼자가 될지 모른다며 익숙해지지 않으려고 노력했으니까.

　바로 지금처럼.

　'처음부터 가지지 않았다면 모를까, 가졌다가 잃어버리면 얼마나 허탈하겠어.'

　사실 두 달 가까이 무용과 주술 교육을 받았으니 당연히 익숙한 얼굴이 생겼다. 그녀와 비슷한 시간대에 꾸준히 교육을 받는 아이들도 있었기 때문이었다. 하지만 리리는 그런 아이들과 말 한마디 나눠 본 적이 없었다. 아예 그럴 시간조차 만들지 않았다.

　젤리의 능력 덕분에 정해진 시간마다 저절로 이동되는 것도 있었지만, 교육을 받는 내내 누구와도 시선 한번 마주치지 않았다. 젤리는 그런 리리가 무슨 생각을 하는지 알 수가 없었다.

　리리는 무릎 위에서 날개를 파닥이고 있는 페가수스 인형을 내려다보았다. 만약 현실 세계로 돌아가게 된다면 이 인형 하나만이라도 가져가고 싶었다. 생명이 없다는 것이 가장 마음에 들었다. 죽지 않을 테니까.

　'데려갈 수 있을 리가 없지만.'

　리리는 잘 먹었다고 인사하며 자리에서 일어났다.

그리고 묘한 표정으로 자신을 바라보고 있는 젤리를 향해 검지를 척 들이댔다. 무슨 생각을 하고 있는지 모르겠지만 수상했다.

뭔가 불안해. 무슨 꿍꿍이가 있는 것 같아.

"미리 못 박아두는데 나 친구는 딱 질색이야. 혹시라도 이상한 일 꾸미면 나 진짜 진짜 화낼 거라고."

불만이 가득한 리리의 표정에 젤리는 슬그머니 시선을 돌렸다. 아 가씨는 왜 이렇게 마음 여는 것을 무서워하는지 모르겠다. 아무래도 사람과 깊이 엮이는 자체를 싫어하는 듯했다. 별거 아닌 이야기에도 꺄르르 웃음을 터트리는 또래 소녀들과 달라도 너무 달랐다.

'그래도 주인님께서 내려주신 특별 지령인데, 암. 일단 아가씨의 주 위를 살펴보는 것이 좋겠어.'

그는 사뭇 비장한 표정으로 다짐했다. 젤리는 쉽게 포기할 생각이 없었다. 리리는 그런 젤리의 속마음을 알지 못한 채 일정을 실행하기 위해 무용 학원으로 이동했다.

04. 사라진 동쪽 섬, 새디아

　주말이 되었다. 리리는 여느 때와 마찬가지로 작업복으로 갈아입고 베니카 부인에게 다가섰다. 모처럼 활짝 웃고 있는 부인의 얼굴은 봄 햇살만큼 따사로웠다.

　"3월이 되었으니 씨를 뿌려야겠네."

　이 동네는 일 년 내내 따뜻해 계절이라는 것이 딱히 없는 세계임에도 그때그때 자라는 작물이 다른 모양이었다. 리리는 넘쳐나는 일거리 때문에 처음으로 3월이 싫어지는 것 같았다. 거름을 뿌리고, 씨도 뿌려야 하고, 모종도 심어야 하고 할 일이 잔뜩 있었다.

　'원래는 얼어붙어 있던 날씨가 풀리고 따사로운 햇볕이 비치기 시작하는 때라 좋았는데. 여긴 내내 그런 날씨니 일이 가장 없는 10월 이후를 좋아해야겠네.'

　어차피 해야 할 일이니 차라리 즐기자.

리리는 활짝 핀 꽃 같은 미소와 우아한 몸짓으로 퇴비를 구석구석 뿌리고 다니기 시작했다. 그녀의 별명이 괜히 「농장의 요정」이 아니었다.

"누가 보면 춤추는 줄 알겠다니까."

'춤추는 건데요.'

하긴 누가 이런 식으로 농장일을 하겠는가. 다른 사람들은 귀한 기품을 지키기 위한 그녀의 피 토하는 노력을 몰라주고 그저 재밌다고, 신기하다고 웃어댈 뿐이었다.

리리는 밭과 밭 사이를 우아하게 뛰어다니며 씨를 뿌리다가 아침까지만 해도 봄 햇살 같았던 베니카 부인의 안색이 어느새 어두워진 것을 보고 잠시 멈추었다. 깊은 한숨을 내쉬면서 씨앗을 뿌리는 모습이 영 심상치 않아 보였다.

'나랑은 상관없지.'

그 순간 갑자기 시스템창이 떠올랐다.

† 성품이 5 하락했습니다.

리리는 깜짝 놀랐다. 갑자기 왜?

'설마 고민이 있어 보이는 베니카를 무시해서?'

설마 했지만 그거 말고는 하락할 이유가 없었다. 문제가 생긴 것이 분명해 보이는데도 위로하거나 도와주는 대신 나와는 상관없다며 무시한 것이 원인인 듯 보였다.

'아, 골치야.'

이젠 불쌍한 사람을 못 본 척하면 나쁜 짓이라고 도덕성과 성품이 하락하게 생겼네. 바로바로 수치 증가를 안겨주는 것은 좋은데 생각과 행동에 제약이 걸린 것 같은 느낌이었다.

"저…… 무슨 일 있어요?"

"응? 아무것도 아니야."

기껏 물어봤더니 반응이 시큰둥했다. 그럴 거면 안 보이는 곳에서 한숨 쉬던가. 얼굴에 '나 고민 있으니 제발 좀 물어봐 주세요.'라고 적어놓고 이런 반응은 대체 뭐람. 리리는 순진무구한 미소를 지으려고 노력하며 그녀를 올려다보았다.

"원래 고민 있을 때는 털어놓는 것만으로도 속 시원해진다고 했어요. 아무한테도 말 안 할 테니까 걱정 마시고 말씀해주세요, 네?"

"착한 아이로구나."

베니카 부인이 리리의 머리를 쓰다듬으며 웃었다.

　† 성품이 5 증가했습니다.

깎인 것을 고대로 복구해주다니 깐깐한 시스템 같으니라고. 리리는 속마음을 꿀꺽 삼킨 채 연신 생긋생긋 웃어줬다. 그 효과가 있었는지 한숨을 푹 내쉬던 베니카의 입에서 깜짝 놀랄만한 내용이 흘러나왔다.

동쪽 섬인 새디아에만 열린다는 「포리」.

분홍빛의 열매는 아기 주먹만한 크기로 대단히 부드럽고 달콤해 한 번 먹으면 절대로 잊을 수가 없는 맛이라고 했다. 하지만 새디아에서 만 자라는데다가 찾는 이들도 많아 그 가격이 어마어마하게 비쌌다.

"난 그걸 직접 재배해보고 싶었어. 물론 쉽지 않았지. 황후마마께서 포리 열매를 무척 좋아하시는 터라 새디아에서 들어오는 열매의 대부 분이 황실로 들어갔고 나머지는 고위 귀족들의 차지였으니까. 결국 큰돈 들여서 몰래몰래 사와야 했어."

베니카 부인은 포리 열매를 찾는 사람은 끊이지 않으니 만약 성공 만 한다면 대번에 돈방석에 앉을 수 있다고 생각했다. 그래서 그녀는 새디아를 다녀온 모험가에게서 물건을 사들이는 상인에게 뒷돈을 주 고 하나씩 하나씩 사들였다. 괜찮은 사업아이템이니 일종의 투자를 한 셈이었다. 성공한다면 대박, 실패한다면 쪽박. 빚만 잔뜩 떠안은 채 입에 풀칠하기도 어려울지 몰랐다.

그렇게 얻은 포리 열매를 키워내기 위해 베니카 부인은 물론 그녀 의 부모님 또한 엄청난 노력을 했다. 일반적인 재배법으로는 불가능 했기에 온갖 시도를 다 해보았고 끝없는 정성을 쏟았다. 하늘이 도운 모양인지 다행히 성공을 해냈다. 구한 열 개의 열매 중 네 개만 열매 를 맺었고, 그나마도 새디아산보다는 맛도 향도 덜했지만 어쨌든 재 배는 할 수 있게 되었다.

"그리고 그 직후에 새디아와의 왕래가 끊긴 거야. 세간에선 새디아 가 없어진 거라고 말할 정도로 아예 갈 수 없게 되었지. 생각해봐. 찾 는 사람은 많은데 더 이상 구할 수가 없어. 근데 우리 농장에서 재배 에 성공했어. 어떻게 되었겠니?"

"······다들 여기로 몰려들었겠네요. 가격은 더욱 비싸졌을 테고, 그럼에도 웃돈 얹어주며 사려고 애쓰고."

"바로 그거야. 참 똑똑하네. 우리 집은 오래전부터 농장을 꾸려왔어. 당시에는 크지도 작지도 않은 농장을 가지고 있었지. 아니, 오히려 포리 열매를 사느라고 땅을 파는 바람에 규모가 굉장히 작아지기까지 했어. 하지만 그 포리가 결국 모든 것을 바꿔놨지."

베니카 부인은 주위를 둘러보았다. 예전 모습을 떠올리는 모양이었다. 리리 역시 그녀의 시선을 따라 농장을 바라보았다. 끝없이 펼쳐진 밭과 자유롭게 자라고 있는 동물들. 베니카 농장은 매우 컸다. 어찌나 넓은지 일할 때마다 죽을 맛이지 않던가. 이렇게까지 성장할 수 있었던 이유가 포리 열매 덕분이라니.

"새디아에 들어갈 수 없게 된 후, 당연하지만 포리 열매는 우리 농장이 아니면 구할 수가 없게 됐거든. 그런데 황후마마께서 포리 열매를 무척 좋아하신다고 했잖아? 결국 황실에서 우리 농장을 아낌없이 지원해주시기 시작했단다. 10년이 지난 지금까지 지원을 받고 있지. 포리 열매를 황실에 계속 상납하는 대가로."

"정말 굉장하네요."

리리는 포리 열매 하나로 이렇게까지 성장한 여인의 이야기에 순수한 마음으로 감탄했다. 성공할 수 있을지 없을지 전혀 예측하지 못하는 상황에서 모든 걸 걸고 도전을 했다. 그리고 결국 성공해내 생각했던 것보다 훨씬 더 큰 이익을 얻어냈다. 약간의 운이 따라주기는 했다지만 그렇다고 그 노력을 폄하할 수는 없었다.

'나라면 도전했을까? 새디아에서만 자라는 열매라는데. 가격이 엄

청 비싸고, 성공할 확률이 굉장히 낮은데도 모든 걸 걸 수 있었을까?'

자신이 없었다. 베니카 부인이 대단하게 느껴져 초롱초롱한 눈빛으로 올려다보는데 그녀는 한숨 섞인 목소리로 말을 이었다.

"근데 문제는 새디아를 오랫동안 갈 수 없게 되면서 우리 역시 더 이상 열매를 구할 수가 없게 되었다는 점이야. 키우기가 워낙 까다로워서 갈수록 재배하는 열매의 수가 줄어들었거든. 포리는 성질이 특이해서 하나에 열매 세 개밖에 열리질 않아. 그것도 열매를 따는 즉시 줄기가 죽어버리지. 그래서 결국엔……. 어쩌지. 황궁에 계속 포리 열매를 상납해야 하는데, 이제 심을 열매가 하나도 없어. 이대로 가다가는 황실의 지원이 끊길 거야."

베니카 부인은 눈물을 글썽였다. 지금까지 이뤄온 모든 것들을 한순간에 잃을지도 몰랐다. 황실의 지원이 없다면 이렇게 넓은 농장을 이끌어가기가 어려웠다. 리리에게는 말하지 않았지만 이곳이 다른 농장들보다 작물이 더 잘 자라나고 인지도가 높은 것 역시 황실 덕분이었다. 간간이 주술사들을 보내주어 농장이 더욱 발전할 수 있도록 도와주기 때문이었다.

베니카 부인은 얼굴을 양 손바닥에 파묻으며 흐느꼈다.

'이럴 줄 알았으면 다른 농장과 같이 재배할걸.'

얼마 안 가 새디아를 드나드는 사람이 생길 줄 알았다. 그래서 다른 농장들이 재배법을 알려달라고 요청할 때도 여유롭게 거절했다. 그랬다간 황실의 지원도 분산되고 이렇게까지 많은 이익을 얻지도 못할 테니까. 하지만 다른 농장 한두 곳에만 재배법을 알려주며 비밀 유지 계약을 맺었다면, 이익도 그럭저럭 유지되면서 지금처럼 열매가 없어 더 이상 재배를 하지 못하는 일도 막을 수 있었으리라. 만일의 사태에 대비하는 것은 당연한데, 눈앞의 이득에만 급급해 욕심을 부린 결과였다.

"포리 열매를 구할 방법이 없을까?"

리리는 베니카 부인의 말에 두 눈을 반짝였다. 그녀의 머릿속이 재빠르게 돌아가고 있었다.

'이거 퀘스트? 아니, 퀘스트창은 없는데? 무슨 상관이야. 중요한 건…… 이거 괜찮겠는걸.

아무래도 오늘은 아르바이트가 끝나자마자 시내에 나가봐야겠다고 생각했다. 준비를 해야 하니까.

사라진 동쪽 섬, 새디아에 가기 위한 준비를.

북쪽 바다 지역인 노베와 서쪽 사막 지역인 하르빌에는 중앙대륙의 사람들이 나름대로 출입할 수가 있었다. 서쪽의 금속으로 만든 무기나 북쪽 짐승 가죽으로 만든 물건은 그 지역에서 직접 구해와 가공한 것들이었다. 물론 아무나 쉽게 갈 수 있는 곳이 아니어서 그 양이 엄청나게 적었다.

하지만 남쪽의 섬 마하엔스는 아주 먼 옛날, 존재했었다는 기록만 남아있었다. 그 얘기 자체가 민화처럼 전해지는 터라 신빙성은 떨어지는 편이었지만 그래도 전체 지도에는 반드시 표시되어 있었다. 위치를 정확히 알 수 없어 지도마다 제각각이었지만 말이다.

동쪽의 섬 새디아는 어디 있는지조차 알 수 없는 마하엔스와 다르게 그 위치가 제법 정확하게 알려져 있었다. 그도 그럴 것이 10여 년 전까지만 해도 출입하는 모험가가 꽤 있었기 때문이었다. 하지만 어째서인지 10여 년 전부터 바다가 들끓기 시작했다. 그런 바다에는 당연히 배를 띄울 수가 없었고, 이상하게 주술로도 들어갈 수 없게 되었다. 주술로도 이동이 불가능하니 아예 섬 자체가 사라져버린 것이 아닐까 하는 추측만 나돌 뿐, 확인할 길이 없어 의견이 분분했다.

문제는 그것으로 끝난 것이 아니었다. 들끓는 바다에 사는 생물들은 죽거나 이상하게 변형되기 시작했고, 물고기들도 점점 사라져갔다. 그러다 보니 동쪽 섬과 바다가 저주를 받았다는 소문이 돌았다.

가장 큰 피해자는 동쪽 바닷가에 사는 사람들이었다. 물고기가 잡히지 않는다는 건 생활 터전을 한순간에 잃는다는 말이었다. 결국 그들은 나라의 지원을 받아 다른 지역으로 각기 이주했고, 센테르의 가장 동쪽에 위치한 해안마을과 항구는 버려졌다. 그 이후에도 바다는 더욱더 들끓었고 새디아는 아무도 들어갈 수 없는 섬, 사라져 버린 섬이라고 불리게 되었다.

하지만 리리는 그 「아무도」에 포함되지 않았다. 정말 새디아에 갈 수 없냐는 리리의 말에 젤리는 지도만 있으면 그쪽으로 이동시켜줄 수 있다는 대답을 했던 것이다. 너무 쉬운 대답에 잠시 그 진위를 의심했지만 아무래도 사실인 모양이었다. 리리는 새삼 젤리의 정체가 궁금해져 계속 젤리의 뒤를 따라다니며 캐물었지만 역시 아무것도 얻지 못했다.

그렇게 리리는 새디아로 넘어올 수 있었다. 물론 폭풍 반대하는 로쉐와 젤리를 설득하는 것이 어마어마하게 힘들긴 했지만. 씨앗을 심을 수 있는 시기가 지나기 전에 포리의 열매를 구해야 했다.

리리는 눈앞에 떠 있는 지도창을 바라보았다. 새디아 대륙의 지도 위에 그녀의 현재 위치가 반짝거리고 있었다. 지금까지 지도창이 있는 줄도 모르고 있었는데 이번에 새디아에 오기 위해 지도를 사니 「새로운 지도가 등록되었습니다.」라는 시스템창이 떠오르는 것이 아닌가.

하지만 지도의 가격은 무척 비싼 편이어서 다른 지역의 지도까지는 살 수가 없었다. 새디아의 지도 하나만으로도 무려 5골드였다. 그래서 지도창에는 딱 중앙대륙과 새디아 부분만 나와 있었다.

리리는 지도를 살펴보며 한숨을 내쉬었다. 지도를 살 때 들은 말이 걸리긴 했었다. 꽤 실용적인 지도지만 10여 년 전에 만들어진 지도라서 조금 다를지도 모른다는 말. 그럴 수밖에 없는 것이 그동안 새디아에 간 사람이 없으니까 요 10년 사이에는 제작하거나 수정할 수가 없는 게 당연하지 않은가. 그래도 제일 최신 지도라기에 거금을 주고 구입했다. 하지만 지도에 있는 길만 따라가고 있는데 왜 자꾸 엉뚱한 곳이 나오는가.

"조금 다를지도 모른다며. 이건 조금이 아니잖아. 이 사기꾼들."

리리는 속으로 지도를 팔았던 아저씨에게 불만을 터뜨렸다. 아마 지도를 팔았던 아저씨는 그녀가 정말로 새디아로 넘어올 줄은 몰랐기에 아무렇지 않게 거짓말을 했었던 것이리라. 리리 또한 사라진 섬이라고 불릴 정도인 새디아에 이리 쉽게 넘어올 줄은 상상하지 못했으니까 말이다.

'아저씨는 그렇다고 쳐. 게임 시스템이 적용됐는데 자동으로 업데이트도 안 되나?'

다른 지도도 이럴까 봐 불안해서 살 수가 있나. 그렇다고 지도 없이 돌아다닐 수도 없고. 리리는 지도대로 가는데도 자꾸 음침하고 수풀이 우거진 곳으로 들어가고 있었다.

푸드덕, 날갯짓 소리가 곳곳에서 들려오고 알 수 없는 울음소리도 먼 곳에서 울려 퍼졌다. 높고 커다란 나무들 때문에 해가 가려져 전체적으로 어두컴컴하기까지 했다. 스산한 바람이 그녀를 헤집고, 질척거리는 발밑이 그녀를 붙잡아 매어 발걸음까지 점점 느려지고 있었다. 리리는 이제야 슬슬 자신이 얼마나 무모하고 생각 없는 행동을 한 건지 감이 오고 있었다.

'겁이 없었지. 사람도 없고, 당장 괴물이 튀어나와도 이상하지 않은 이런 곳에 혼자 올 생각을 하다니!'

지도를 판 아저씨와 게임 시스템을 욕하던 리리는 곧 자신에게 화살을 돌렸다.

"왜 자꾸 스스로 해결해야 한다는 사실을 잊어버리는 거냐고, 이 멍청아."

게임을 플레이하는 입장이었다면 캐릭터가 괴물을 만나든, 길을 잃어버리든 아무 상관없었겠지만 자신은 그 캐릭터의 몸에 빙의한 입장이 아닌가.

그러나 아무래도 행동이 앞서버린다.

한국에서 살았던 때와는 달리, 이곳에선 무엇이든 할 수 있었기에 하고 싶다는 생각이 들면 바로 도전부터 하게 됐다. 그렇다고 해서 깊게 생각하지 않고 새디아에 와버린 건 좀 성급하긴 했지만.

'습하긴 또 왜 이리 습한 거야. 갑갑해 죽겠네.'

리리는 속으로 투덜거리다 문득 깨달았다. 어쩐지 익숙한 느낌이라는 것을. 생각해보니 이 세계에 처음 떨어졌을 때부터 무언가 알 수 없는 힘이 억누르는 걸 느꼈다. 처음에는 그저 리리의 몸 상태 문제나 중력이 다르기 때문이라고 생각하다가 주술을 알게 된 이후에는 황제의 지력인지 뭔지가 아닐까 했는데…….

그런데 마치 지금도 그때와 비슷한 느낌이 새삼 들었다. 아니, 비슷하면서 달랐다. 섬 전체가 그녀를 지켜보고 있는 듯한, 이 많은 나무가 꼭 하나인 듯한 그 오묘한 감각은 비슷하지만 무겁게 짓누르는 것이 아니라 고요하게 감싸고 있는 기분이었다.

'이것도 지력 때문인가? 근데 이 섬에 주술이 통하지 않는다면 황제의 힘도 미치지 않는 거 아니야? 아니, 젤리는 예외였으니 황제도 예왼가?'

그 순간 새가 푸드덕 날아올랐다.

"왁!"

리리는 깜짝 놀라 짧은 비명을 지르고 말았다. 그녀는 벌렁거리는 가슴을 진정시키려고 애쓰며 급히 발을 놀렸다.

"빨리 구해서 돌아가자."

하지만 리리는 몇 발자국 가지 못하고 결국 걸음을 멈추고 가까운 나무에 등을 기대고 앉았다. 지도를 살펴보기 위해서였다.

하지만 지도창을 킨 후 아무리 봐도 도무지 알아볼 수가 없었다. 애초에 자신이 앉아있는 곳과 지도에 나와 있는 곳의 지리가 달라도 너무 달랐다. 여기는 숲 속인데 지도에는 들판으로 표시되어 있었다.

그녀는 지도창을 없애고 아예 종이로 된 지도를 꺼내 꼼꼼히 살펴보기도 하고 높이 들어 올려 햇빛에 비춰도 보았지만 별 소용이 없었다. 결국 한숨을 내쉬며 아이템창에 도로 집어넣었다.

"이 지도는 그냥 폼이야, 폼."

리리는 투덜거리다가 문득 아이템창에 시선이 닿았다.

"그러고 보니 이것저것 많이도 챙겨줬네."

아이템창에는 새로운 물건들이 가득 들어차 있었다. 낯선 곳에 가는 그녀를 위해 로쉐와 젤리가 준비해 준 물건이었다.

가지 말라고 말릴 때는 언제고 막상 허락하니까 소풍 가는 딸의 가방을 챙겨주는 부모처럼 꼼꼼하고 정성스럽게 챙겨줬다. 리리는 미소를 지었다.

'동쪽 섬에 가는데 어디 만년설로 뒤덮인 산이라도 가는 듯한 두꺼운 옷은 왜 챙겨준 거지? 여기서 1박을 할 것도 아닌데 잠옷은 또 왜.'

리리는 살림이라도 차려줄 듯 온갖 물건을 다 집어 들던 두 사람을 떠올리며 키득거렸다. 이걸 챙겨야 한다느니 저걸 챙겨야 한다느니 서로 투닥거리기도 했다. 심지어 젤리는 새디아로 넘어오기 직전까지 불안한 표정으로 리리의 짐과 옷차림을 꼼꼼하게 확인하고 또 확인하며 그녀에게 몇 번이나 조심하라며 당부의 말을 했다. 꼭 엄마 같았다.

'엄마…… 맞겠지?'

그 모습이 그녀가 생각해오던 엄마의 이미지와 흡사했기에 남자임에도 엄마라고 불러주고 싶을 정도였다. 리리는 젤리가 챙겨준 장화를 쓰다듬다가 다시 아이템창으로 시선을 돌렸다. 당시에는 정신이 없어 자세하게 보지 못했으니 잠깐 훑어보는 것도 나쁘지 않을 듯했다.

'이건 텐트? 아이템 확인.'

† 튼튼한 천막
:: 주술이 걸려 있어 웬만한 태풍에는 끄떡도 하지 않는다. 비바람은 물론이고 더위와 추위도 막아주며 아늑하고 편안한 내부를 가지고 있다. 짐승이나 벌레의 접근도 막아준다.

리리는 벌어진 입을 다물지 못했다. 이런 천막이라니 주술은 정말 대단했다.

'그만큼 비싸겠지.'

가격이 궁금했지만 애써 떨쳐냈다. 엄청난 가격을 듣고 나면 차마 사용하지 못할 것 같았기 때문이었다. 천막을 펼쳐 들어가 보니 자그마한 겉과 다르게 꽤 넓고 편안했다. 이대로 야영을 하고 싶어질 정도였다.

리리는 천막 안에 드러누워서 나머지 물건들도 훑어보았다. 체온을 유지해주는 외투, 벌레를 쫓아주는 약초, 들고 다닐 수 있는 주술등, 편안한 잠을 자게 해주는 이불 등 팔아치우면 저택 하나는 우습게 살 수 있을만한 물건들이 가득 들어 있었다. 거기에 며칠은 끄떡없을 만큼 많은 양의 도시락까지.

'이 두 사람은 대체…….'

가슴 속이 찌잉 울렸다. 귀걸이를 받았을 때와 비슷한 느낌이었다. 자신을 위해 신경 써주는 두 사람의 마음이 고스란히 느껴졌다.

'나는 새디아에 가겠다며 막무가내로 우겼는데…….'

두 사람은 계속 반대를 했지만 계속해서 고집을 부리는 리리의 모습에, 결국 어쩔 수 없이 보내준 것이다. 그런데 이렇게까지 챙겨주다니. 말로 표현할 수 없는 감정이 그녀를 덮쳤다. 리리는 한동안 감동에 젖어있었다가 겨우 정신을 차렸다. 이러고 있을 때가 아니었다.

그녀는 손을 휘저어 아이템창을 없앴다가 곧 다시 열었다. 아직 확인해보지 못한 물건이 있었다. 젤리가 마지막으로 오늘 아침, 급히 챙겨준 것인데 꼭 작은 항아리처럼 보였다.

"이게 뭐지? 아이템 확인."

　† 야외용 화장실
　:: 주술이 걸려있어 냄새가 나지 않으며 쏟아지지도 않는다. 그래도 가끔 청소해주는 것이 좋다. 한계치를 넘어서면 끔찍한 일이 벌어질지도.

리리는 이상한 표정을 지었다. 자세히 보니 요강처럼 생기긴 했다. 그녀는 이걸 사용해야 하나 말아야 하나 고민하다가 일단 다시 아이템창에 넣었다. 생각해보면 아무 데서나 볼일을 보는 것보다는 나았다.

그리고 도시락 하나를 꺼내 들었다.

어느새 점심시간이었기에 일단 배부터 채우기로 했다.

"일단 간단히 점심을 먹고 다시 출발하자."

리리는 다음엔 어디로 가봐야 할지 지도창을 훑어보며 식사를 마쳤다. 기운이 솟아나니 의욕도 넘쳐흘렀다.

"자, 가자!"

그녀는 천막을 아이템창에다 집어넣은 뒤 가볍게 발걸음을 옮겼다. 그리고 또다시 지도와는 전혀 다른 장소를 헤매며 포리 열매 찾기에 열을 올렸다.

하지만 그런 의욕도 시간이 흐를수록 사라져갔다. 습하고 답답한데다 발밑이 질척거려 단순히 걷기만 하는데도 힘이 들었다. 가도 가도 나무와 수풀밖에 보이질 않으니 같은 곳을 빙 돌고 있다는 착각이 들기도 했다.

무엇보다 무서웠다. 점차 이상하다는 생각이 들었다.

"왜 이렇게 조용하지?"

푸드덕거리며 날아가는 새나 간간이 멀리서 들려오는 짐승의 울음소리를 제외하곤 지나치게 고요했다. 리리는 문득 공포영화의 한 장면을 떠올렸다. 조용하게 분위기가 가라앉으면 무언가 튀어나오지 않던가. 리리는 새삼 사람의 발길이 끊긴 지 오래된 야생의 섬에서 짐승 하나 마주치지 않았다는 사실을 깨달았다.

'어쩌면 다른 짐승들이 접근하지 못하는 이유가 있다든가.'

예를 들어, 포식자의 영역이라든가.

리리의 얼굴이 새하얗게 질렸다. 그녀는 서둘러 페가수스 인형을 들어 올렸다. 위험할 수도 있는 낯선 곳에 혼자 올 수 있었던 이유는 바로 이 인형 덕분이었다. 정확히 말하자면 파닥파닥 날갯짓을 하는 봉제 인형과 이어져 있는 젤리 때문이었다.

"제, 젤리."

다행히도 젤리는 그녀의 부름에 응답했다.

"네, 아가씨. 무슨 일이십니까?"

리리는 한껏 긴장하고 있던 몸에 힘을 풀었다. 젤리의 목소리를 들으니 언제 무서웠냐는 듯 한순간에 진정이 됐다.

안도감이 그녀를 덮치자 괜한 장난기가 발동했다. 리리는 페가수스 인형을 붙잡고 최대한 구슬픈 목소리로 그를 불렀다.

"젤리이이……. 젤리 나 어떻게 해."

그러자 젤리가 순식간에 이동해왔다.

"무슨 일이십니까!"

저녁 식사를 준비하고 있던 모양인지 젤리는 앞치마를 두르고 국자를 든 모습으로 나타났다. 리리는 웃음을 참을 수가 없었다.

"푸핫, 그 모습은 뭐야!"

"네? 아, 이건……."

젤리는 당황한 표정을 감추지 못한 채 자신의 옷과 들고 있던 국자를 훑어보며 어쩔 줄 몰라 했다. 언제나 단정한 집사의 옷차림만 보다가 이런 모습을 보니 너무 귀여워 깨물어주고 싶었다. 그는 바닥에 주저앉아 꺄르르 웃고 있는 리리의 모습에 정신을 되찾은 모양인지 말을 걸어왔다.

"아가씨. 왜 그렇게 부르신 겁니까?"

"아, 맞아. 젤리 나 어떡하지? 길을 잃어버렸어."

젤리는 그녀의 말에 멍한 표정을 짓다가 곧 단호하게 말했다.

"이런 장난은 금지입니다."

"왜에. 나 여기 너무 무섭단 말이야."

"그럼 집으로 돌아가시겠습니까?"

리리는 살짝 뾰로통한 표정으로 대답했다.

"아니, 그건 싫어. 알겠어. 장난 안 칠게."

젤리는 그녀의 대답에 가벼운 미소를 걸쳤다가 금세 지웠다. 그러고는 주위를 둘러보았다. 다행히 조용하고 별다른 인기척도 느껴지지 않았다. 그가 왔을 때와 비슷했다.

젤리는 이미 사전답사를 왔었다. 그러지 않았다면 로쉐나 그나 리리가 이곳으로 오는 걸 허락했을 리가 없었다. 10년 전쯤에는 출입을 했었다지만 그 후 길목이 막힌데다 흉흉한 소문까지 도는 곳에 가겠다고 조르니 불안할 수밖에 없었다.

'역시 적대감은 느껴지지 않는군. 쓸데없는 기우였나.'

"아, 젤리. 있잖아."

젤리는 주위를 살피다가 리리의 말에 시선을 돌렸다. 이전과 달리 스스럼없이 장난도 치고 또 무섭다며 그를 찾을 정도로 편안한 모습을 보여주는 귀여운 아가씨가 보였다.

"네, 아가씨."

"혹시 이곳의 지리를 전부 알 수 있는 주술은 없어? 지도가 완전 엉터리야."

"안타깝게도 그런 것은 없습니다. 아마 지력을 지니고 있는 황족은 가능할지도 모르겠네요."

"아, 그래?"

리리는 어쩔 수 없다고 생각하며 들고 있던 지도를 다시 집어넣었다.

"아가씨, 이만 집으로 돌아가시는 건 어떻습니까? 종일 피곤하셨을 테니 따뜻한 물로 피로를 씻어내고 맛있는 식사를 마친 뒤 침대에서 편하게 주무시는 거지요."

"아, 안돼. 포리 열매를 구하기 전까진……."

"이제 곧 해가 질 테니 집으로 돌아가 쉬시고, 내일 아침에 다시 오시면 되지 않습니까?"

리리는 젤리의 말에 잠시 머뭇거렸다. 그리고 보니 이제 슬슬 저녁 시간이 다가오는데다 해가 진 다음에는 무서워서 더 이상 돌아다니지 못할 것 같았다. 지금은 조용하고 짐승 하나 마주치지 못했다지만 모르는 일이 아니던가.

'야행성일지도.'

아무리 짐승의 접근을 막아주고 태풍에도 끄떡없는 튼튼한 천막이 있다고 해도 해도 무서울 것 같았다. 무엇보다 젤리의 속삭임은 달콤했다. 그렇지 않아도 습하고 질척거리는 곳에서 종일 돌아다녔더니 찝찝한데다 피곤했다. 따뜻한 물로 씻고 편안하게 자고 싶었다. 그녀는 잠시 고민하다가 오늘은 이만 집으로 돌아가기로 했다.

"젤리가 그렇게까지 원한다면야."

괜히 그를 들먹이며 생색을 내는 것도 잊지 않았다.

리리는 집으로 돌아와 깨끗하게 씻고 나른한 상태로 식사를 시작했다. 역시 집이 최고였다.

문득 그녀의 안색이 어두워졌다. 어느새 이곳이 집으로 느껴지기 시작한다는 것을 깨달았기 때문이었다.

'큰일 났군. 이러다가 돌아가면 어떻게 살려고.'

그때였다. 갑자기 새하얀 빛이 생겨나더니 곧 사람의 모습으로 변해갔다. 바로 로쉐였다. 그는 나타나자마자 리리에게 다가와 다급하게 물었다.

"리리, 괜찮나?"

그녀는 멍한 표정으로 그를 바라보다 곧 고개를 끄덕이며 말했다.

"완전 괜찮아요. 생각보다 조용하고 평화로운 곳이었어요. 그냥 깊은 산 속을 헤집다 돌아온 느낌?"

"괜찮다니 다행이군."

로쉐는 그러면서도 리리의 이곳저곳을 살피느라 여념이 없었다. 아무리 그래도 남자가, 그것도 굉장히 잘생긴 미남이 그녀의 몸 여기저기를 훑어보니 리리의 얼굴이 빨갛게 달아올랐다. 리리는 서둘러 화제를 전환했다.

"오, 오늘 월요일 아닌가? 이렇게 와도 되는 거예요?"

로쉐는 다련각 각주와 황궁주술사를 겸하고 있었기에 굉장히 바빠 주말에만 볼 수가 있었다. 집에서 출퇴근을 해도 됐지만 그 시간마저 아까운지 다련각에서 살다시피 한다는 이야기를 들은 적이 있었다.

"그렇지. 괜찮은 것을 확인했으니 난 이만 돌아가 봐야겠군."

역시나 바쁜 와중에 잠시 들려본 모양이었다. 로쉐는 갑자기 나타났던 것처럼 훌쩍 사라졌다. 워낙 재빠르게 일어난 일이라 리리는 물론이고 젤리마저 멍한 표정으로 그가 사라진 곳을 바라보고 있을 뿐이었다.

"아, 잠깐 쉬어야겠다."

리리는 나무에 기대어 앉았다. 계속 걸어 다녔더니 다리가 아팠다. 그녀는 주먹으로 다리를 통통 때렸다.

어느덧 새디아를 탐방한 지 5일째였다. 며칠을 이렇게 돌아다녔는데도 포리 열매는커녕 살아있는 동물이나 곤충조차 마주치지 못했다. 정말로 이곳에 있기는 한 건지 의심스러웠다. 슬슬 포기하고 싶어졌다.

사실 리리가 이렇게까지 매달릴 이유는 없었다. 하지만 퀘스트창이 없다지만 리리의 머릿속엔 이미 포리 열매를 구하는 것이 퀘스트였다. 퀘스트 명은 「포리 열매를 구하라!」, 내용은 「새디아 섬에서만 자란다는 포리 열매. 하지만 새디아에 가지 못한지 10여 년이 흘렀다. 그곳에 가서 포리 열매를 가져와 위기에 빠진 베니카 부인을 구하라!」였다.

베니카 부인의 이야기를 듣는 순간, 포리 열매에 대한 대가로 그녀에게 뭘 보상으로 요구할지 떠올랐기 때문에 더 매달리는 것도 있었다. 그런데 이대로 가다간 시간만 버리는 게 아닌지 모르겠다.

"그래도 체력이랑 근력이 증가하니까, 뭐."

비록 네 시간 만에 체력과 근력이 6씩 증가하는 농장일보단 못했지만 그저 돌아다닐 뿐인데 수치가 증가하니 나쁘지만은 않았다.

　　물론 리리가 생각할 땐 수치가 올라가는 게 당연하긴 했다. 길도 질척질척하고 끈적끈적한 게 발이 무거워질 수밖에 없었고 그런 길을 내내 걸으니 말이다. 확실히 센테르를 돌아다닐 때보다 힘들고 쉽게 지쳤다.

　　리리는 발을 내려다보았다. 진흙투성이가 된 장화가 보였다. 이것도 젤리가 챙겨준 장화였는데 정말 유용하게 쓰고 있었다.

　　'젤리는 뭐 하고 있으려나.'

　　그녀는 지금쯤 집에 있을 젤리를 떠올렸다. 첫날 이후, 리리는 장난치지 말라던 젤리의 부탁에도 계속 불러댔다. 계속 걸어도 아무 일도 일어나지 않으니 긴장이 풀리면서 심심해졌기 때문이었다. 그렇다고 동쪽 섬씩이나 와서 뒹굴뒹굴 휴식을 취할 수는 없으니 젤리를 놀리며 지루함을 달래곤 했다. 그의 반응이 워낙 귀엽기도 했다. 투덜투덜, 아가씨 나빠요, 아가씨 미워요. 그러면서도 부르는 족족 와주니 얼마나 귀여운가.

　　물론 이제는 불러도 날아와 주지 않았다.

　　"젤리."

　　"또 무슨 일이십니까."

　　퉁명한 목소리로 대답할 뿐이었다.

　　"아무것도 아니야."

　　리리는 이제 그만해야겠다고 생각했다. 이러다가 양치기 소녀가 될지도 몰랐다. 진짜 필요할 때 나타나지 않으면 그것도 곤란했다.

그녀는 들고 있던 페가수스 인형을 어깨 위에 올렸다. 미끄러졌다가 작은 날개를 파닥거리며 어깨 위에 다시 매달리는 인형을 쓰다듬으며 웃음을 머금었다.

'이 인형이 있어서 정말 다행이야.'

리리는 앉은 채로 다리를 죽 폈다. 이동하기 전에 잠시 쉬자는 생각이었다. 그러고는 고개를 올려 바람에 부대끼는 나뭇잎을 바라보았다. 하지만 곧 손끝에 닿는 무언가 때문에 다시 시선을 내릴 수밖에 없었다. 나무 밑동에 옹기종기 자라나 있는 노란 색상의 버섯들이 보였다. 꽤 귀엽게 생겨서 절로 미소가 나왔다.

그녀는 무의식적으로 중얼거렸다.

"아이템 확인."

† 동쪽 섬 새디아에서만 자라는 버섯.
:: 맛과 향이 좋다. 체력을 1 회복시켜준다.

그저 아무 생각 없이 아이템 확인을 중얼거렸을 뿐인데 의외의 설명이 떠올랐다. 그녀는 이런 것도 아이템 확인이 가능하다니 신기하다고 생각하다가 깜짝 놀라 벌어진 입을 다물지 못했다.

"체력 1을 회복시켜준다고?"

체력 회복이라니, 포션이 아닌가. 게다가 동쪽 섬에만 자라는 버섯이라는 설명 역시 그냥 넘어갈 일이 아니었다. 만약 이걸 잔뜩 긁어모아 중앙대륙에 가져다 판다면? 분명 돈이 될 터였다.

리리는 자리에서 일어나 버섯이 보이는 족족 아이템창에다 집어넣었다.

'그래, 이게 바로 「수행」의 묘미지.'

리리가 이곳에 오려고 마음먹게 된 또 한 가지 이유는 현실에서 했던 육성 시뮬레이션 게임의 「무사수행」을 떠올렸기 때문이기도 했다. 무사수행은 낯선 장소로 떠나 모험을 하는 시스템으로, 그 게임에서의 무사수행은 돈 되는 물건도 많이 구할 수 있고 이런저런 이벤트도 볼 수 있었던 특별한 일정이었다.

리리는 의외의 수확에 활짝 웃으며 계속 버섯을 캤다. 스트레스가 감소했다는 시스템창이 떠올랐다. 괜찮은 시작이었다.

"좋다 말았네."

리리는 풀이 죽은 표정으로 걸음을 옮겼다. 체력 1을 회복시켜준다는 말에 정신없이 버섯을 캤지만 알고 보니 모든 음식은 전부 체력 회복이라는 옵션이 붙어 있었다. 그럴 수밖에. 먹으면 힘이 난다는 당연한 사실을 잊고 있었다.

그녀가 집에서 가지고 온 간단한 음식만 봐도 5~10 정도의 체력회복

옵션이 붙어 있었다. 그동안 음식에 아이템 확인을 써 볼 생각 자체를 해본 적이 없어서 모르고 있을 뿐이었다. 심지어 리리의 아이템창에 있는 음식들은 특수 효과까지 붙어 있었다.

「집사 안젤리노의 정성이 가득 들어가 있어 스트레스가 2 감소한다.」

「맛 좋고, 영양 좋은 음식을 만들기 위해 애쓴 티가 역력하다. 일시적으로 체력이 증가한다.」

「아가씨를 향한 애정이 듬뿍 들어있는 간식. 스트레스가 2 감소하고, 일시적으로 매력이 증가한다.」

「몸에 좋다는 재료를 많이 사용해 일시적으로 체력이 증가하고 체중이 0.2 증가한다.」

이런 식이었다. 리리는 새삼 감동을 받았다.

'이 집 식구들은 왜 이렇게 날 녹이는지 모르겠어.'

이런 게 가족이란 건가. 리리는 이게 꿈이라면 영영 깨지 않았으면 좋겠고, 신의 실수라면 영영 모르셨으면 좋겠다는 생각을 했다. 그 정도로 지금이 좋았다.

'아무래도 이미 늦은 것 같아. 어차피 괴로워질 거라면 차라리 지금을 마음껏 만끽해두는 편이 낫지 않을까.'

이젠 그녀도 헷갈리기 시작했다. 아예 가지지 않는 편이 덜 아쉬울까, 마음껏 만끽하는 편이 덜 아쉬울까. 그녀로서는 처음 느껴보는 따스함과 행복이었다.

'근데 체력 회복이라는 옵션은 어디에다 쓰는 거지?'

힘들거나 피곤하면 체력 수치가 깎이는 것이 아니라 스트레스가 증가했다. 체력보다 스트레스가 높으면 병에 걸리는 식이지 체력 자체가 깎이지는 않았다. 애초에 체력이 깎이면 수치 하락이다. 그런데 음식 옵션이 「체력증가」가 아니라 「체력회복」이라니? 리리는 상태창을 모조리 뒤져보았지만 딱히 실마리를 찾을 수가 없었다.

'어딘가에 쓰이나 보지, 뭐.'

하긴 스트레스가 0이라도 몸이 쳐지거나 피곤할 때가 있었다. 기력이 달리거나 몸이 무거운 상태를 회복하는 걸 체력 하락이라고 인식하는 게 아닐까. 비록 얼마나 떨어지는지 숫자로 나타나지 않지만, 음식을 먹으면 실제로 힘이 나기도 하니 리리는 이 가설이 꽤 그럴듯하다고 생각했다.

어쨌건 그 뒤 리리는 보이는 것마다 다 아이템창에 집어넣기 시작했다. 비록 버섯에는 특별한 옵션이 없었지만 잘 생각해보면 이곳에서만 자란다는 것 자체가 가치가 높은 게 아닌가. 질겨서 물건을 만들기가 좋은 넝쿨이라든가 무늬가 아름다워 가치가 높다는 나무의 조각과 토막, 새디아에서만 자라는 나무 수액으로 만들어진 호박 등이었다. 어차피 아이템창의 빈칸은 넘쳐났다.

"이거 괜찮네!"

아이템창에 물건이 들어찰수록 그녀의 마음은 든든해졌다. 이 중에는 쓸모없는 없는 것도 있겠지만 누가 알겠는가. 엄청 비싸게 팔 수 있는 게 있을지. 마치 당첨을 기대하며 사는 복권과 비슷한 느낌이었다.

돈이 될법한 물건들만 잔뜩 줍고 다니다 보니 시간이 훌쩍 흘러갔다. 산중을 돌아다니며 약초 캐는 사람들이 이런 기분인가 싶었다. 순간 리리는 정말 산삼이 있나 찾아볼까 하다가 이내 깊은 한숨을 내쉬었다.

"그나저나 그건 대체 어디 있는 거야."

포리 열매. 이제까지 그림자도 구경해본 적이 없었다. 그것이 진짜 산삼인데 말이다.

"여기도 없고."

리리는 지도에 표시를 하며 이곳에는 포리 열매가 없으며 길 역시 다르다고 세세하게 적었다.

그녀는 계속 이런 식으로 지도에 꾸준히 적고 있었다. 언제 또 뭐가 필요해 이 동네에 오게 될지 알 수 없으니까 말이다. 아까부터는 어디에서 무얼 손에 넣었는지도 꼼꼼히 적기 시작했다. 종이 지도에 체크하면 지도창에도 똑같이 반영되었기에 한결 편했다.

스스스스, 바람에 흩날리는 나뭇잎 소리가 들려왔다. 서로 부대끼며 울고 있는 것 같은 그 소리가 왜 이렇게 쓸쓸하게 느껴지는지 모르겠다. 이 몸에게 사춘기가 찾아왔나.

'아니면 감수성이 높아서 그런가.'

리리는 『마지막 잎새』라는 소설을 떠올리며 그녀 앞에 하나둘씩 떨어지는 낙엽을 바라보았다. 그러다 고개를 들어 올려 나뭇잎들이 바람에 흔들리는 모습을 바라보자 감수성이 1 증가했다는 시스템창이 떠올랐다. 아무래도 가장 올리기 쉬운 수치는 단연 감수성 같았다.

그런데 이상하게도 점점 쓸쓸한 기분이 강해졌다. 나뭇잎들이 서로 부대끼며 내는 소리 사이로 노랫소리가 들려오는 듯했다. 리리는 그 몽환적인 분위기에 홀려 주위를 둘러보았다.

리리는 홀린 것처럼 정신없이 소리가 들리는 쪽으로 걸음을 옮겼다. 그래야만 한다는 생각이 그녀를 집어삼켰다. 눈앞에 시스템창들이 좌르르 떠올랐지만 거의 제정신이 아니라 하나도 눈에 들어오지 않았다.

그녀가 걸어갈수록 소리는 뚜렷해졌다. 확실히 노랫소리였다. 너무 슬프고 안타까운 선율에 리리의 눈에는 눈물까지 맺혔다.

수풀을 헤치고 얼마나 걸어갔을까. 갑자기 수풀이 사라지며 사람의 손길이 닿아있는 것처럼 주위가 깔끔하게 정리되어 있는 작은 샘하나가 나왔다. 리리는 멍하니 그 샘을 향해 걸어갔다.

그리고 샘가에서 무릎을 꿇고 물속을 내려다보았다. 시리도록 투명한 샘물에는 그녀의 모습이 비치고 있었다. 그 외에는 아무것도 보이지 않았고, 샘의 깊이가 얼마나 되는지 가늠조차 할 수 없었다.

리리는 천천히 그 속으로 걸어 들어갔다. 노랫소리는 더욱 커지고, 바람 역시 강하게 불어 나무들이 울부짖는 것 같았다. 이내 그 샘은 리리를 완전히 집어삼켰다. 그녀는 물속으로 느릿하게 가라앉았다.

점점 빛과 멀어져 주위가 어두워지고, 뽀글뽀글 올라오던 물방울이 뭉쳐 사람의 형상을 만들어냈다. 물속이라 자세히 보이지는 않았지만 그 형상이 너무나 아름다워 리리는 이 상황에서도 물의 요정이나 물의 여신 같다는 생각을 했다.

그것이 리리에게 팔을 뻗더니 살며시 끌어안았다. 그녀를 부드럽게 감싸주는 느낌이 평화롭고 고요했다. 나른하고 따스해서 기분이 좋았다. 엄마의 뱃속이 이런 느낌일까. 정신이 아득해졌다.

"…… 려줘……. 줘……."

어디선가 알 수 없는 목소리가 띄엄띄엄 들려왔지만 그게 뭔지 궁금하지도 않았다. 그냥 이대로 잠들고 싶었다.

그 순간, 또다시 시스템창이 떠올랐다. 이번에는 멍하게 그 시스템창을 보았다. 체력이 하락하고 있었다.

그 뜻이 뭔가를 생각하기도 전에 갑자기 뭔가가 그녀의 팔을 강하게 끌어당겼다. 어어? 목소리는 나오지 않았지만 그녀의 입에서 터져 나온 물방울이 리리와 함께 수면 위로 떠올랐다.

리리는 바깥 공기와 닿자마자 급히 숨을 몰아쉬며 물을 마구 토하기 시작했다. 눈물과 콧물이 쉴 새 없이 흘러나오며 기침이 멈추지를 않았다.

'뭐야, 나 지금 죽을 뻔한 거야?'

그대로 조금만 더 있었어도 익사할 뻔했다. 대체 왜? 꿈을 꾼 기분이었다. 고통을 전혀 느끼지도 못했고 제대로 된 생각도 하지 못했다. 익사하고 있는데 따스하고 편하다고 느꼈다니. 새삼 소름이 끼쳤다.

그때 갑자기 시스템창이 떠올랐다.

† 요괴 「아이기」의 정신 공격에서 벗어났습니다.

'요괴? 정신 공격?'

아까 본 그게 요괴야? 그렇게 아름답고 따스하던 것이 요괴라고? 여기 그런 게 살고 있었던 거야?

리리는 급히 그동안 떠오른 시스템창의 메시지들을 살펴보기 시작했다. 물론 대부분 보기도 전에 사라져 있었다. 하지만 달려져 있는 상태창은 확인할 수 있었다. 체력과 주술력, 성력, 공격력, 방어력만 있는 상태창이 보였다. 리리가 깜짝 놀라서 상태창을 열어보니 모든 능력치가 그대로 나와 있는 본래의 상태창이 또 열렸다. 즉, 상태창이 두 개였다.

'이건 뭐지? 이 상태창은 어디서 나온 거야?'

리리는 새로운 상태창을 살펴보았다. 그중 체력 게이지가 절반 이하로 닳아 있었다. 이게 어떻게 된 일인지 제대로 파악하기도 전, 갑자기 커다란 소리가 들렸다. 날카로운 비명과 함께 슬픈 울음이 사방에 울려 퍼지기 시작했다.

"안 돼! 이대로 보낼 수 없어! 왜 자꾸 방해하는 거야!"

가슴이 아팠다. 그 요괴의 울부짖음이 견디기 힘들 정도로 안타깝고 불쌍했다. 리리의 눈에서 저절로 눈물이 흘러내렸다. 가슴이 아릿해지며, 자신도 모르게 또다시 샘을 향해 걸어가려고 막 발을 뗐을 때였다.

따스한 바람이 그런 그녀를 감싸 안더니 슬그머니 밀어냈다. 리리는 투명한 무언가가 막고 있는 듯해 더 이상 호수 쪽으로 갈 수 없었다. 이게 대체 뭐야. 동시에 울부짖음 역시 천천히 작아졌다.

"인간, 돌아가라. 우리는 너희를 용서할 수 없다."

다른 목소리였다. 그 소리에 퍼뜩 정신이 났다. 어디서 들려오는 건지 알 수 없어 그녀는 주위를 두리번거렸다. 바람에 부대끼는 나뭇잎 사이로 딱히 한 방향이 아닌 사방에서 들려오는 것 같았다. 이것도 요괴인가. 잠시 겁에 질렸던 그녀는 앞에 느껴지는 투명한 막을 다시 느끼며 입을 열었다.

"날 도와준 게 당신이에요?"

"돌아가라."

리리는 머뭇거리다가 마음을 다잡았다. 자신을 구해주지 않았던가.

게다가 쫓아내거나 겁을 주는 대신 돌아가라고 명령하고 있었다. 그녀를 해칠 의도가 있었다면 다른 거친 방법을 사용했을 것이다.

"전 포리를 찾으러 왔어요! 나를 도와주면 바로 돌아갈게요."

어차피 그걸 찾으러 왔던 새디아였기에 포리만 손에 넣는다면 더 이상 이곳에 있을 필요가 없었다.

"인간의 욕심은, 정말 끝이 없군."

높낮이가 없는 억양이었지만 어쩐지 허탈함과 비슷한 감정이 묻어 나오는 듯했다. 바람이 서서히 잦아들었다. 그녀는 본능적으로 그것이 사라졌다고 느꼈다.

'갔네. 좀 도와주지. 충분히 도움 받은 입장이긴 했지만. 아, 그러고 보니 고맙다는 인사를 못 했네?'

"구해줘서 고마워요! 이 인사 들었으면 좋겠네요! 정말 고맙습니다!"

리리는 인사를 허공에 크게 외치고는 작은 한숨을 내쉬며 샘과 반대 방향으로 걸음을 옮겼다. 얼른 포리를 찾고 돌아가야지. 역시 여기는 좀 위험해. 그런 생각을 하면서도 그녀의 시선은 연신 뒤에 있는 샘에 닿았다.

더 이상 아무런 소리도 들리지 않았지만 가슴 속 어딘가가 묵직했다. 굉장히 슬픈 영화를 보고 영화관을 나서는 그런 기분이었다. 분명 죽을 뻔했는데, 엄청 위험했는데 왜 무섭거나 화가 나는 대신 이토록 슬플까.

어느새 떠올라 있던 상태창은 사라져 있었다. 다시 한 번 상태창을 열어보니 원래부터 있던 것만 나왔다. 조금 전 보았던 새로운 상태창은 그 어디에도 없었다. 전투 상태에만 나타나는 시스템창, 뭐 이런 건가?

그녀는 새디아 섬의 비정상적인 고요함과 평화로움은 조금 전 그녀를 구해줬던 그 목소리의 주인 때문이 아닐까 하는 확신에 가까운 느낌을 받았다.

"어?"

샘에 간신히 미련을 떨치고 걸음을 옮기던 그녀 앞에 에메랄드 빛 나비가 하나둘씩 날아왔다. 나비들은 빛으로 만들어진 듯 반투명한, 어떻게 보면 나뭇잎 같기도 한 영롱한 날개를 퍼덕이며 리리 앞에서 맴돌았다. 그러다 이내 어딘가로 날아가기 시작했다. 어쩐지 따라오라는 행동 같아 리리는 그 뒤를 쫓았다.

얼마나 걸었을까, 달콤한 향기가 그녀의 코끝을 스쳤다. 수풀을 헤치고 에메랄드 빛 나비들이 파닥거리는 아래를 둘러보니 온통 핑크빛의 향연이었다. 포리였다. 중앙대륙에선 10월에나 되어야 열매가 맺힌다고 했는데 이곳은 기온이나 습도가 달라서 그런지 잔뜩 매달려 있었다. 냄새만으로도 저절로 군침이 돌았다.

'포리가 맞나?'

리리는 아이템 확인을 했다가 깜짝 놀랐다. 그녀가 예상했던 대로 포리 열매가 맞았지만 예상치 못한 문구가 적혀 있었기 때문이었다.

† 포리 열매
:: 새디아에서 자라는 분홍색 열매. 굉장히 달콤하다. 먹으면 매력이 2 증가한다.

"매력을 2 올려준다고? 이래서 황후가 간절히 찾았구나!"

어느 여자가 예뻐진다는 데 마다하겠는가. 하긴 단순히 맛있는 열매라는 것만으로 이렇게 많은 사람이 찾을 리가 없었다.

리리가 포리 열매를 보고 놀라워하는 사이 나비들은 하나둘씩 떠나갔다.

"어, 가는 거야? 고마웠어!"

그녀는 나비에게 손을 흔들어준 뒤 포리 열매를 하나씩 따서 아이템창에 넣었다. 세 개를 다 따니 베니스 부인에게 들었던 대로 포리를 매달고 있던 식물이 순식간에 말라 비틀어져 죽었다. 좀 안된 마음이 들긴 했지만, 어차피 열매 세 개 중 하나만 따도 얼마 안 가 죽는다고 들어서 한 번에 그냥 세 개씩 따기 시작했다.

"다 따면 너무 비양심적이지?"

혹시 모르니까 열다섯 개만 가져가야지. 어차피 아이템창에 넣어두면 상하거나 죽지 않으니 걱정할 필요도 없었다. 그녀는 다섯 개의 식물을 건드린 뒤 지도에 표시를 했다. 그다음에는 주변 흙도 주워담기 시작했다. 포리가 잘 자라는 흙이니 쓸모가 있을 거라는 생각이 들어서였다.

작업을 마친 리리는 페가수스 인형을 꺼내 들었다. 분명 그 목소리의 주인이 나비들을 보내줬을 것이다. 도와주면 돌아간다고 말했으니 약속을 지켜야 했다.

리리는 어쩐지 바람이 부는 것 같아 주위를 둘러보았다. 사라진 동쪽 섬, 새디아.

'이게 다가 아닌 것 같은데.'

제대로 겪어보지 못한 채 돌아가는 것 같다는 느낌에 살짝 망설여졌지만 결국 젤리의 도움을 받아 집으로 돌아갔다.

그녀가 사라진 후, 강한 바람과 함께 미약한 울음소리가 허공을 맴돌았다.

리리는 오랜만에 집에서 푹 쉬기로 했다.

새디아에 갔다 오는 것이 얼마나 걸릴지 알 수 없었기에 주말을 포함해 일주일 내내 일정을 비워둔 상태였다. 하지만 5일 만에 포리를 구해왔으니 이틀이나 남아있었다. 그래서 리리는 모처럼 휴가라고 생각하고 일정을 따로 짜지 않았다. 젤리 역시 그 생각에 동의했다.

어차피 젤리는 리리가 근래 바쁜 하루하루를 보내고 있었다는 사실을 누구보다 잘 알고 있었다. 그래서 건강을 해치지 않을까 걱정하고 있던 참에 마침 잘됐다고 생각했다.

"목표를 이루셔서 정말 다행입니다."

리리는 젤리의 말에 뿌듯해했다. 물론 리리는 로쉐와 젤리에게 요괴를 만난 이야기는 하지 않았다.

"그나저나 모처럼 계획이 없는 날이네. 이런 날에도 일찍 일어나야 한다니 아, 슬프도다. 뭐하고 시간을 때운담."

리리는 휴일임에도 아침 8시 정각에 깨운 젤리 때문에 살짝 심통이
난 상태였다. 그래서 턱을 괸 채 식탁 위에 있는 접시를 투욱투욱 치
며 불만을 표현했다.

오늘 같은 날엔 좀 봐주지. 말은 안 했지만 어젠 죽을 뻔해서 그런
지 훨씬 피곤한데. 물론 하루 세끼 꼬박꼬박 챙겨 먹는 것도 중요하지
만 쉬는 날엔 늦잠 좀 자고 싶었다. 하지만 정성이 가득 담겨 있는 음
식들을 보니 더 이상 뭐라 하기도 힘들었다.

하루 세끼 먹이겠다고 얼마나 고생하겠는가. 그렇지 않아도 할 일
이 산더미만큼 쌓여 있을 텐데. 아침 준비하고 깨우고 먹이고 일정 관
리하고 점심 먹이고 집안일하고 저녁 챙기고. 지금이 편하다며 말리
는 바람에 그냥 두고 있었지만 안쓰러운 일이었다.

'휴가를 보내줄까.'

보낸다고 갈까. 리리는 슬쩍슬쩍 자신의 눈치를 살피고 있는 젤리
의 모습에 웃음을 머금었다. 공과 사를 구분하려고 애쓰고, 어떻게든
정해진 일정에 따라 움직이게 하려고 딱딱한 태도를 고집하고 있었지
만 생각보다 여리고 귀여운 소년이었다. 더 이상 뭐라 했다간 또 눈물
을 보일지도 몰랐다.

'약아가지고는.'

리리는 그녀가 고집부릴 때마다 눈물을 글썽이는 젤리의 모습이 떠
올라 툴툴거렸다. 그새 자신을 다루는 방법을 터득해냈다. 리리는 그
녀를 위해 애쓰고 있는 젤리를 울린 채로 그냥 둘 만큼 성정이 모질지
가 못했다. 그 눈물이 가짜든, 진짜든 말이다.

"음, 모처럼 쉬는 날이군."

아침 인사 이후 조용히 식사 중이던 로쉐가 입을 열었다. 평소 같았으면 동쪽에서 무얼 보았고 어떤 일들을 겪었는지 열심히 얘기해 주었겠지만, 생각보다 힘들었던 모양인지 몸이 무겁고 잠에서 덜 깬 상태라 리리는 그냥 조용히 앉아있었다.

그런 딸내미의 모습을 보며 한참을 망설이던 로쉐가 드디어 용기를 냈다.

"저기."

"네?"

리리의 검푸른 색 눈동자가 그를 향해 꽂히자 로쉐는 긴장하여 괜히 음식을 뒤적거렸다. 그 모습에 젤리는 속으로 열심히 로쉐를 응원했다.

"……같이 놀러 가고 싶은데."

예전부터 생각했던 일이었지만 자신보다 더 바빠 보이는 딸의 모습에 계속 미뤄왔다.

"네? 어딜요?"

"네가 원하는 곳은 어디든."

리리는 생각지도 못한 로쉐의 말에 당황했다. 갑자기 어딜 놀러 간단 말인가. 하지만 어색한 듯 시선을 돌리는 그의 모습 때문에 웃음이 피어올랐다. 어쩐지 데이트 신청을 받은 기분이었다. 왜 로쉐가 이 몸의 양아빠일까. 저렇게 멋지고 귀여운 남자인데.

리리가 대답 없이 생글생글 웃자 로쉐의 머릿속은 복잡해졌다. 왜 웃는 것인가. 좋다는 건가 싫다는 건가. 로쉐는 곁에서 딸자랑 하느라고 바쁜 나니에 때문에 가족여행이라는 것에 환상을 가지고 있었다.

늘 주말마다 어디 가서 무얼 하고 왔다는 둥, 무슨 이야기를 했다는 둥, 딸이 있어서 즐겁고 행복하다는 둥 로쉐의 마음에 불을 지르곤 했던 것이다.

그런데 드디어 기회가 찾아왔다. 모처럼 리리가 아무 계획이 없는 날. 그것도 로쉐가 집에 있는 주말. 막 주말이 시작되는 토요일 이른 아침. 가족 여행을 가기에 딱 좋은 삼박자가 고루 갖춰졌다.

이 기회를 그냥 보낼 수 없기에 그 소심하고 여린 로쉐가 모든 용기를 다 쥐어짜서 말을 꺼낸 것이었다. 그 모습을 지켜보는 젤리 역시 두 주먹을 불끈 쥔 채 잔뜩 긴장했다. 아, 리리 아가씨. 부디! 제발!

이윽고 리리의 입이 열렸다.

"저…… 바다 가고 싶은데."

"바다?"

"네. 공기 좋고, 물 깨끗한 곳으로요. 이왕이면 바닷물이 정말 깨끗하고 투명해서 바닥까지 들여다보였으면 좋겠어요. 모래도 있었으면 좋겠고요. 음, 좀 더운 곳은 어때요? 물장난을 치고 싶거든요."

살랑살랑. 봄바람처럼 달콤하고 따스한 무언가가 로쉐의 가슴 속으로 스며드는 느낌이 들었다. 눈동자를 반짝거리며, 분홍빛 입술에 수줍은 미소를 띤 채 조심스럽게 가고 싶은 곳을 말하는 리리가 어찌나 사랑스러운지.

젤리 역시 둘 사이에 감도는 훈훈한 기운에 녹아내릴 것만 같았다. 짧은 집사 생활이었지만 이대로 죽어도 여한이 없을 것만 같다는 생각마저 들었다. 어느새 젤리의 두 눈에 진심 어린 눈물이 어른거렸다. 주인님의 행복이 여기까지 전해지고 있었다.

"바다……. 그래, 바다. 바로 떠나도록 하지."

"네? 지금 바로요? 라잇 나우?"

"라…… 뭐?"

"아가씨, 그게 뭐죠?"

"아니, 아무것도 아니에요."

리리는 주술의 힘을 자꾸 잊어버리고 있었다. 그래, 이곳에서는 거리가 얼마나 되든 언제든 떠날 수가 있는 것이다.

바다라니! 그것도 이 세계의 바다라니! 얼마나 예쁠까! 그녀는 드라마나 영화에서 스트레스가 쌓여 가슴이 답답할 때 시원한 바닷가에 가 소리를 실컷 지르는 모습에 환상을 가지고 있었다. 아니, 꼭 바다가 아니라 어디론가 가는 것 자체에도 마찬가지였다. 현실에서의 그녀는 시간과 돈에 치여 가까운 곳이라도 훌쩍 떠날 수가 없었으니까.

어차피 따로 챙길 물건도 없고, 옷가지도 대부분 아이템창에 있었기에 얼마 안 가 바로 떠나게 되었다.

"조심해서 다녀오세요."

리리는 로쉐의 방에 있는 주술진 위에 올라섰다가 고개를 숙이며 인사를 건네는 젤리 때문에 급히 내려왔다.

갑작스러운 리리의 행동에 로쉐와 젤리 둘 다 당황했다. 갑자기 마음이 바뀐 건가!

"젤리는 왜 안가! 너도 가야지!"

"네? 저는 집에 있어야……."

"집에 아무도 없는데 남아서 뭐해! 뭐야, 우리 따라오면 또 일 시킬까 봐 걱정돼서 집에 있겠다는 거야? 혼자 쉬려고?"

"그럴 리가 없잖습니까!"

"그럼 빨리 준비해. 모처럼 놀러 가는 건데 왜 네가 빠져? 말도 안 되지. 아무것도 안 시킬 테니까 빨랑 따라와. 가서 물놀이도 하고, 맛있는 것도 먹고 그러자."

리리는 늘 쉴 틈 없이 일하는 젤리가 계속 안쓰러웠다. 게다가 가족 여행이라며? 그러면 젤리야말로 진짜 가족이 아닌가. 리리의 가족, 로쉐의 가족. 물론 젤리의 입장에선 집에서 혼자 쉬는 것이 진짜 휴식일 수도 있었다. 하지만 정식 휴일은 나중에 주더라도 오늘은 같이 가야만 했다. 첫 가족 여행에 젤리가 빠지는 건 말도 안 됐다.

그 마음이 고스란히 전해졌는지 젤리의 황금빛 눈동자가 눈물을 글썽였다. 그 순간 눈앞에 시스템창이 떠올랐다.

† 성품이 20 증가했습니다.

이게 뭐 별거라고 성품까지 오르나 몰라. 그동안 얼마나 못했으면 이런 당연한 일로 성품이 오르는 건지. 리리는 묘한 기분이 들었다.

"아가씨."

"나중에 정식 휴가는 따로 줄 테니까 오늘은 같이 가서 놀자."

"……알겠습니다."

젤리가 그때부터 떠날 준비를 하기 시작했기에 출발하는 시간이 늦춰졌지만, 로쉐는 기분이 좋았다.

그에게도 집사 안젤리노는 가족이었다. 바쁘고 어설프고 부족한 자신을 대신해 리리를 보살펴주는 소중한 존재였다.

환한 빛이 주술진에 올라간 세 사람을 삼키며, 첫 가족 여행이 시작되었다.

"어서 오십시오! 부디 편하게 쉬었다 가셨으면 좋겠습니다, 다련각 각주님."

처음에는 환한 빛 때문에, 그다음에는 낯선 주위 환경 때문에 어리둥절해하던 리리는 갑자기 큰 소리로 인사하며 코가 바닥에 닿을 듯 허리를 숙이는 사람 때문에 주춤주춤 물러났다.

'뭐야, 이 사람은.'

걸치고 있는 로브를 보아하니 주술사였다. 아무래도 이동해 온 곳은 주술각 내부인 모양이었다.

"잠시 머물러도 괜찮겠지."

"그럼 당연하죠! 미리 준비해 두었습니다. 얼마든지 머무르셔도 됩니다."

어리둥절해 있는 리리에게 젤리가 간단하게 설명해 줬다.

여기는 중앙대륙의 남쪽에 있는 「화련각」으로, 가장 깨끗하고 아름다운 바다가 있는 곳으로 유명해 이리로 오게 되었다는 얘기였다. 게다가 같은 각주여도 그 위치는 천차만별이어서 중앙에 있는 다련각의 각주이자 황궁주술사이자 유일한 신성계열의 최상급 주술사인 로쉐의 영향력은 엄청났다. 더구나 대륙에는 최상급 주술사가 네 명뿐이지만 주술각은 다섯 개였다. 그래서 여기 「화련각」의 각주는 상급 주술사가 임시로 맡고 있다고 했다. 그게 앞에 있는 남자인 모양이었다. 그리고 보니 수업 시간에 그에 대해 배운 기억이 났다.

"저…… 이분들은 누구신지."

화련각 각주는 갑작스러운 로쉐의 방문에 한껏 긴장한 상태였다. 각주님의 일행 역시 깍듯하게 모셔야 했기에 조심스레 물었는데 놀라운 대답이 돌아왔다.

"내 딸이다."

"아, 딸이시군요……. 네? 방금 뭐라고……."

"딸이다. 아무에게도 말하지 말도록."

분명 결혼한 적이 없을 텐데 이렇게 커다란 딸아이라니. 화련각 각주는 순간 당황했지만 급히 정신을 다잡으며 허리를 숙였다. 자세한 사정 따위가 중요한 것이 아니었다. 까라면 까야지. 어쩐지 그가 온다는 사실을 아무에게도 알리지 말라고 하더라니. 그런 그에게 로쉐는 한 마디를 더 던졌다.

"소문이라도 나면. 볼만 하겠군."

만약 로쉐가 딸과 함께 놀러 왔다는 소문이 난다면 그건 눈앞에 있는 화련각 각주의 입에서 흘러나온 말일 것이다.

요 몇 년 사이에 리리의 존재를 안 사람은 지극히 한정되어 있었고 그 중 나니에는 입을 함부로 놀리는 사람이 아니었으니까. 나지막한 로쉐의 협박에 화련각 각주는 땀으로 샤워할 지경이었다.

　'내가? 감히 내가 어찌 그런 짓을 한단 말인가.'

　다련각 각주는 속을 알 수 없기로 유명한 사람이었다. 모든 것을 발밑에 두고 있는 지배자의 눈빛. 싸늘하고 냉정한 분위기. 황제와 지주를 제외하고는 그 누구도 함부로 할 수 없는 위치.

　그는 쩔쩔매다가 각주님 옆에 서 있는 여자아이에게 시선을 던졌다. 자신은 이렇게 무섭고 두려운데 그 아이는 웃으면서 각주님을 올려다보고 있었다. 그것만으로도 당혹스러운데 각주님 역시 사뭇 다정한 손길로 그 여자아이를 이끌고 있었다.

　"자, 가지."

　'그 다련각 각주님이 맞는 것인가.'

　화련각 각주가 혼란에 휩싸여 있던 때, 리리는 황홀한 눈빛으로 로쉐를 올려다보고 있었다. 아, 이 박력. 그녀와의 약속을 지키려고 노력하는 모습. 정말이지 멋진 남자였다.

"와, 진짜 끝내준다."

리리는 앞에 펼쳐져 있는 절경에 입을 다물지 못했다. 어디 화보에나 나올법한 에메랄드 빛 바다로, 어찌나 깨끗한지 헤엄치는 물고기들이 그대로 보일 정도였다. 새하얀 모래 역시 햇빛에 반짝거리며 보석가루처럼 빛나고 있었다. 그 아름다운 모습에 감수성이 5 증가했다는 시스템창이 떠올랐다.

사람은 생각보다 많지 않았다. 그녀는 현실 세계 뉴스에서 보았던 여름 휴가철의 바닷가를 떠올렸다가 생각보다 한산한 해안가를 보고 당황했다.

"이 세계 사람들은 휴가도 안 오나."

물론 리리에겐 더욱 잘 된 일이었다. 모처럼 온 바다인데 사람 반, 물 반이면 얼마나 속상하겠는가. 그녀는 바로 바닷가로 달려가려다 다들 이곳과 어울리지 않는 옷차림이라는 것을 깨달았다. 날씨가 더워서 다른 사람들은 옷차림이 가볍고 노출도 심한 편이었는데, 목까지 꼭꼭 잠근 새카만 제복 위에 검은색 주술사 외투를 걸치고 있는 로쉐와 역시 단정하게 차려입고 하얀색 장갑까지 낀 젤리는 물론, 그나마 가장 가벼운 평상복 차림인 리리도 해변에서 놀만 한 옷차림은 아니었다.

"옷 안 갈아입어요?"

두 사람은 무슨 뜻이냐는 듯 고개를 갸웃거렸다.

'이 사람들, 바닷가에 와놓고 발 한번 담그지 않을 생각이야!'

날씨가 생각보다 더워 그녀의 긴소매마저 답답하게 느껴지는데 저런 옷차림이라니. 이제까지의 경험으로 봤을 때 그녀의 몸은 더위를 잘 타지 않는 체질인 듯했지만 바닷가라서 그런지 습했다. 리리는 소매를 걷어 올리며 말을 이었다.

"그러고 논다고요? 그럼 나 혼자만 물놀이를 하라는 건가요? 아, 쓸쓸해라. 여기까지 와서 혼자 놀아야 한다니."

"아, 아가씨!"

당황한 젤리가 리리를 불렀다. 같이 놀자고 하시더니 이런 뜻이었나! 로쉐 역시 마찬가지의 생각이었다. 그저 딸내미가 꺄르르 노는 모습을 흐뭇하게 지켜보기만 하면 되는 줄 알았는데.

"그리고 덥지 않아요? 보기만 해도 더워죽겠네."

"더운가!"

"……말이 그렇다는 거지만……."

이미 주위를 지나가던 사람들의 시선 역시 잔뜩 모여 있는 상태였다. 그렇지 않아도 눈에 띄는 두 사람인데 이런 날씨에 저런 옷차림이라니 신기할 수밖에 없었다.

"일단 옷부터 갈아입는 것이 좋겠어요."

역시 그들에게 리리는 폭풍 그 자체였다. 둘은 결코 물놀이를 할 생각이 없었음에도 리리의 단호한 말에 엉겁결에 고개를 끄덕이고 말았다. 그 뒤, 셋은 이 동네를 구경할 겸 물놀이를 즐길 수 있는 준비물을 살 겸 번화가에 가보기로 했다.

확실히 이곳은 수도인 세이너트와 분위기가 많이 달랐다. 과거에는 굉장히 번창했었던 지역이라고 들었는데 지금은 살짝 뒤떨어진 느낌이었다. 가장 번성한 중앙에 있다가 와서 더 그런 느낌을 받는지도 몰랐다. 화련각의 크기 역시 다련각보다 절반 이상 작았고 건물의 수나 지나다니는 사람들의 수도 적었다.

게다가 양식이 굉장히 특이한 건물들이 몇몇 보였다. 두꺼운 기둥 위에 세워 허공에 높게 떠 있는 모양새였다. 그런 건물은 아래가 텅 비어 있어 사다리를 타고 올라가야 했다.

"오래전에는 바닷물이 이곳까지 차오르곤 했답니다. 그래서 건물들 사이로 작은 배가 지나다녔다고 하더군요. 저런 건물은 그때의 흔적입니다."

어느 순간부터 바닷물의 높이가 점차 낮아지더니 결국 이렇게 건물만 덩그러니 놓이게 된 것이다. 리리는 현실 세계에 있을 때 사진으로 보았던 어느 외국의 풍경을 떠올렸다. 비가 많이 왔던가, 바닷물이 밀려 들어올 때마다 그랬든가 아무튼 배를 타고 건물 사이를 지나다녔었다. 굉장히 가보고 싶었는데.

"아쉽네. 지금도 그랬으면 좋았을 것을."

"그러게요."

그래도 남아있는 건물만 봐도 나름대로 운치가 있어 리리는 충분히 만족했다.

이 지역 사람들의 성격도 수도보다 조금 더 활기차고 거침없어 보였다. 게임 시스템으로 따지자면 이쪽 사람들이 체력이나 매력 등이 높고 기품이 낮을 것 같았다. 특유의 밝은 에너지들이 고스란히 전해져 어쩐지 더 들뜨는 기분이었다.

그냥 지나가고만 있는데 어찌나 붙잡아대는지 꼭 현실 세계의 수산물 시장이라도 온 것 같은 착각이 들었다. 싸게 해줄게, 식사하고 가, 잘해줄게 등등의 익숙한 멘트들이 여기저기서 들려왔다.

세 사람은 그런 사람들 사이를 지나 해변 관련 물품을 파는 커다란 가게에 들어갔다.

"수영복은 살까, 말까."

리리는 옷을 파는 가게에 들어가 진열되어 있는 수영복을 보고 갈등하고 있었다. 어째서인지 그녀에겐 수영복이 없었다. 로쉐와 젤리도 이곳에 와서야 알아챈 듯 보였다. 그동안은 수영복을 입을 일이 없었던 모양이었다.

'하긴 얼마 못 입을 테니.'

어린아이들은 금방 자라난다. 사봤자 얼마나 입을는지. 그녀는 본인이 입을 수영복인데도 마치 조카 선물을 사듯 떨어져 생각하고 있었다.

'게다가 바닷가에 또 올지 안 올지 모르니까 뭐.'

이번에야 우연히 시간이 맞아떨어졌으니 예정에 없던 여행을 오게 된 거라지만, 앞으로 또 이런 일이 생길지 안 생길지 모르는 것이었다. 돈 아깝겠네. 머릿속에서 계산을 끝낸 리리가 당장 버려도 괜찮을 만한 얇은 원피스와 반바지 하나만 고른 뒤 걸음을 옮기던 찰나였다.

 "이거 어떤가."

 "아가씨, 전 이게 마음에 들어요."

 본인들의 옷을 고르는 줄 알았더니 두 사람은 알록달록 리본까지 달린 수영복을 들고 와서 보여주고 있었다. 리리는 어색하게 웃으며 고개를 저었다. 내 것 말고 그대들 옷을 사시오.

 "저 수영복 안 살 생각인데…… . 난 괜찮으니까 두 사람 옷을 사세요. 계속 그러고 돌아다닐 거예요? 갈아입지 않으면 같이 안 다닐 거예요!"

 "……알겠다."

 "아가씨, 바다에 들어갈 때는 수영복을 입으셔야 합니다. 장소에 맞는 옷을 입는 일은 중요해요. 저 역시 준비가 되어 있지 않은 아가씨 곁에서 놀고 싶은 생각이 없습니다."

 바로 시무룩해져 수영복을 내려놓는 로쉐와 달리 젤리는 리리와 동일한 방법으로 받아치면서 당당한 표정으로 수영복을 내밀었다. 리리는 당황했다. 젤리의 화술 역시 그녀 못지않게 급증한 모양이었다.

 그녀는 멍하게 젤리 손에 들린 수영복을 받아들며 이내 빙긋 웃었다. 어머, 네가 이렇게 나온다 이거지. 예쁜 미소였지만 어쩐지 무서워져 슬쩍 물러나려던 젤리는 금세 리리에게 붙잡혔다.

 "입을게. 입어야지. 암, 입고 말고. 그럼 이제 같이 노는 거야? 젤리도 이런 옷차림으론 놀 수가 없지? 장소에 맞는 옷, 중요해! 아~주 중요해. 자, 그럼 이제 젤리의 옷을 골라보도록 하자."

젤리의 안색이 새하얗게 질렸다. 리리 아가씨에게 귀엽고 깜찍한 수영복을 입히고 싶은 주인님의 바람을 들어주고자 강하게 치고 나갔는데 그 대신 자신이 희생당하게 생겼다.

그는 급히 어색한 웃음을 가득 떠올리며 손사래를 쳤다.

"집사가 물놀이라니요, 그런 가당치 않은 말씀. 전 아가씨와 주인님 곁을 지키고, 무슨 일이 일어날까 긴장을 늦추지 말아야 하며, 식사와 놀이 준비를 도와드려야 하는걸요. 전 두 분이 웃으시는 걸로 충분히 행복하답니다."

물론 리리에게 씨알도 먹히지 않는 말이었다.

"뭘 해? 식사야? 준비야? 여기까지 놀러 와서 일을 하겠단 말이야? 걱정 마. 요리할 필요 전혀 없어. 나 돈 많아. 원래 놀러 오면 현지 음식사 먹어야 제맛이야. 요리할 생각, 뒤치다꺼리할 생각 꿈도 꾸지 마렴."

리리는 행복하다는 듯 웃음소리를 마구 흘리며 가게 이리저리 젤리를 끌고 다니기 시작했다. 사실 젤리는 백발에 금색 눈동자를 가진 아름다운 소년이 아니던가. 무엇을 입든 그림이 되는 법이었다. 젤리는 말 한번 잘못 꺼냈다가 리리의 인형 놀이에 강제 동참하게 됐다.

그 모습을 바라보던 로쉐는 조용히 옷을 골랐다. 아무래도 스스로 고를 수 있는 기회를 주는 지금, 최대한 얌전히 수긍하는 것이 좋을 것 같았다.

로쉐의 생각은 현명했다. 젤리의 옷을 다 고르고 온 리리가 옷을 이미 고른 로쉐를 보며 아쉽다는 듯한 표정을 지었으니까.

리리는 두 사람의 모습을 보며 황홀한 표정을 지었다. 검은색 반소매 티와 긴 바지를 입은 로쉐와 단순히 가벼운 옷으로만 갈아입었는데도 잠시 휴가를 즐기러 온 소공자 같은 이미지를 풀풀 풍기는 젤리. 저런 남자들이 이 몸의 아빠와 집사라니. 현실에서의 리리를 알고 있는 사람이라면 아무도 믿지 않을 얘기였다.

로쉐와 젤리 또한 하얀색 원피스로 갈아입은 리리를 따스한 눈빛으로 내려다보았다. 챙이 넓은 모자로 짙은 푸른빛의 머리카락을 살짝 가리고 하늘하늘한 재질로 만들어진 흰색 원피스를 입은 리리의 모습은 평소보다 상큼한 분위기가 몇 배는 증가한 것 같았다. 깊이를 알 수 없는 바다 같은 눈동자는 들떠 있는지 반짝반짝 빛나고 있었다. 수영복 모습이었다면 더욱 좋았을 뻔했지만 젤리와 타협한 결과였다. 물론 지금도 아주 깜찍했다.

물놀이를 할 도구들은 젤리가 챙겨준 가방 안에 다 들어 있어 따로 살 필요가 없었다. 역시 집사는 집사구나. 리리는 새삼 그렇게 생각했다.

"아, 나도 돈 있는데!"

로쉐가 옷값을 계산하는 걸 보면서 리리가 외쳤다.

"아가씨, 그런 말씀하지 마십시오. 주인님 섭섭하십니다."

"매일 받기만 하잖아. 나도 주고 싶단 말이야."

리리의 투정 아닌 투정에 두 사람은 흐뭇한 미소를 지었다. 그간 거친 행동과 말로 상처를 주었던 그 리리가 맞는지 의심스러울 정도로 사랑스러웠다. 얼마나 애써서 번 돈인지 잘 알고 있는데 그 돈을 쓰게 만든단 말인가. 어차피 돈이야 차고 넘치는걸.

그런 것보단 작은 일 하나까지 신경 쓰고, 예전과 달리 거리를 두지 않는 리리의 모습이 더 큰 선물이었다. 아직 그녀를 둘러싸고 있는 벽까지 완전히 허문 건 아닌 것 같았지만 이 정도면 큰 발전이었다.

셋은 다시 바닷가로 돌아갔다. 도착하자마자 리리는 냉큼 바다로 달려갔다.

"시원해!"

발을 담근 리리가 외쳤다. 파도 때문에 물이 차올랐다 빠져나가며 리리의 발을 간질였다. 바다는 어찌나 깨끗한지 속에 뭐가 있는지 다 들여다보일 정도였다. 그다지 깊어 보이지도 않았다.

리리는 첨벙첨벙 바닷속으로 들어가다가 뒤를 돌아봤다. 어느새 두 사람은 백사장 나무 그늘 밑에서 자리 잡고 앉아 리리를 흐뭇하게 바라보고 있었다. 정말 놀지 않을 생각인가. 하긴 너무 억지로 물속에 들어오라고 하기도 뭣했다. 그리고 보니 젤리는 같이 물놀이를 하자고 할 때부터 표정이 이상한 것도 같았는데, 설마 물을 무서워하나 싶기도 했다.

'그래도 이대로는 아쉬운데.'

혼자서 무슨 물놀이를 하나.

리리는 잠시 바닷물의 시원함을 즐기다가 모래사장으로 걸어 나왔다. 그리고 바닥에 주저앉아 둘을 불렀다.

"무슨 일이시죠?"

"모래성 만들 거야. 같이 만들자."

물놀이가 힘들다면 다른 것을 하면 된다.

"모래성?"

리리는 젤리가 꺼내주는 삽과 빈 통들을 이용해 모래를 쌓기 시작했다.

어차피 겉모습만 열 살이었지만 이런 날은 유치하게 놀아보는 것도 나쁘지 않아 보였다. 어차피 그녀가 실제 열 살일 때도 이러고 놀았던 적이 없으니까.

누가 그랬더라. 어릴 때 어린아이답게 놀지 못하면 다 커서 잃어버린 어린 시절에 대한 동경으로 여러 가지 증세가 나타날 수 있다고.

리리는 어쩐지 씁쓸해진 마음을 추스르며 모래성을 만드는 데 집중하고 있는데 갑자기 주위가 소란스러워졌다. 리리는 고개를 들고는 입을 딱 벌렸다.

"……이게 뭐야."

"모래성입니다. 아가씨."

그 사이 그녀의 몸만한 모래성 하나가 완성되어 있었다. 얼마나 지났다고 이런 걸 완성해? 말이 되나? 게다가 어찌나 완성도가 높은지 주변 사람들이 감탄사를 내뱉고 있었다.

리리는 멍하니 성을 감상하다가 로쉐와 젤리 손에 모래 하나 묻어 있지 않다는 사실을 깨닫고 한숨을 내쉬었다.

"주술로 만들면 어떻게 해요."

"모래성을 원하길래."

"이건 모래성이 아니라 예술품이에요. 게다가 내가 원하는 건 결과물이 아니라 과정이라고요. 같이 토닥토닥 만드는 그 과정!"

아, 그런 것인가. 두 사람은 몰랐다는 듯 눈을 동그랗게 떴다.

"이리와 앉으세요."

"음, 그래."

"……네, 아가씨."

결국 옆에 쭈그리고 앉아 모래를 토닥거리는 두 사람의 모습에 리리는 결국 웃음을 터트리고 말았다. 뭐야, 왜 이렇게 귀여운 건데.

한번 터져 나온 웃음은 쉽사리 멈추어지지 않았고, 거의 숨넘어갈 듯 웃어대는 리리의 모습에 로쉐와 젤리 역시 웃음을 머금었다. 행복하다고 생각하는 세 사람이었다.

"이게 뭐야?"

리리는 갑자기 사라졌던 젤리가 무언가를 내밀자 어리둥절한 표정으로 받아들었다. 그녀의 손바닥만한 조개껍데기였다. 은은하게 감도는 광택의 처음 보는 분홍빛 조개껍데기.

"조개입니다."

"……그건 아는데. 나 주는 거야?"

"예쁘길래 주워왔어요."

확실히 특이하고 예뻤다.

'그니까 나 주려고 조개를 주워왔다는 말이지?'

그녀는 머뭇머뭇 조개를 만지작거리다가 살포시 웃었다.

"고마워."

젤리는 그녀의 인사에 환하게 웃었다.

그녀는 한참이나 그 조개껍데기를 살펴보았다. 기분이 정말 좋았다. 조개껍데기가 예뻤고, 그녀에게 주겠다고 주워온 젤리의 마음 씀씀이가 예뻤고, 리리의 고맙다는 인사에 환하게 웃는 젤리가 예뻤다.

리리는 「보관」을 한 뒤로도 한동안 아이템창에서 시선을 떼지 못했다. 방에다 장식해 놔야지. 액자? 박스? 어떤 것이 좋을까. 그 모습을 바라보던 로쉐가 슬그머니 자리에서 일어났다. 리리는 어떻게 장식해야 만족스러울까 생각하느라 미처 깨닫지 못했다.

그리고 잠시 후, 리리는 로쉐 품에 안긴 조개껍데기들 때문에 할 말을 잃어버렸다. 온통 알록달록 예쁜 껍데기들뿐이었다. 그녀는 생각을 바꿨다. 액자? 박스? 다 필요 없어.

'아무래도 어항을 사야겠다. 어항을 사서 예쁘게 꾸며야겠어.'

리리는 생각보다 귀여운 로쉐 때문에 또다시 웃음을 터트렸다. 그야말로 딸 바보잖아.

그녀는 모래가 가득 담긴 통 역시 아이템창에 보관했다. 첫 여행을 기념할 만한 장식품을 꾸미기 위해서였다. 언제든 오늘을 떠올릴 수 있는 그런 장식품을.

어느새 해가 지고, 리리는 완성된 모래성을 이리저리 훑어보았다. 주술로 만든 것보다야 당연히 어설프고 작았지만 꽤 만족스러웠다. 이왕 게임 시스템에 얽매일 거면 사진처럼 순간을 저장하는 「스크린 샷」이나 「촬영」 기능 좀 남겨주지. 안타까울 뿐이었다.

해가 지자 어두워지는 것은 순식간이었다. 로쉐의 눈동자를 닮은 밤하늘을 바라보던 리리가 옆에 앉아 있는 두 사람에게 시선을 돌렸다.

'이런 행복한 휴가는 기대해 본 적이 없었는데.'

그야말로 드라마나 영화에만 나오는 일이라고 생각했다. 그녀에겐 절대로 찾아오지 않을 행복.

"고마워요. 정말정말 즐거운 휴가네요."

"나도 즐겁다."

"저도 즐겁습니다, 아가씨."

세 사람의 얼굴에는 모두 행복한 웃음이 떠올라 있었다. 리리는 절대 찾아오지 않을 헛된 꿈이라고 생각했던, 로쉐는 나니에게 자랑할 만한, 젤리는 당장 죽어도 여한이 없을 것 같은 그런 휴가였다.

'아쉽다, 어두워진 바닷가에선 불꽃놀이가 짱인데. 이 세계엔 화약이 없으니까 어쩔 수 없지.'

리리는 밤하늘을 비추는 바다를 바라보며 살짝 한숨을 내쉬었다. 그때, 그녀의 마음속이라도 읽은 듯 갑자기 불꽃이 화려하게 하늘을 수놓았다. 꽃송이처럼 피어오르는 불빛이 사람들의 얼굴을 환하게 밝혀주었다. 주위가 소란스러워졌다.

"뭐야, 갑자기?"

"와, 예쁘다!"

"우와, 오늘 무슨 날이야? 이렇게 가까이에서 보는 건 처음이야! 꼭 별들이 쏟아지는 것 같아!"

사람들은 당황하다 곧 환호성을 지르며 기뻐했다. 리리는 멍한 표정으로 하늘을 바라보았다. 사람들의 말대로 밤하늘의 별들이 우수수 쏟아져 내리는 기분이 들었다. 이렇게 크고 아름다운 불꽃은 처음 보는데다 심지어 굉장히 가까워서 빛에 삼켜질 것만 같았다. 리리는 벌어진 입을 다물 수가 없었다.

그런 그녀의 얼굴 역시 불꽃으로 환해졌다 어두워졌다를 반복하고 있었다. 어찌나 화려하고 예쁜지 눈을 뗄 수가 없었다. 감수성이 5 증가했다는 시스템창이 떠올랐지만 겨우 5야? 라고 외치고 싶을 정도였다. 곁에 있던 젤리가 뿌듯한 표정으로 말했다.

"주인님은 신성계열 주술사시니까요. 당연히 「빛」 관련 주술도 사용하십니다."

사실 빛에 관한 주술은 무속성 주술사도 사용 가능했지만 그 차원이 달랐다. 리리는 로쉐에게 시선을 돌렸다. 설마 했지만 그가 이렇게 아름다운 광경을 만들어내고 있는 모양이었다. 보일 듯 말 듯 미소를 슬쩍 걸치고 있는 그의 얼굴도 환하게 밝혀졌다 어둠이 드리워졌다 했다.

"이거 받거라, 리리."

리리는 얼떨결에 로쉐가 주는 물건을 받았다. 팔찌였다. 그녀는 이게 뭐냐고 묻고 싶었지만 입이 떨어지질 않았다. 하지만 로쉐가 그런 리리의 마음을 읽은 듯 먼저 알려 주었다.

"선물이다."

푸른빛이 감도는 진주 팔찌는 불꽃에 따라 수없이 많은 색을 보여주고 있었다. 그 자체만으로도 무척 예뻐 뭐라 표현할 수가 없었는데 팔찌를 착용하니 매력이 10 증가했다는 시스템창까지 떠올랐다. 차마 아이템 확인을 할 엄두가 나질 않았다. 가격 역시 상상조차 할 수가 없어 그냥 마음을 비우기로 했다.

"고마워요. 정말 예뻐요."

"마음에 든다면 다행이다."

"마음에 쏙 들어요. 앞으로 꼭 차고 다닐게요."

로쉐는 그녀의 대답에 조금 더 짙은 미소를 지었다. 그의 밤하늘 같은 눈동자에도 꽃이 피어올랐다. 곁에 있던 젤리 역시 웃고 있었다. 다만 그의 손은 연신 눈물을 닦아내느라고 바빠 보였다. 리리는 그 모습을 바라보다가 급히 눈가를 훔쳤다.

'너무 기쁘면 눈물이 난다고 하더니, 이런 거였구나.'

리리는 환하게 웃으며 하늘을 바라보았다. 너무나도 행복했다.

리리는 꿈만 같은 가족 휴가를 갔다 온 뒤 평범한 일상으로 돌아왔다. 하지만 아이템창에 가득 들어있는 조개껍데기와 모래, 그녀 팔에 있는 팔찌가 사진 대신 그 날의 추억을 되새김질할 수 있게 해주었다.

조개껍데기와 모래는 언제 한번 날 잡아서 어항에 정리해야겠다고 생각 중이었고, 팔찌는 매일 끼고 있었다.

그 이후로는 별다른 일없이 무용 교육 두 시간, 주술 교육 두 시간, 다련각 아르바이트 네 시간의 일정을 시작했다.

하지만 그 주 목요일이 되자 일정을 바꿔야 할 일이 생겼다. 리리는 그날 아침부터 들떠있는 상태였다. 계산을 해보니 바로 「중급 주술사」가 되는 날이었기 때문이었다. 사실 리리 멋대로의 기준이었지만 어느샌가 철석같이 믿고 있었다. 하급 주술사는 그렇다 치더라도 중급 주술사는 주술력이 200이 넘으면 되지 않을까.

중급 주술사가 되면 더 이상 다련각에서 교육을 받을 필요가 없었다. 이후에는 미리 정해놨던 것처럼 로쉐에게 배우면 된다. 또한 다련각 아르바이트도 그만둘 생각이었다. 설렁설렁 일해서 15실버나 받으니 괜찮은 아르바이트였지만 요즘에는 수치 변동이 너무 낮아 고민하고 있던 참이었다. 이제까지는 주술 수치를 한시 빨리 200까지 높이고 싶어서 주술과 지력이 1~2씩 증가해도 계속 아르바이트를 했었지만, 이제는 그럴 필요도 없었다.

'이 기회에 시장 알바나 해봐야지.'

그렇지 않아도 동쪽 섬인 새디아에서 챙겨온 물건들을 판매해야 했다. 하지만 시세를 모르고 무작정 판매했다가는 나중에 후회하게 될 것 같았다. 일단 그녀의 겉모습은 고작 열 살이니 사람들이 더 만만하게 볼 거다. 이제 갈 수 없는 장소에서 가져온 물건을 손해 보면서 팔고 싶진 않았다. 어차피 당장 돈이 필요한 것도 아니고, 좀 늦게 팔아도 신중한 편이 나았다.

'역시 시장 알바일까? 화술도 늘 거고, 시세도 알 수 있고. 혹시 물건 매매 관련 스킬이 생길지도 모르고.'

이런저런 생각을 하며 다련각 아르바이트까지 끝마쳤는데 그녀의 예상과 달리 「중급 주술사」라는 호칭은 생기지 않았다. 리리는 상태창을 열어 주술력 수치를 확인해보았지만 분명히 200이 넘어 있었다.

'혹시 중급 주술사 기준이 200이 아닌가?'

일단 확인은 해봐야겠다는 생각이 들어 리리는 다시 위층으로 올라가 주술을 가르쳐주는 주술사 중 한 명에게 물어보았다.

"제가 중급 주술사가 됐는지 확인해보고 싶어요. 어떻게 확인해야 하죠?"

"중급 주술사라고?"

주술사는 어이없다는 듯 그녀를 훑어보았다. 열 살밖에 되지 않은 어린 소녀가 벌써 중급 주술사가 될 리가 없었으니 지극히 당연한 반응이었다.

리리는 그의 반응에 불안함을 느꼈다. 중급 주술사가 되기 위해선 수치뿐 아니라 또 다른 조건을 달성해야 할지도 모른다는 생각이 들었다. 아니면 주술력이 5, 600 정도는 되어야 하는 건 아니겠지?

하지만 코웃음을 치던 주술사는 잠깐 멈칫하더니 자리에서 일어나 리리를 살펴보기 시작했다.

"음? 설마?"

그는 놀랍다는 표정을 감추지 못했다. 리리의 주술력을 파악하기가 어려웠기 때문이었다. 주술력은 눈에 보이는 것이 아니었지만 같은 주술사끼리는 그 기운을 느낄 수가 있어 상대방의 힘을 어느 정도 파악할 수 있는 편이었다. 물론 자신보다 높으면 불가능했다. 주술사는 부적을 하나 건넸다.

"주술력을 한번 운용해 보아라."

리리는 부적을 들어 올린 채 눈을 감고 기를 느꼈다. 그동안 배운 대로 몸속에 있는 기운과 그 기운에 이끌려 주위를 둘러싸는 자연의 기운을 조심스럽게 움직여 보았다.

그때였다. 리리가 들고 있던 부적이 꿈틀거리나 싶더니 곧 살아있는 뱀처럼 그녀의 팔을 둘둘 감싸며 올라왔다.

"으앗!"

리리는 너무 놀라 팔을 휘두르며 떼어내려 했지만 소용이 없었다.

"오오, 이럴 수가."

주술사는 그 모습을 바라보며 감탄을 했다. 그녀는 그 모습에 화를 내듯 소리쳤다.

"당장 떼어내요! 당장!"

소름이 오도독 돋았다. 무섭고 끔찍했다. 하지만 주술사는 놀랍다는 표정으로 그녀를 바라볼 뿐이었다.

"징그러! 이게 뭐야!"

리리는 버둥거리기도 하고 반대쪽 팔로 털기도 하며 떼어내려 애썼지만 종이로 이루어진 그 뱀은 찰싹 달라붙어 떨어질 생각을 하지 않았다. 꼭 밧줄처럼 보였다. 주술사는 이제야 겨우 정신을 차린 모양인지 방법을 알려주었다.

"정신을 집중하거라. 그건 단순히 부적에 지나지 않으니 네 의지에 따라 움직일 것이다. 조금 전처럼 주술력을 이용하도록 해라."

"내, 내 의지?"

리리는 주술사의 말에 날뛰던 것을 멈추고 주술력을 조종하기 위해 집중하기 시작했다. 그러자 신기하게도 밧줄 같기도 하고 종이 뱀 같기도 한 부적이 그녀의 의지대로 스르륵 풀려나갔다. 그리곤 다음 명령을 내려달라는 듯 바닥에서 꿈틀거렸다.

"대단하군! 이렇게 어린 소녀가 중급 주술사가 되다니! 게다가 이토록 빨리 적응할 줄이야. 허어, 소름이 끼치는군."

'소름은 내가 끼친다.'

리리는 닭살이 돋은 팔을 긁적거리며 종이 뱀을 내려다보았다. 어찌나 놀랐는지 예의고 뭐고 얼른 떼어달라며 화를 내고 말았다. 하지만 주술사는 기분 나빠하기는커녕 즐겁다는 듯 웃다가 곧 다급하게 뛰어 나갔다.

"잠깐 기다리거라."

"어, 어딜 가세요!"

리리는 서둘러 외쳤지만 횅하니 모습을 감춘 뒤였다. 그녀는 종이 뱀과 눈싸움을 하듯 계속 노려보다가 갑자기 떠오른 시스템창에 화들짝 놀랐다.

† 호칭 「중급 주술사」가 생겼습니다.
† 명성이 200 증가했습니다.
† 호칭 「천재 주술사」가 개선되었습니다.

얼른 호칭창을 열어보니 「천재 주술사」라는 호칭에 「자신보다 주술 실력이 낮은 이들에게 존경심을 일으키며 선망의 대상이 되기도 한다. 가르침을 줄 수도 있다.」라는 부분이 추가되어 있었다.

하지만 미처 기뻐하기도 전에 갑자기 주술사들이 들이닥쳤다. 주술 교육을 가르쳐 주던 주술사들은 물론이고 처음 보는 상급 주술사들, 덤으로 수업을 받던 몇몇 아이들까지 모조리 내려와 그녀를 둘러쌌다.

"이렇게 어린데 중급 주술사라니."

"말이 안 나오는군. 나는 얼마 전에야 겨우 중급 주술사가 되었는데 말이야."

"무속성이라는 점이 무척 안타깝군. 하지만 이것만으로도 아주 놀라운 일이야."

이내 주술사들은 리리에게 제안을 하기 시작했다.

"내 조수가 되지 않겠나. 보수는 괜찮게 챙겨줄 수 있네."

"따로 가르침을 주고 싶군. 제자가 되는 것은 어떤가."

"혹시 개인 과외 해줄 수 있나요? 돈은 얼마든지 드릴게요."

리리는 그 제안들에 순간 혹했다.

'개인 과외면 숨겨진 알바겠지? 게다가 조수 일은 수치 증가는 물론이고 보수까지 괜찮을 거 같은데, 일단 승낙해볼까?'

하지만 결국 리리는 모두 거절했다. 괜히 제자나 조수가 되었다가 성력을 지니고 있다는 사실을 들키면 골치 아파진다. 그리고 어딘가에 얽매여있기도 싫었다.

그녀는 배우고 싶을 때 배우고 일하고 싶을 때 일하는 자유로운 영혼이 되고 싶었다.

게다가 앞으로 최상급 주술사인 로쉐에게 주술을 배울 예정이었으니 가르침이나 수치 증가도 안타까워할 필요가 없었다. 높은 보수는 조금 아쉬웠지만 어차피 능력치가 높아지면 더 보수가 높은 아르바이트가 분명 생길 테니 쉽게 포기할 수 있었다.

리리는 인생사는 것이 이렇게 쉬워질 줄 몰랐다. 고작 교육 하나 꾸준히 받는다고 중급 주술사까지 오르다니 다른 사람들은 꿈도 꾸지 못할 일이었다. 실제로 리리와 수업을 같이 시작한 아이 중에는 기를 느끼지 못해서 주술 교육을 포기한 아이도 있었고, 지금에서야 간신히 기를 느끼기 시작한 아이도 있었다. 리리처럼 교육을 받는다고 무조건 수치가 올라가는 것도 아니고, 심지어 재능이 있는지 없는지도 알지 못하니까. 얼마 전까지만 해도 리리는 그 아이들과 같은 처지였다.

어쨌건 생각대로 중급 주술사가 무사히 돼서 다행이었다. 다음날부터는 무용교육 두 시간, 검술교육 두 시간, 시장 아르바이트 네 시간으로 일정을 짜놨기 때문이었다. 무용교육이야 아직 기초도 떼지 못한 상태였고, 무엇보다 재미있었기에 굳이 바꿀 필요성을 느끼지 못했다.

리리는 처음에는 별로 검술이 필요하다고 생각하지 않았지만 새디아에 다녀온 후 새로운 상태창이 뜨는 걸 보고 생각을 바꿨다. 아무리 주술이 뛰어나다고 해도 무슨 일이 일어날지 모르니 검술도 배워 두는 것이 나을 것 같았다. 요즘은 정신없어서 잊고 있었지만 정체불명의 남자가 자신의 머리카락을 자른 사건도 있었고.

"안녕하세요. 리리입니다. 잘 부탁드려요."

검술 사범인 베드로는 살벌하게 생긴 아저씨였다. 키가 굉장히 컸고 팔과 다리가 리리의 몸통만 했다.

짙은 눈썹을 가진 이마는 늘 찌푸리고 있는 모양인지 깊은 주름이 져 있었다. 눈빛은 또 어찌나 날카로운지 시선만으로도 주눅이 들 정도였다. 그녀가 생각하는 기사의 이미지는 영화에서나 등장할 법한 늘씬하고 늠름한 남자였기에 생각보다 더 산적 같은 베드로의 겉모습에 깜짝 놀랐다.

"반갑다. 베드로라고 한다. 보아하니 열심히 배워야겠군. 툭 치면 팔다리가 부러질 수도 있겠는걸. 일단 저쪽 탈의실에서 수련복으로 갈아입고, 오늘은 기초 훈련을 하지."

"네, 넵!"

그렇지 않아도 리리는 베드로의 모습에 겁을 먹은 상태였는데, 그 말에 더욱 움츠러들었다. 정말 베드로가 저 두껍고 단단해 보이는 팔로 건드리기라도 한다면 어딘가 부러질 것 같았다. 리리는 혹시라도 늦장을 부린다고 혼이라도 날까 봐 도망치듯 탈의실로 향했다.

리리가 수련복으로 갈아입은 뒤 수련장으로 나오자 커다란 기합 소리가 여기저기서 터져 나오고 있었다. 마치 영화 속 한 장면 같았다. 특히 살짝 베여도 큰 상처가 날 듯 위험해 보이는 검을 들고 휘두르는 사람들을 보니 살짝 겁이 났다.

그나마 다행인 점은 리리처럼 어리거나 서툰 사람들은 연습용 목검으로 훈련을 받는다는 것이었다. 리리는 쭈뼛쭈뼛 다른 사람들의 연습을 봐주고 있는 베드로에게 다가갔다.

'검술 사범이 저런 남자면 체술 사범은 대체…….'

"일단 준비 운동부터 시작하지. 자, 다리 운동. 하나, 둘, 셋, 넷, 다섯, 여섯, 일곱, 여덟."

"둘, 둘, 셋, 넷, 다섯, 여섯, 일곱, 여덟!"

리리는 베드로의 움직임을 따라 하며 구호를 외쳤다. 준비운동은 어렵지 않았다. 원래 세계에서 쉽게 접할 수 있었던 스트레칭이나 간단한 근력 운동이었기에 리리가 곧잘 따라 하자, 베드로는 준비 운동의 속도를 높였다.

그러다 보니 균형을 잡기 힘든 자세나 익숙하지 않은 자세에선 허둥거리며 시간을 지체하기도 했다. 그녀가 시간을 잡아먹을수록 그가 다른 아이들을 봐줄 수 있는 시간이 줄어들기에 마음이 조급해졌다. 고작 준비 운동에서 헤매고 있는 게 부끄러웠다. 하지만 베드로는 그런 리리를 재촉하지 않고 자세 잡는 방법을 자세히 알려주며 그녀가 차분하게 따라 할 수 있도록 도와주었다.

"천천히 하거라. 준비운동은 별거 아닌 것처럼 보이지만 몸을 풀어주는 가장 중요한 운동이다. 검술을 배우는 것도 좋지만 무엇보다도 다치지 않는 것이 우선이니까. 앞으로는 오자마자 옷을 갈아입고 다른 이들과 함께 준비운동을 해라. 알겠나?"

"아, 알겠습니다!"

"팔다리가 너무 가늘어 목검을 휘두를 수 있을지 모르겠군. 일단 체력부터 기르는 편이 좋겠다. 자, 돌아라."

"……네?"

리리는 베드로의 밑도 끝도 없는 말에 멍한 표정으로 되물었다. 그는 수련장을 가리키며 손가락으로 큰 원을 그리며 말했다.

"이렇게 크게 돌아라. 당분간은 기초 체력을 키우는 위주로 가르쳐 줄 거다."

"아, 네."

그녀는 수련장 내부를 크게 돌기 시작했다. 다른 아이들은 가운데서 목검을 휘두르기도 하고 대련을 하기도 하는데 조금 쑥스러웠다.

"더 빨리 뛰어라."

하지만 길게 생각할 틈이 없었다. 베드로가 뒤에서 쫓아왔기 때문이었다. 곰 같은 남자가 뛰어오니 저절로 속도가 빨라졌다. 리리는 자신도 모르게 재빠르게 도망가고 있었다.

'무, 무서워!'

"음, 제법 잘 뛰는군."

그 사실을 모르는 베드로가 만족스럽게 중얼거렸다. 만약 그가 검을 들고 달려든다면 죽기 살기로 막아낼 듯하니, 확실히 교육적인 면에선 상당히 도움이 될 것 같은 얼굴이었다.

그녀는 수련장 내부를 빙빙 돌았다. 처음에는 베드로 때문에 겁에 질려 미처 느끼지 못했지만 계속 뛰다 보니 상쾌하고 뿌듯했다. 이렇게 오래, 빨리 뛰는 것은 처음임에도 몸은 가벼웠고 많이 힘들지도 않았다. 얼굴에 닿는 바람과 두근거리는 심장 소리 때문에 기분도 좋았다.

"그만."

베드로가 리리를 세웠다. 그녀는 거칠게 헐떡이며 자리에 주저앉았다. 하지만 그는 가만히 두지 않았다.

"일어나라. 쉴 때도 서서 쉬도록 해."

"넷!"

리리는 몸을 일으킨 뒤 흘러내리는 땀을 닦았다.

"자, 따라 해라. 깊게 마시고 내쉬고, 또 깊게 마시고 내쉬고."

그녀가 심호흡하며 숨이 점차 진정되어가자 베드로의 눈빛이 빛났다.

"이제 보니 기본 체력은 가지고 있군."

"그런가요? 감사합니다."

리리는 인사하며 배시시 웃었다. 현재 그녀의 체력은 205, 근력은 183으로, 다른 사람과 수치를 비교할 수가 없어 어떤지 궁금했는데 나쁘지 않은 모양이었다. 리리는 새삼 꾸준히 올린 보람을 느꼈다.

현실에 있을 때는 내세울 만한 장점 하나 없는 평범한 하루살이였는데 이 세계에 와서 온갖 자랑스러운 호칭을 얻고, 다양한 곳에서 인정받았다. 물론 주말마다 농장일을 하며 체력과 근력을 키웠으니 노력을 한 거긴 했지만, 현실에서는 아무리 노력해도 인정받기가 힘들었다.

리리가 베드로의 칭찬에 활짝 웃자 주위 분위기가 묘하게 바뀌었다. 온통 남자들만 득실거리던 곳에 여자아이가 끼어들자 자연스레 시선이 몰린 것이다.

게다가 리리의 매력 수치는 361로, 겨우 열 살 소녀인 것치고 굉장히 높은 편이었다. 타고난 수치 자체가 높았던 데다 꾸준히 받아온 무용 교육 덕분이었다.

물론 리리는 자신이 가진 수치가 어느 정도 수준인지 알 수가 없었기에 자각도 없었다. 매력이 높으니 아무리 머리카락과 눈동자 색을 바꾸고 싸구려 옷을 입는다고 해도 어딜 가나 눈에 띄었는데, 리리는 그걸 매력 수치 때문이라고는 생각하지도 못하고 있었다.

베드로 역시 리리의 사랑스러움에 잠시 넋을 놓았다가 급히 헛기침을 하며 추슬렀다. 그러고는 여전히 멍하게 그들을 바라보고 있는 학생들에게 버럭 소리를 질렀다.

"뭐하나! 각자 연습에 집중해!"

바로 앞에서 그 큰 목소리를 듣게 된 리리는 화들짝 놀라 뒤로 물러났다.

"아, 괜찮은가."

"괜찮아요. 그냥 좀 놀라서."

무슨 목소리가 이리도 큰 건지. 기차 화통을 삶아 먹었다는 표현이 딱 맞았다.

어쨌거나 그녀는 자신이 가진 영향력을 깨닫지 못한 채 헤실헤실 웃으며 수업을 받았다. 체력이 생각보다 쓸만하다고는 하나 아직 검을 쥐여주기에는 못 미더운 모양인지 계속 기초 체력 운동 위주였다. 기초여도 종종 어려운 동작이 나오곤 했기 때문에 실수가 잦았고 리리는 어색한 웃음으로 때우며 넘어갔다.

그때마다 수련장은 술렁였다. 모두 몽롱하게 풀어진 눈으로 리리를 훔쳐보느라고 바빴으니까. 처음에는 그런 수련생들을 나무라던 베드로 역시 나중에는 같은 표정으로 흐뭇하게 리리를 내려다보았다. 정말이지 사랑스럽기 그지없는 소녀였다.

리리는 수업이 끝나기 5분 전에 탈의실로 걸어갔다. 온몸이 땀으로 흠뻑 젖어있었지만 곧 이동 시간이기에 씻을 시간이 없었다. 그녀는 대충 물수건으로 땀을 훔치고 옷을 갈아입었다. 어느새 다들 갈 준비를 마치고 그녀를 기다리고 있었다. 리리는 서둘러 제자리에 섰다.

"수고하셨습니다!"

"그래, 수고했다."

시장으로 이동하려는데 시스템창이 떠올랐다.

† 호칭 「수련장의 요정」을 얻었습니다.
† 호칭 「수련장의 요정」에 의해 명성이 20 증가했습니다.
† 체력이 4 증가했습니다.
† 근력이 4 증가했습니다.

계속 기초 체력 운동만 했으니 전투 관련 수치가 아닌 체력과 근력 수치가 올라가는 것은 그렇다 쳐도 호칭이라니? 리리는 어리둥절하여 호칭창을 열었다.

† 수련장의 요정
:: 사내들의 땀 냄새로만 가득 차 있던 수련장에 한 떨기 꽃 같은 소녀의 등장은 소년들의 가슴에 불을 지피기 제격이다. 소년들은 소녀의 우아한 몸짓에 넋이 나가 요정이라고 떠받들며 소녀에게 잘 보이기 위해 더욱더 수련에 매진할 듯하다. 비록 소년들의 입으로만 전해지는 허풍 같은 호칭이기에 명성 수치는 높지 않지만, 덕분에 이익을 보는 사범에게는 무한한 애정을 받을 수 있을지도.
「수련장의 소년들에게 호감과 보호본능을 일으킨다. 또한, 호칭을 들은 소년들의 호기심과 호감을 일으킨다.」

기가 막힌 호칭이었다. 그녀는 어이없는 설명에 잠시 멍하니 서 있었다.

'뭐야. 유일한 여자라서 그런가.'

무용 수업에 남학생이 없듯이 검술 수업에선 리리가 유일한 여학생이었다. 아무래도 이 세계는 전반적으로 여자는 아름답고 우아해야 하며 남자는 씩씩하고 거칠어야 한다는 인식이 깔려 있기 때문이었다. 그렇다고 남녀차별이 심한 세계는 아니었다. 리리는 알 수 없었지만 체술 수업의 사범은 여자였다.

리리는 이내 미소를 머금었다. 수련장의 요정이라, 나쁜 호칭이 아니었다. 모두 그녀를 예쁘게 봐준 것이다. 눈에 띄는 것을 좋아하지 않는 그녀의 성격상 골치 아플지도 모르겠다는 걱정도 됐지만 이왕 이렇게 된 일 즐겨보자고 생각했다.

리리는 소년들에게 미스코리아처럼 손을 흔들어 준 후, 바로 시장으로 이동했다. 그녀의 애교 어린 미소에 풋풋한 소년들의 가슴에는 불이 지펴졌다.

현실 세계와 가장 비슷한 곳을 꼽으라면 단연 시장이었다. 여기저기서 흥정하는 사람들과 이건 너무 하다며 다 죽어가는 소리를 내는 사람 등 시끌벅적했다.

이 세계에서는 몇몇 개의 큰 상단이 물건 대부분을 유통하고 있었는데 대표적인 상단은 아센 상단과 히로크 상단이었다. 그중 중앙 상단인 아센 상단이 가장 크고 영향력도 강했다.

이상한 것이 있다면, 사람들은 히로크 상단 이야기만 나오면 안색이 변해서는 쉬쉬하는 모습을 보이곤 했다. 리리는 그 이유가 궁금했지만 딱히 캐물으면서까지 알아야 할 필요성은 느끼지 못했다.

리리가 일하게 된 제일 시장 안 액세서리 전문점은 대부분의 가게처럼 가판대에 물건들을 올려놓고 지나가는 사람들을 대상으로 판매를 했다. 사실 전문점이라고 보기에는 문제가 있었다. 액세서리가 다른 물건보다 조금 더 많을 뿐 옷이나 신발, 앞치마 등도 함께 놓여있었다. 하긴 시장에서 전문성을 따지는 것도 웃기는 일이었다.

리리는 물건을 정리하거나 청소, 심부름 등의 잡다하고 간단한 일을 하게 됐다. 처음부터 물건 판매를 시키기에는 나이가 너무 어린 까닭도 있었지만, 무엇보다도 이 시장은 정찰제가 아니었다. 물론 기본가격은 있지만, 일단은 손님의 옷차림이나 분위기를 살펴 적절하게 가격을 매겨 팔아야 하는데 그런 일을 시장일이 처음이라는 리리에게 맡기기는 어려웠다.

시장의 특성상 바쁠 때는 단순한 심부름이나 물건 정리만으로도 일이 많은 모양이지만 오늘은 꽤 한가했다. 덕분에 물건 정리하는 방법이나 진열하는 방법 등 이것저것을 배울 수 있었다.

수확도 있었다. 물건의 대략적인 가격을 살피다가 지금 입고 있는 옷을 살 당시 바가지를 썼다는 사실을 알 수 있었으니까. 하필이면 주술각 물건에 집 한 채가 왔다갔다하는 모습을 보다가 시장에 오니 마냥 싸게 느껴졌던 모양이었다.

'어쩐지 싱글벙글 웃더라니.'

그냥 몸에 배어있는 장사꾼의 습성인 줄 알았더니 그게 아니었나 보다. 리리는 어딜 가든 정신 바짝 차리고 두루뭉술하게 살면 안 된다는 것을 다시 한 번 깨달았다.

리리가 가게 안쪽에 앉아 물건들을 살피고 있는데 누군가가 말을 걸어왔다.

"저기요."

"네? 아, 네."

손님이었다. 장을 보러 나온 아줌마인 듯 식재료를 가득 담은 장바구니를 들고 있는데 제법 사람 좋은 미소를 짓고 있었다. 리리는 크게 당황해 가판대 쪽을 바라보았다. 아무도 없었다. 주인이 잠깐 자리를 비운 모양이었다.

'아니, 말도 없이 사라지면 어쩌라는 거야.'

발을 동동 구르고 있는데 손님이 또다시 말을 걸어왔다.

"엄마 도와주러 나온 거야? 어려 보이는데 기특하네."

"아니요, 여기서 일하는 직원이에요."

리리의 말이 의외인 모양인지 그녀는 두 눈을 동그랗게 뜨며 되물었다.

"직원이라고? 어머."

"근데 무슨 일로……."

"아, 이거 가격 좀 물어보려고. 근데 밖에는 사람이 없길래 들어와 봤지."

그녀가 내민 것은 가짜 진주가 촘촘히 박힌 목걸이였다. 비록 가짜라고는 하나 꽤 예뻤기에 인기가 많은 상품이었다. 리리는 필사적으로 기억을 되짚어 보았다. 판매하던 것을 분명히 봤었다.

'가격이 얼마였지.'

리리가 머뭇거리자 모른다고 생각한 모양인지 여인은 사람 좋은 미소를 다시 지어주며 목걸이를 건넸다.

"모르면 할 수 없고. 딸아이의 생일인데 뭘 줄까 고민하다가 마침 보이길래 들어온 거니까."

"아, 생일이요?"

그녀는 목걸이를 받아 들며 물었다가 곧 생글생글 웃으며 말을 이었다. 뭘 당황하고 있었던 건지 자신을 이해할 수가 없었다.

"결혼 안 한 이모인 줄 알았는데, 딸이 있었어요?"

"뭐? 어머, 얘가. 이모는 무슨 이모야. 딸애 나이가 열넷이야."

"열네 살이요? 말도 안 돼. 우리 엄마보다 나이가 많겠네요? 훨씬 젊어 보이는데?"

여인은 내심 기분 좋은 모양인지 활짝 웃었다. 젊어 보인다는 칭찬은 여기서도 통하는 듯 보였다. 리리는 물건을 담아둔 상자를 뒤적거리다가 팔찌와 목걸이를 꺼내왔다.

"열넷이라면 저보다 네 살 언니네요. 그 목걸이보다는 이게 더 나아요. 귀여우면서 여성스러우니까요. 봐요, 여기 달린 리본이 깜찍하죠?"

"음, 이것도 괜찮네. 이건 얼만지 아니?"

"알다마다요. 근데 이거 두 개 합쳐도 그 진주 목걸이보다 싸요. 예쁘긴 이게 더 예쁜데도 말이에요. 어찌나 인기가 좋은지 몇 개 남지도 않았어요. 생일이라고 했으니까 제가 특별히 조금 더 싸게 드릴게요. 대신 주인아줌마한테는 비밀이에요."

리리는 검지를 입술에 가져다 대며 눈웃음을 지었다. 자신이 가지고 있는 장점을 충분히 이용한 모습이었다. 그런 리리를 귀엽다는 듯 바라보던 여인이 결국 돈을 건넸다. 간단하게 물건을 판매한 것이다.

"그럼 열심히 해."

"네, 또 오세요."

"어? 아, 안녕히 가세요."

"네, 수고하세요."

때마침 들어오던 가게 주인이 서둘러 인사를 했다. 그러고는 리리에게 다가왔다.

"이거랑 이거 팔았어요. 두 개 합쳐서 5실버. 돈은 여기요."

"5, 5실버? 이거를 5실버에 팔았다고?"

가게 주인은 놀라움을 금치 못했다. 그럴 수밖에 없었다. 하나에 1실버도 채 안 하는 물건이었으니까. 재고가 몇 개 없어 대충 늘어놓고 떨이로 판매하려고 빼놓았던 상자에 있던 물건이었다. 리리 역시 떨이용이라는 사실을 잘 알고 있었다. 그녀가 직접 정리했으니까.

"자, 잘했다."

그녀는 얼떨떨하게 칭찬을 해주는 가게 주인에게 생긋 웃으며 대답했다.

"뭘요. 별거 아니에요."

겉모습은 열 살일지 몰라도 실제 나이는 스물네 살이 아니던가. 게다가 별별 아르바이트를 다 해본 경험이 고스란히 남아 있었다.

이 정도는 식은 죽 먹기보다 쉬웠다.

하지만 뿌듯해하고 있을만한 일이 아니라는 사실을 얼마 안 가 깨달을 수 있었다. 시장일을 마치고 시스템창이 떠올랐을 때였다.

† 지력이 2 증가했습니다.
† 화술이 4 증가했습니다.
† 도덕성이 2 하락했습니다.

바로 도덕성이 하락했다는 내용 때문이었다. 리리는 충격에 휩싸였다. 높지도 않은 수치가 하락하는 꼴을 두 눈 뜨고 볼 수가 없었다.

'왜 하락한 거지? 거짓말을 해서? 제값보다 비싸게 팔아서? 그것도 딸 선물이라는데 바가지를 씌워서?'

아무래도 세 가지 모두 이유가 될 듯했다. 리리는 앞으로는 조심해야겠다며 한숨을 내쉬었다.

토요일 아침, 리리는 이제는 당연하게 느껴지는 젤리의 "일어나세요,

아가씨." 버전 알람 소리로 아침을 맞이했다.

"요즘엔 아침 준비 시간이 빨라지신 것 같습니다, 아가씨."

"적응했나 봐. 그리고 체력이 좋아져서 그런지 아침에 일어날 때 별로 안 힘들어."

"잘되었군요. 건강이 최우선입니다."

"나도 알아. 그러니까 젤리도 너무 열심히만 하지 말고, 적당히! 오케이?"

식당으로 걸어가면서 주고받는 아침 인사였다. 다정다감한 리리의 말에 젤리는 얼굴을 살짝 붉히며 대답했다.

"오케이입니다."

고작 집사일 뿐인 그를 이리 신경 써주는 아가씨가 고마웠고 기뻤다.

리리는 그런 젤리를 바라보며 웃음을 머금었다. 그녀가 가르쳐준 오케이라는 단어를 어색하게 내뱉는 젤리의 모습은 정말이지 깨물어주고 싶을 정도로 귀여웠다.

리리가 이 세계에 적응하고 이들에게 마음을 열수록 젤리와 로쉐 역시 여러 가지 모습을 보여주었다. 젤리는 어떨 때는 이성적이고 차분해서 나이를 가늠할 수 없는데 또 이렇게 보면 겉모습에 맞는 순수한 소년 같았다. 살짝 붉어진 복숭아 같은 뺨이 마치 소공자처럼 보였다.

'누가 이런 소년을 집사로 보겠어.'

너무나 투명하고 아름다운 백발과 영롱한 금안. 겉모습만 보면 귀족, 아니 왕자라고 해도 믿을 것 같았다. 가끔은 사람이 아닌 것 같다고 느껴질 때도 있었다. 그려놓은 듯 아름다운 얼굴이나 신비로운 분위기 때문이었다.

'어쩌다 집사가 되었을까.'

그녀가 현실에서 했던 게임을 떠올려보면 주인공은 인간이 아니었고, 그녀를 보살피는 집사 역시 마족이었나, 요정이었나 아무튼 인간은 아니었다. 그렇게 따지면 젤리는 마족보단 요정, 요정보단 천사 같지만.

식당에 가까워지자 맛있는 냄새가 풍겨왔다. 반사적으로 배가 고파졌다. 리리는 식탁 앞에 앉아 있는 로쉐에게 아침 인사를 건넸다.

"좋은 아침이에요."

"음, 잘 잤나. 오랜만이군."

"네. 잘 잤어요. 요즘엔 잠도 잘 자고, 아침에도 피곤하지 않고, 힘도 넘쳐나요. 체력이 많이 좋아져서 그런가 봐요."

로쉐는 재잘거리는 그녀의 말에 슬쩍 미소를 걸쳤다. 리리는 전보다 활기차 보였으며 더욱 예뻐져 있었다. 어쩐지 불안한 마음도 들었다.

'너무 예뻐지면 곤란한데. 이 귀한 보석을 도둑놈들이 탐내면 어찌하나.'

리리는 젤리에게 잘 먹겠다고 인사를 건네준 뒤 포크를 들어 올렸다. 그리고 식사를 하면서 로쉐를 쳐다보았다.

'이미 내가 중급 주술사가 된 걸 알고 있겠지? 다련각 각주니까 이미 보고를 들었을 거야. 근데 왜 말을 안 꺼낼까. 일부러 자랑할 시간을 마련해주는 건가. 역시 다정하다니까.'

결국 리리가 가볍게 웃으며 말을 꺼냈다.

"저 중급 주술사가 되었어요."

"이야기는 들었다. 대단하더구나."

"네! 중급 주술사로 올라서던 날, 다련각에 있던 주술사들에게 얘기

들었어요. 이렇게 어린 중급 주술사는 처음이라고."

로쉐는 흐뭇하게 웃었다. 확연하게 드러나는 미소가 아니었지만 그래도 많이 부드러워진 표정이었다.

그렇지 않아도 요즘 로쉐의 분위기가 많이 풀렸다며 나니에가 같이 기뻐해 주었다. 나니에는 그 소심하고 우울하던 로쉐 각주님이 딸이 생겼다고 이렇게까지 변하다니 그저 신기할 따름이었다. 마음속에 행복이 들어차니 여유롭고 긍정적인 성격으로 변하는 것 같았다.

"앞으로 토요일마다 주술을 가르쳐주마."

"토요일이요? 괜찮겠어요? 모처럼 쉬는 날인데……. 저 때문에 괜히 일거리만 더 늘어나서 어떻게 해요."

"괜찮다. 어렵지 않아. 네 시간 정도면 충분하겠군."

사랑스러운 딸내미와 함께 보내는 시간인데 괜찮지 않을 리가 없었다. 오히려 리리를 주술 과외라는 명목으로 집에다 붙잡아 둘 수 있어 더 기뻤다. 마음 같아서는 일주일 내내 개인 과외를 시켜주고 싶을 정도였다.

로쉐가 그렇게 말하자 주술 과외가 등록되었다는 시스템창이 떠올랐다. 다른 교육과 다르게 네 시간짜리로, 교육비는 0이었다. 아무리 그래도 교육비를 주는 건 예의가 아니겠지? 호의는 호의로 받아들여야 했다.

"고마워요. 아, 이번 주는 농장일을 미리 잡아놨으니까 다음 주부터 할게요. 이럴 줄 알았으면 이번 주부터 비울걸."

둘 사이에 흐르는 훈훈한 기운에 멀찍이 떨어져 있는 젤리의 얼굴에도 방긋 웃음이 걸려 있었다. 언제고 오늘만 같으면 좋을 것 같았다.

마음고생 하시던 주인님의 얼굴에 행복하다고 쓰여 있는 것 같아 젤리는 슬쩍 눈물을 훔쳤다.

무엇보다 리리 아가씨가 많이 밝아진 듯해 다행이었다. 어쩐지 처음에는 말투와 행동만 거칠 뿐 불안불안하고 금방이라도 무너질 것처럼 보였는데 이제는 여유롭고 부드러워 보였다.

리리는 여전히 이 간질간질하고 다정한 분위기가 낯설었지만 그래도 예전처럼 마냥 거부하고 싶지는 않았다. 비록 이 몸의 원래 주인에게 쏟아지는 애정일지라도 사랑을 받으니 매일매일 행복한 꿈을 꾸고 있는 것 같았다. 리리는 처음으로 가족이 뭔지를 알아가고 있었다.

'그만큼 불안해지지만.'

만약 여기서 다시 현실로 돌아간다면 정말 살아갈 수 없을 것이다. 외로움에 견딜 수가 없을 테니까.

리리는 마음 한구석에서 스멀스멀 기어 나오는 어두운 그림자를 애써 무시한 채 창문 사이로 스며드는 햇살처럼 포근한 아침을 즐겼다.

농장에 도착한 리리는 작업복으로 갈아입고, 베니카 부인 옆에서 같이 작물을 따며 슬쩍 눈치를 살피는 중이었다.

"포리 열매는 구하셨어요?"

리리는 결국 베니카 부인에게 슬쩍 말을 던져 보았다.

"구할 수 있을 리가 없지. 후⋯⋯ 곤란하게 됐지, 뭐."

"음, 있잖아요. 그 열매 키우는 게 그렇게나 어려워요? 왜 다른 농장에선 키우지 못했을까요?"

성공 사례가 있다면 너나 할 것 없이 다 달려들어 재배를 시도할 거 같은데.

베니카 부인은 한숨을 쉬며 입을 열었다.

"포리 열매를 키우는 건 원래 다들 불가능하다고 생각하고 있었어. 포리 열매가 워낙 비싸서 도전하는 사람들도 없었고. 아마 내가 처음일 걸."

리리는 최대한 우아하고 섬세하게 작물을 따려 애쓰면서 그녀의 말을 들었다. 작물을 따느라 잠시 입을 다물었던 베니카 부인이 다시 말을 이었다.

"내가 포리 열매를 재배하려고 열을 올릴 때도 주위에서 다 손가락질했을 정도니까. 바보라고 말이야. 근데 정말로 성공한 거야."

당연히 다른 농장들 역시 포리 열매를 재배하기 위해 뛰어들었다. 하지만 금방 될 리가 없었다. 베니카 부인도 부모님과 함께 몇 년을 노력해서 간신히 성공해낸 일이니까. 그리고 때마침 동쪽 바다가 저주에 걸렸다는 소문과 함께 들끓기 시작했다.

"새디아에 더 이상 가지 못하자 센테르 내에 있던 새디아산 물건값이 폭등했고 포리 열매 역시 마찬가지였어."

그렇지 않아도 비싼 열매가 더욱 비싸진데다 그나마도 높은 사람들이 다 사가니 농부들은 포리 재배를 포기할 수밖에 없었다. 하지만 이미 포리를 키우고 있는 베니카 부인만은 예외였다. 그 이후로는 전에 들었던 대로 베니카 농장의 독점.

'다른 사람들은 재배할 틈이 없었구나.'

리리는 잠시 생각을 정리하다가 들고 있던 바구니가 작물로 가득 찬 것을 보고 몸을 일으켰다. 그리고 가운데 있는 큰 수레에다가 옮겨 담으며 물었다.

"저라면 재배하는 방법을 가르쳐달라고 물어봤을 것 같은데, 그런 생각을 한 사람이 없었나 봐요?"

베니카 부인은 리리와 마찬가지로 수레에 작물을 쏟다가 그녀의 물음에 어색한 웃음을 지었다. 하지만 곧 대답해 주었다.

"왜 없겠어. 당연히 많았지. 근데…… 너 같으면 알려 주겠니?"

"아니요."

리리는 단호하게 고개를 저었다. 열심히 노력할 때는 바보 같다고 놀리던 사람들이 뒤늦게 찾아와 도움을 바란다면 괘씸해서라도 알려 주지 않을 것 같았다.

무엇보다 포리 열매의 가치가 얼마나 뛰어난데 그걸 알려 주겠는가. 찾는 사람이 많으니 귀하면 귀할수록 서로 사겠다며 가격경쟁을 하리라.

"이해해주니 다행이네. 뭐, 그 덕분에 황실의 지원을 받게 되었으니 좋기는 한데. 요즘은 후회 중이야."

"왜요?"

리리는 그 이유를 알고 있었지만 일부러 물어보았다. 베니카 부인은 바구니를 든 채 씁쓸하게 말했다.

"다른 곳에서도 재배를 했다면 지금처럼 열매가 없어서 허덕이는 일은 없었을 테니까."

포리 열매를 재배하는 데 성공하기는 했으나 그 확률이 낮은 편이었다. 10개 중에 4~5개만 재배할 수 있으니 계속 그대로 이어가면 절반씩 줄어들어 결국엔 모조리 없어질 수밖에 없었다.

하나의 식물에서 세 개의 열매가 나오니 그중 하나씩만 황실에 보내고 나머지는 고스란히 심는다고 해도 숫자는 그대로거나 더 줄게 된다.

그리고 그녀가 미처 생각하지 못했던 것이 하나 있었다. 바로 갈수록 포리 열매의 질이 나빠진다는 점이었다. 처음부터 이곳에서 재배한 포리 열매는 새디아산보다 작고 맛이 없었다. 그리고 약했다. 그렇게 약한 열매를 심으니 더욱 약한 식물이 자라고 거기서 재배한 열매를 또 심고. 악순환이었다.

시간이 지날수록 성공할 확률은 더욱 낮아졌고 나중엔 황실에 상납하지 않고 전부 되심으며 숫자를 늘리려고 애썼지만 결국 실패했다.

만약 다른 농장 한 곳만이라도 함께 포리 열매를 재배했다면 황실로 진상하는 포리 열매의 숫자를 줄일 수가 있을 테고, 부족하면 서로 도와 심으면 될 터였다. 어쩌면 강하고 맛있는 포리만 골라 키워 더 튼튼하게 개량했을지도 모르는 일이었다.

"욕심부리다가 망하게 생겼어. 이럴 줄 알았으면 재배법을 알려줘서 공생할걸."

"에이, 누가 이렇게 될 줄 알았겠어요."

"아니야. 만일의 사태에 대비해야 했는데 너무 안이하게 생각했어.

눈앞의 이익에만 어두워졌던 거지."

베니카 부인은 깊은 한숨을 내쉬었다. 지난해에도 포리 열매의 숫자를 늘려본다고 보내지 않았는데, 올해까지 그러면 정말로 황실의 보호와 지원이 끊기겠지.

센테르 대륙 자체가 워낙 작물이 잘 자라는데다가 먹거리가 넘쳐나기에 수두룩하게 널려 있는 농장 사이에서 이토록 성공하기란 하늘의 별 따기와 마찬가지였다. 겨우 이렇게까지 성장시켜놨는데…….

"정말 큰일이야. 어떻게든 구해야 하는데."

리리는 슬쩍 웃었다. 포리 열매가 얼마나 중요한지, 왜 다른 곳에서는 키우지 못했는지 베니카의 이야기를 통해 아주 잘 알 수 있었다. 그리고 지금의 베니카라면 리리가 원하는 것을 손쉽게 얻을 수 있겠다는 사실도 말이다.

리리는 베니카 부인을 올려다보며 귓속말을 하듯이 조용조용히 속삭였다.

"사실…… 저에게 포리 열매가 있어요."

순간 멍한 표정을 짓던 베니카 부인이 화가 난 듯 인상을 찌푸리며 말했다.

"장난 칠 기분 아니야."

하지만 곧 아무 말 없이 웃고 있는 리리의 모습에 표정이 다양하게 변하는가 싶더니 다급한 목소리로 물었다.

"그게 정말이야?"

"제가 설마 이런 걸로 거짓말을 하겠어요?"

"네가 그걸 어떻게 구해? 센테르를 전부 다 뒤져보아도 없었는데!"

"사실 제가 아는 분이 주술사신데요, 포리 열매를 워낙 좋아해서 몰래 보관하고 있었더라고요. 그래서 제가 얻어왔어요."

리리는 매고 있던 가방에서 포리 열매 두 개를 꺼내 들었다. 베니카 부인은 작은 손바닥 위에 올려져 있는 분홍빛의 열매에 할 말을 잃은 듯 한동안 멍한 표정으로 바라보고 있다가 급히 다가와 이리저리 살펴보기 시작했다.

"정말…… 포리 열매잖아? 어떻게 이런 일이……."

"이거 말고도 세 개가 더 있어요. 전부 드릴게요. 새디아산 열매기 때문에 정성스럽게 키운다면 확률이 높아질 수도 있을 거고요. 당분간은 황실에 보내는 열매 외에는 심어서 늘리는 데에만 집중하면 걱정할 일이 없지 않을까요?"

"이, 이걸 내게 주겠다고? 정말?"

베니카 부인은 리리의 말을 도무지 믿을 수가 없는 모양인지 계속 되물었다. 리리가 고개를 끄덕이자 그녀는 어쩔 줄 몰라하며 외쳤다.

"세, 세상에! 맙소사! 넌 하늘에서 내려준 천사로구나! 농장을 지켜주는 요정인 거야! 이 고마움을 어떻게 표현해야 할지! 내가 값은 톡톡히 쳐주마!"

감격한 듯 눈물까지 글썽이는 그 모습에 리리는 살포시 미소를 떠올렸다. 고마움을 어떻게 표현하긴요, 간단한 보답 하나만 해주면 되지요.

"돈은 필요 없어요. 대신 부탁이 있어요."

"무, 무슨 부탁? 가능한 선에선 뭐든 들어줄게!"

리리는 베니카 부인을 가만히 올려다보다 최대한 사랑스러운 미소를 지으며 말했다.

"포리 열매 재배법을 알려주세요."

"가르쳐 준다고 해도 심을 열매가 없다면……."

"제게는 없지만 그 주술사님은 몇 개 더 가지고 계시거든요. 그분의 도움을 받아서 키워볼 생각이에요. 주술사님은 포리 재배법을 원하고 이 열매를 내주신 거고요. 일종의 거래지요. 그리고 잘 생각해보면 서로에게 좋은 거래에요. 방금 그러셨잖아요? 다른 곳에서도 재배했었더라면 열매가 없어 허덕일 일이 없었을 거라고."

베니카 부인은 그녀의 말이 의외였는지 잠시 망설였다. 확실히 그런 말을 하긴 했다. 하지만 모든 사람에게 재배법을 그냥 뿌린다는 뜻은 아니었다.

"가르쳐주시는 재배법은 비밀에 부칠게요. 아무한테도 말하지 않을게요. 저와 주술사님만 알고 있을게요. 모든 것을 다 걸고 맹세해요."

"그렇다면야……."

베니카 부인은 고개를 끄덕였다. 이 소녀와 주술사라는 사람 하나만이라면 문제가 없으리라. 리리의 표정이 밝아졌다. 하지만 곧 그녀가 내미는 무언가에 고개를 갸웃거렸다.

"이게 뭔가요?"

"계약서야. 주술이 걸려 있어 계약을 어길 경우……. 음, 뭐가 좋을까."

일종의 저주를 걸 수 있는 계약서였다. 리리는 계약서를 내려다보며 당황했다. 설마 이런 것까지 작성할 줄이야. 하지만 이내 베니카 부인에게 다시 한 번 감탄했다. 하긴, 어떻게 이런 꼬마가 하는 말만 믿고 재배법을 알려주겠는가.

"주술사님이라는 분이 재배법을 누설하면, 그에 대한 책임도 네가 저야 해."

"알겠어요."

어차피 리리도 남에게 알려줄 생각은 전혀 없었기에 쉽게 고개를 끄덕였다. 리리는 계약서를 확인하고 사인을 했다.

"참, 알아둘 게 있어. 가르쳐준다고 해도 성공하리란 보장은 없어. 나중에 사기당했다고 울지 말고."

리리는 활짝 웃으며 대답했다.

"물론 알고 있어요."

실패하면 성공할 때까지 키워보면 되지. 어차피 리리는 마음만 먹으면 새디아에 다녀올 수 있었다.

베니카는 계약서를 챙긴 후 리리가 건네주는 열매 다섯 개를 들고 급히 집으로 달려갔다. 리리는 그 뒷모습을 바라보다가 가방에서 하나를 더 꺼내 들었다.

"이게 도대체 무슨 맛이길래 그렇게 찾아대는 거지?"

오로지 가져와야 한다는 생각만 했던 터라 먹어보지도 못하고 있었다. 리리는 잠시 망설이다가 한입 베어 물었다.

입안 가득 퍼지는 달콤한 향과 과즙. 한 번도 맛보지 못한 달콤함이었다. 말 그대로 사르르 녹는 것이 왜 한 번 먹으면 잊을 수 없다고 하는지 알 것 같다는 생각이 절로 들 정도였다. 리리는 포리를 순식간에 먹어치우고 과즙이 묻어있는 손을 털었다. 예상과 달리 열매 안에는 씨앗이 없었다. 열매 자체가 씨앗인 모양이었다.

'이러니 먹은 후에 씨앗을 얻어서 심을 수도 없겠구나.'

리리는 또 먹고 싶다고 생각하며 입맛을 다시다가 갑자기 떠오른 시스템창에 어리둥절해졌다.

† 매력이 2 증가했습니다.

"아, 맞아!"

그땐 정신이 없어 확인해놓고도 금세 잊어버렸지만 포리 열매에는 매력을 2 증가시켜준다는 특수 효과가 붙어 있었다. 리리는 두 눈을 빛냈다.

'잘 찾아보면 이런 것들이 또 있을 텐데. 역시 틈새 공략이 최고라니까.'

이런 특이 옵션들이 붙은 것들만 잘 찾아내도 에디터가 따로 필요 없을 텐데, 리리는 새삼 모험의 이점을 떠올리며 앞으로도 종종 떠나봐야겠다고 생각하며 웃었다.

다음 권에서 이어집니다.

외전. 리리

　내 기억은 여섯 살 때부터 시작된다.

　그전에는 어떤 생각과 행동을 했었는지 전혀 기억이 나질 않아서 내 인생은 마치 여섯 살부터 시작된 것 같았다. 보육원 이모들의 말을 들으면 난 막 태어나 핏덩이였을 때 보육원 앞에 버려졌고 쭉 보육원에서 큰 모양이었다. 말썽을 그다지 부리지 않는 얌전한 아이였다고 했다.

　유치원을 다니기 시작한 여섯 살부터는 사진이 몇 장 남아있어 기억인지 상상인지 모를 장면이 있었다. 그걸 모두 그때 이후라고 생각했을 뿐이니까 어쩌면 여섯 살 이전의 기억이 있는지도 모르겠다.

　대부분이 뿌옇게 안개가 낀 듯 흐렸지만, 그 사이로 띄엄띄엄 선명하게 머릿속에 콕 박힌 기억도 있다.

　그중 유난히 강렬한 기억 하나는 모든 이들에게 엄마와 아빠라는 존재가 있다는 사실을 알았을 때였다.

보육원에 들어온 지 얼마 되지 않은 아이가 있었다. 지금 생각하면 그 아이는 사정이 어려워 부모가 잠깐 맡겼던 거 같다. 몇 밤만 더 자면 엄마가 데리러 올 거라고 했으니까. 우리는 그때 간식으로 과자를 먹고 있었다. 그 아이랑 무슨 이야기를 했는지까지는 잘 기억나지 않지만 이 말만은 또렷이 기억한다.

"모두 부모님이 있어. 우리 엄마 아빠한테는 할머니 할아버지라는 엄마 아빠가 있고, 그 할머니 할아버지한테도 또 엄마 아빠가 있고……."

"나도 원장 엄마 있어."

"아니야, 바보야. 원장 엄마는 진짜 엄마가 아니야. 가짜야."

"진짜 엄마가 뭔데?"

"너는 그것도 몰라?"

나는 정말 그 아이의 말을 이해하지 못했다. 진짜 엄마는 뭐고, 가짜 엄마는 뭐란 말인가. 그 아이는 설명하기가 어려운 모양인지 잠시 머뭇거리다가 대답을 해주었다.

"진짜 엄마는 나를 낳아준 사람이야. 다 엄마 아빠가 따로 있다고. 근데 너는 왜 몰라?"

"……나는 없어. 원장 엄마밖에 없어."

"바보야. 원장 엄마는 진짜가 아니라니까? 너희 엄마가 아니야!"

충격이었다.

그전까진 다들 원장 엄마라고 부르는 보육원 원장, 이모라고 부르는 보육원 아줌마들, 언니 오빠라고 부르는 봉사 하러 오는 사람들, 그리고 같이 생활하는 아이들이 내 전부였기에 다른 사람들도 똑같은 줄 알았다. 조금만 더 생각했더라면 다르다는 것을 알아차렸을 텐데.

엄마의 손을 잡고 보육원에 들어오는 아이라든지 유치원에서 아빠나 할머니 자랑을 하는 아이라든지.

하지만 당시의 나는 아이들이 말하는 가족이란 「같은 곳에서 같이 먹고 같이 자는 사람」 정도라고 생각했기에 전혀 몰랐다. 유치원에도 보육원 아이들이 많아서 선생님이 최대한 조심했기 때문에 별다른 위화감도 느끼지 못했었다.

하지만 그 아이 때문에 나는 내가 엄마와 아빠라는 존재가 「없다」는 사실을 깨달았다. 그러고 보니 보육원 안에서도 몇몇 아이들은 가끔 낯선 사람들이 만나러 왔었다. 그게 그 아이들의 엄마 아빠였다니. 「진짜」 가족이라니.

나는 결국 보육원 이모에게 내 진짜 엄마 아빠는 누구냐며 한참을 떼를 쓰며 울었다. 당시에는 「버림받았다」는 의미를 몰랐기에 단지 「진짜」가 나에게는 없으니 달라는 정도의 땡깡이었다. 다른 아이들은 다 가지고 있는 부모라는 것이 없다는 사실이 너무 슬펐다.

그 뒤로 나는 누군가가 가지고 싶은 선물을 물어볼 때마다 부모님이라고 대답했다. 소원을 물어볼 때마다 엄마 아빠를 달라고 했다. 물론 조금 더 크고 나서는 왜 내가 그런 선물과 소원을 말할 때마다 사람들의 표정이 안타까움과 당황스러움으로 물들었는지 알게 되었다.

그 뒤 입학한 초등학교는 보육원 아이들이 대부분이었던 유치원과는 달리 부모님이 있는 아이들이 더 많았다.

그놈의 학교는 왜 그렇게 「우리 가족을 자랑합니다.」라든가 「사랑하는 엄마, 아빠를 그려보세요.」라든가 「어버이날에 드릴 편지를 써 봅시다.」 따위의 일들을 그렇게 좋아했는지 아직도 이해할 수가 없다.

그 때문에 우리 보육원 출신 아이들은 다른 아이들에게 놀림을 받거나 상처를 받는 일이 비일비재했다. 나도 마찬가지였다.

초등학교 때의 첫 번째 미술 시간을 아직도 기억한다. 그림 주제는 「가족」이었다. 그때까지만 해도 난 부모가 없다는 사실은 알았어도 버림받았다는 개념을 잘 이해하지 못하고 있었다.

나는 보육원 이모들과 봉사활동 오는 언니 오빠들 그리고 같이 사는 보육원생들을 종이에 가득 그렸다. 종이가 모자를 지경이었다. 다른 아이들은 모두 내가 그린 가족보다 적은 수를 그렸다. 서너 명이 보통이었고 많아 봤자 여섯 명 정도였다. 강아지와 같은 애완동물을 그려놓기도 했다.

아이들은 왜 나만 가족이 이렇게 많냐고 물었고, 나는 그 질문에 대답하면서 조금 자랑스럽기까지 했다. 내게 「진짜」 엄마 아빠는 없어도 다른 아이들 또한 이렇게 많은 가족은 가지지 못했을 테니까.

하지만 그때 선생님의 말은 지금 생각해도 정말 충격적이었다.

"그런 질문은 하면 안 돼요. 부모님이 없어서 그런 곳에서 사는 불쌍한 친구를 놀리면 나쁜 어린이, 잘 보살피면 착한 어린이랍니다."

차라리 사람마다 가족 구성원이 다르다거나 생활하는 방법이 다르다고 해주었으면 좋았을걸. 선생님은 나름의 배려였을지도 모르겠지만 결국 아이들의 호기심만 잔뜩 자극하고 말았다.

그 이야기를 들은 아이들은 집에 가 부모님에게 말했을 것이다. 엄마 아빠가 없는 아이가 있다고. 그럼 부모님의 반응은 불쌍하니까 잘 돌봐주라는 말과 그런 근본도 모르는 애랑은 놀지 말라는 두 가지로 나뉘었을 것이다.

"어머, 불쌍하구나. 우리 착한 공주님이 그 아이를 보살필래?"

"그런 애랑은 놀지 마! 알겠지?"

다음 날, 정말로 반응이 극과 극이었다. 더럽다고 놀리는 아이나 거지와는 놀면 안 된다고 소곤거리며 날 피하는 아이가 있는가 하면, 필기도구나 입던 옷을 가지고 와 선물이라며 건네주는 아이도 있었다. 나는 내 책상 위에 있는 선물 꾸러미들과 좋은 일 했다고 뿌듯해하는 아이들의 표정을 보며 처음으로 부끄러움이라는 걸 느꼈다. 나는 받은 물건들을 돌려줬다.

나중에는 엄마 아빠가 없으면 밥은 어떻게 먹고, 잠은 어디서 자고, 사는 곳은 어디냐는 수많은 질문 공세가 쏟아져 학교에 가는 것이 싫어졌다. 그중 가장 싫은 질문은 "엄마, 아빠를 본 적 있어?"와 "왜 버림받았어?"였다.

난 자신이 미워졌다. 내가 잘못해서, 부모님이 나 때문에 힘들어서 버렸다고 생각하게 됐다.

더욱이 같은 반에 고아가 있다는 사실을 알게 된 부모님들은 자기 아이에게 말을 잘 듣지 않으면 그 애처럼 보육원에 보내버릴 거라는 협박을 했다. 그래서 「나 = 말 안 듣고 잘못을 많이 해서 보육원에 버려진 아이」라는 공식이 성립되는 것은 지극히 자연스러웠다. 나는 당연히 아이들과는 멀어질 수밖에 없었다.

그건 나만 겪는 일이 아니었다. 당시 나와 비슷한 또래였던 보육원생들은 아침만 되면 학교에 가기 싫다고 난리를 쳤다. 왜 옛날에 오빠나 언니들이 학교 가기 싫다고 했는지 알 것 같았다.

고아라는 건 숨겨야만 한다는 걸 깨닫게 되면서 말수가 적어졌다.

비웃거나 우월감에 찬 표정도 싫었지만 동정도 싫었다. 결국 나는 사람들과 시선을 마주치는 것까지 피하게 되었다.

그러다가 음악을 접하게 되었다. 보육원과 연결되어 있던 성당에서였다. 성가를 부르는 것이 즐거웠고, 노래를 부를 때만은 모든 걸 잊을 수 있었다. 나는 성가대에서 활동을 시작했다.

노래와 악기를 가르쳐주는 사람들은 나이가 많았고, 당연히 내 상처를 건드리지 않으려고 애썼다. 그곳에 있으면 나는 부모에게 버림받은 고아가 아니라 신의 사랑을 노래하는 소녀였다. 나는 많은 사람과 웃고 떠들며 성격 역시 점점 밝아져 갔다.

의지할 곳이 생기자 고아라는 사실이 더 상처로 다가오지 않았다. 내 이야기를 들어주고, 언젠가 내게 큰 선물을 내려줄 거라는 신이라는 존재도 알았으니까. 내게 노래에 재능이 있다는 사실을 알게 되면서 학교에서도 합창단에 들어갔다.

나름대로 즐거운 나날이었지만, 그다지 길지 않았다.

아마도 초등학교 4학년 때쯤이었던 것 같다. 그날은 미술 수업이 있었다. 대부분의 미술 도구는 학교에서 지원해주었지만, 그걸로 만족하지 못하는 아이들은 부모님을 졸라 금색, 은색이 들어가 있는 크레파스나 향기가 나거나 반짝거리는 볼펜 등을 챙겨왔다.

그런데 점심시간 후 한 아이가 가져왔던 색연필이 없어졌다. 외국에서 부모님이 사주셔서 아주 비싼 거라고 자랑하던 색연필이었다.

어째서인지 아이들은 날 의심했다. 심지어 선생님까지 혼내지 않을 테니 돌려주라며 날 추궁했다.

나는 울었다. 왜 내게 그러냐고, 나 아니라고 고개를 저었다.

"넌 거지니까 이런 거 못 사잖아. 가지고 싶을 거 아냐."

솔직한 아이들의 대답은 날 나락으로 떨어트렸다. 선생님마저 그 말을 거들며 아무리 가지고 싶어도 그런 방법은 아니라고 나를 나무랐다.

범인은 다른 반 학생이었다.

나는 선생님과 아이들에게서 사과를 받았지만 이미 받은 상처까지 없어지진 않았다. 차라리 누군가 나에게 누명을 씌웠거나 의도적인 악의로 범인으로 몰았다면 나았을 것이다. 하지만 모두 「당연히」 내가 가져갔을 거로 생각했다는 게 가장 충격이었다.

사소하다면 사소한 사건이었지만 나는 그 뒤로 사람이 많은 곳에 가는 게 힘들어졌다. 다 나를 보며 수군거리는 것 같고 거지라고 생각하는 것 같았다. 나는 더 이상 견디지 못하고 합창단까지 그만두었다.

성당도 이전만큼 큰 힘이 되어주지는 못했다. 나를 잘 돌봐주는 분들까지도 사실 나를 불쌍하게 여겨서 그런 게 아닌가 하고 의심했다. 신에게 늘 기도를 하는데도 비참한 것도 똑같았다. 이제는 버림받았다는 개념도 알았고, 부모님이라는 존재를 아무리 원해도 내게는 생기지 않는다는 사실 역시 알았다.

신에게 기도를 하면 들어준다고 했는데, 없는 것을 어떻게 만들어준단 말인가.

중학교에 입학한 후론 부모가 없다는 얘기나 보육원생이라는 사실을 숨겼다. 물론 숨긴다고 숨겨질 이야기가 아니었다. 중학교에는 같은 초등학교를 나온 아이들도 제법 있었고 당연히 내가 고아라는 것도 대부분 알았다.

당연히 아이들과 거리가 생길 수밖에 없었다. 일단 내가 먼저 거리를 뒀다. 겉으로는 친절한 아이라도 사실은 나를 동정하거나 속으로 욕하고 있을 거라는 생각이 들었기 때문이었다.

그러다가 한 아이가 같은 성당을 다닌다는 사실을 알게 됐다. 굉장히 어른스럽고 예뻐서 반 친구들은 물론이고 성당에 다니는 사람들까지 모두 다 이 아이를 좋아했다. 적절한 충고와 위로를 건넬 줄 알았기에 많은 아이가 상담을 하곤 했었다. 나 또한 그 아이라면 내가 뭘 말하든 비밀로 지켜주고 내 상처를 위로해 줄 것 같은 느낌을 받았다.

결국 나는 내 어린 시절과 가족사, 그리고 초등학교 때의 사건 등을 전부 털어놓았다. 혹시나 비웃거나 어설프게 동정하지 않을까 싶어 무서웠는데 그 아이는 아무 말 없이 따스한 손길로 등을 토닥여줬다. 울컥 눈물이 났다. 나는 그날 그 아이 앞에서 한없이 울었다.

그 뒤로 우리는 급속도로 친해졌다. 진짜 친구라는 것이 이런 건가 싶었다. 나는 크고 작은 고민을 상담하며 어딜 가든 그 아이와 함께했다. 그녀 역시 왜인지는 몰랐지만 다른 친구들보다 나를 더욱 좋아해 주었다. 그 사실이 뿌듯했다. 다들 좋아하는 이 아이가 나와 가장 친한 친구라는 사실이.

나는 사람들이 나를 비웃거나 수군거리는 것 같다는 환상에서 벗어날 수 있었다. 성당에 가는 것도 즐거워졌다. 신이 내게 부모님 대신 이 아이를 내려줬다는 생각까지 했다. 그 아이만큼 친하지는 않았지만 그래도 친구라고 할 수 있는 아이들이 더 생겼고, 내 성격은 다시 밝아져 갔다.

그러다 같은 성당을 다니는 오빠를 좋아하게 되었다.

이런 감정이 처음이라 나는 어찌할 바를 모르고 한참이나 혼자 끙끙 앓았다. 그러다 결국 친구에게 털어놓았다.

"넌 예쁘고 착하니까 자신감을 가져."

친구의 한마디에 힘을 얻은 나는 오빠에게 고백했지만 잘 되지는 못했다. 하지만 따스하고 예의 바르던 그 오빠는 나를 최대한 조심스럽게 거절하며 조금 더 큰 다음에 오라는 여지도 남겨주었다. 그래서 내 짝사랑은 굉장히 길게 이어졌다.

오빠와 따로 만나 맛있는 것을 먹기도 하고, 성당에서 웃고 떠들며 즐거운 시간을 보내기도 했으니 마음을 접는 것이 쉬울 리 없었다. 물론 나는 그런 모든 상황을 친구에게 보고하며 조언을 얻었다. 1년 정도 지나서 오빠에게 여자 친구가 생겼다는 이야기를 듣고 낙담해 있을 때도 친구는 결코 포기하지 말라며 나를 격려해줬다.

결국 나는 오빠 옆에서 친한 동생으로 있기로 했다. 내 마음이 식거나, 아니면 오빠가 여자 친구와 헤어지고 나를 좋아해 주거나, 그것도 아니면 완전히 차이거나 셋 중의 하나일 거라고 생각했다. 그 어떤 결론이 나든 절대 오빠를 원망하지 않겠다고 다짐했다. 오빠는 나에게 충분히 예의를 다했고, 내가 멋대로 좋아하는 거였으니까.

그렇게 또다시 1년이 지나고 중학교 졸업을 눈앞에 두었을 때였다. 오빠는 여전히 그 여자 친구와 사귀고 있었고 나는 서서히 마음을 접고 있었다. 그동안 오기로 오빠의 여자 친구가 누구인지 관심을 끊으려고 노력해서 어떤 여자인지는 알 수 없었다. 하지만 오빠는 가끔 데이트한 이야기를 들려주기도 해 얼마나 여자 친구를 좋아하는지 알 수 있었다.

그날도 오빠가 주말에 여자 친구와 데이트 한 일을 이야기하던 중이었다. 나는 들고 있던 컵을 떨어트렸다. 깜짝 놀라 급히 흘러내린 음료수를 닦아냈고, 오빠도 옆에서 컵을 치우는 걸 도와줬지만 내 두 손은 이미 벌벌 떨리고 있었다. 왈칵 눈물이 흘러나왔다. 오빠가 왜 그러냐고 물어봤지만 난 바로 대답하지 못했다.

오빠가 주말에 했다던 그 데이트는 내가 몇몇 부연 설명을 붙여줄 수 있을 정도로 익숙했다. 바로 그 날 아침에, 내 친구가 다른 친구랑 놀았던 이야기라며 얘기해줬으니까.

이야기를 듣는 순간 이상하다고 생각했지만 미처 알아차리지 못했던 건지 아니면 모른척했던 건지, 내 기억 속에 묻혀 있던 두 사람의 연결고리가 모조리 떠올랐다.

"혹시, 주말에 데이트했다던 여자 친구가 내 친구야?"

그렇게 물으면서도 속으로는 아니라는 대답이 나오길, 내가 착각한 것이길 빌었다. 하지만 눈에 띄게 당황한 채 어색한 웃음을 짓는 오빠의 모습에 나는 확신했다. 나는 친구와 오빠를 추궁해 두 사람이 사귀고 있었다는 어이없는 사실을 확인했다.

물론 오빠와 나는 아무 사이도 아니었고 어떤 여자랑 사귀든 할 말이 없었다. 하지만 하필이면 그 상대가 내 친구라니. 오빠를 얼마나 좋아하는지 잘 아는데다 상담할 때마다 언젠가는 네 마음을 알아줄 거라고 날 다독이던 그 친구라니.

끔찍했다. 차라리 오빠와 친구가 사귀기 시작한 시점에서 나에게 솔직하게 털어놨다면 상처를 조금 입었을지언정 이렇게 나락에 떨어진 기분은 아니었으리라.

두 사람은 결코 나쁜 의도는 아니었다며, 단지 말할 타이밍을 놓쳤을 뿐이라고 필사적으로 나를 달랬다.

　나는 머리로는 알았다. 두 사람은 내가 상처 입을 걸 염려해서 말을 하지 못했다는 걸. 나를 조롱하거나 놀리기 위해서 그러지 않았다는 걸. 하지만 심정은 그렇지 못했다.

　세상에는 의도치 않게 사람을 더 비참하게 만드는 일이 종종 있다. 내가 초등학교 때 범인으로 몰렸던 사건도 그랬고 지금도 그랬다. 결국 대등하다고 생각했던, 나를 인격적으로 대해준다고 생각했던 오빠와 친구도 나를 불쌍하고 동정할 아이로 생각했던 것이다.

　친구는 울면서 나에게 사과했지만 나는 그 친구를 쳐냈다. 그렇게 좋아한다고 생각한 오빠에 대한 감정도 놀랄 정도로 싸늘해졌다.

　나는 두 사람 사이에 끼어든 장애물에 불과했다. 내가 없었다면 두 사람은 나에게 들킬까 봐 불안해하면서 사귀지 않아도 됐고, 언제 들킬지 몰라서 가슴을 졸이지도 않았을 터였다. 그러니까, 나만 없었다면.

　나는 그들에게 필요 없었다.

　그 날 이후로 내 삶은 끝났다.

나는 자살을 시도했다.

지금 생각하면 극단적인 행동이었지만 당시 나는 그 정도로 구석에 몰려 있었다. 난 아무에게도 사랑받지 못하고, 아무에게도 필요하지 않을 거라는 생각만 가득했다. 행복은 언제나 내 것이 아니었다.

절대적인 사랑을 준다는 부모님도 나를 버렸다. 나도 나를 사랑하지 못했다. 그런 나를 누가 사랑하고 믿어주겠는가. 그들이 잘못한 게 아니다. 내가 잘못한 것이었다. 애초에 친구를, 오빠를 믿은 것이 잘못이었다. 내가 태어난 게 잘못된 것이었다.

하지만 나는 어째서인지 죽지 않고 살아났다. 그것이 더 원망스러웠다. 죽지도 못하게 하다니, 내가 대체 무슨 죄를 지었기에 이런 벌을 내린단 말인가. 나는 더 이상 성당을 나가지 않았다.

친구와 오빠는 꾸준히 나를 찾아왔지만 나는 그들을 만나지 않고 피했다. 병문안을 왔을 때도 이불을 뒤집어쓰고 돌아누웠다. 그렇게 난 중학교의 마지막을 보냈고 얼마 지나지 않아 졸업했다.

의무 교육은 중학교까지였지만 보육원에서는 고등학교까지의 학비를 지원해줬다. 하지만 나는 더 학교에 다닐 용기가 없어 고등학교 진학을 포기했다.

보육원에서는 아파하고 방황하는 나를 귀찮아했다. 나는 그들에게 보살펴야 하는 아이 중 한 명일 뿐 내 진짜 가족이 아니었다.

나는 보육원에서 벗어나고 싶어 수단과 방법을 가리지 않고 돈을 모았다. 보육원에서도 내가 얼른 나가길 바랐다.

하지만 구인광고를 보고 전화도 해보고 직접 돌아다니며 가게도 찾았지만 나이가 어려 일을 시켜주는 곳이 없었다.

겨우 써주겠다는 곳을 찾아도 시급이 터무니없이 적었다. 처음에는 전단지 돌리기나 신문 배달 일을 하던 나는 결국 해서는 안 되는 일에 손을 뻗기 시작했다.

가지고 있는 것은 몸뚱이 하나. 나는 그저 몇 마디 주고받다가 원하는 수준까지 금액을 이끌어낸 뒤 약속장소에만 나가면 되었다. 지금껏 나를 원하는 사람도, 나를 필요로 하는 사람도, 내가 할 수 있는 것도 없다고 생각했던 나였기에 처음에는 그 검은 손길들에 뿌듯함을 느꼈다. 지금 생각해보면 당시에 난 그런 유혹에 쉽게 넘어갈 수밖에 없을 정도로 정신이 많이 무너져 있었다.

하지만 시간이 흐를수록 나는 사람을 싫어하게 되었다. 아직 어린 내가 잘못된 길을 가고 있는데도 올바른 길로 이끄는 이가 있기는커녕 감언이설과 돈으로 꾀려고만 했다.

보호자 동의 없이도 일할 수 있는 나이가 되자마자 나는 보육원에서 나왔다. 나는 이미 내가 무슨 일을 하는지 알고 있는 이모들과 보육원 아이들의 경멸이 가득한 눈빛에서 도망치듯 빠져나왔다.

보육원에서 나오며 내 이름도 같이 버렸다. 별명 혹은 애칭이라는 핑계로 다른 이름으로 불러달라고 했다. 가는 곳마다 가명을 바꿨다. 그것을 원했다. 그 누구도 내 본모습을 몰랐으면 좋겠다고 생각했다.

이후엔 여러 아르바이트를 전전했다. 몸은 훨씬 고돼지고 벌이도 형편없었지만 더 이상 그 짓을 하지 않았다.

너무 비참하니까. 아무도 사랑해주지 않는 나 스스로 불쌍했으니까.

어느 순간부터 나 스스로 불쌍하게 느껴졌다. 예전에는 내가 왜 동정을 받아야 하는지, 나는 전혀 불쌍하지 않은데 왜 불쌍하다 말하는지 이해할 수가 없었지만 이윽고 그 시선들이 나를 집어삼켰다.

나는 불쌍한 아이였다.

그리고 나 자신이 불쌍하게 느껴질수록 나를 버린 부모에 대한 원망이 커졌다. 왜 나를 낳았나. 차라리 낳지 않았다면, 필요 없을 때 죽여줬으면 이렇게 살아갈 필요는 없었을 텐데. 하지만 나중에는 원망하는 것도 지쳤다.

더 이상 죽으려고 노력하기도 싫었다. 말 그대로 죽지 못해 그냥 살았다. 이렇게 살다 보면 언젠가는 죽겠지 라는 심정으로 하루하루를 보냈다. 평생 그렇게 살다가 죽을 줄 알았다.

"……리리."

어렴풋이 들려오는 소리에 아득했던 의식이 점차 되돌아왔다. 나는 무겁게 느껴지는 눈꺼풀을 들어 올렸다. 뿌옇게 흐려진 시야 사이로 하얀색 머리카락과 황금색 눈동자를 지닌 인영(人影)이 들어왔다.

"아가씨, 괜찮으십니까?"

"……응?"

한참이나 멍하게 바라보던 나는 그제야 눈앞에 있는 사람이 누군지 떠올렸다.

"뭐야? 왜 네가 여기 있어?"

젤리. 본명은 안젤리노. 페레로가의 집사였다.

"괜찮나?"

뒤이어 들려온 목소리에 고개를 돌려보니 한 남자가 소파 팔걸이에 걸터앉아 날 내려다보고 있었다. 검푸른 색 머리카락과 눈동자를 지닌 남자였다. 그는 무표정했지만, 눈동자에 걱정을 가득 담고 있었다.

로쉐였다.

나는 두 사람을 번갈아가며 쳐다보았다. 몸을 일으키자 내 몸을 덮고 있던 천이 흘러내렸다. 로쉐의 주술복이었다. 주위를 둘러보니 책들과 큰 책상이 보였다. 이제는 익숙해진 서재였다.

'익숙해져? 대체 어느 것이?'

순간 나는 헷갈리기 시작했다. 내가 지금까지 꿈을 꿨나? 아니, 하지만 그건 분명히 있었던 일인데. 내가 살아온 나날들, 내 기억. 아직도 그때 겪었던 절망감이 생생하게 남아있어 몸이 떨릴 정도였다.

뺨에서 눈물이 떨어져 내렸다. 젤리가 손을 뻗어 눈물을 닦아 주었다. 아마 나는 울고 있는 모양이었다.

그게 꿈이었다고? 그럼 지금은?

"내가 지금까지 꿈을 꾼 거야, 아니면 이게 꿈인 거야?"

무심코 중얼거린 내 말에 젤리가 대답을 해주었다.

"이게 현실입니다, 아가씨."

나는 두 사람을 바라보며 말을 이었다.

"나…… 누구야?"

"페레로가의 하나뿐인 작은 주인님이시지요."

"무슨 꿈을 꾼 건가, 리리."

나는 손으로 이마를 짚은 뒤, 조그맣게 중얼거렸다.

"끔찍한…… 꿈이요. 또 하나의 내가 살고 있었어요. 그래서 지금이 오히려 꿈인 것 같아요."

"악몽을 꾼 모양이군."

"네?"

로쉐는 검은 책을 들어 보였다. 그것을 보자 그제야 모든 것들이 떠올랐다.

나는 로쉐의 서재를 염탐하던 중이었다. 그러다가 꼭꼭 숨겨둔 검은색 책을 발견하게 되었고, 혹시 일기장인가 싶어 열어보았다. 그러고는…….

"악몽을 꾸게 해주는 책이다."

'아이템 확인.'

† 악몽을 선물하는 책
　:: 암흑 속성 주술이 걸려 있어 이 책을 열어보는 자에게 악몽을 선사해준다. 꿈에는 공포의 대상이 나오기도 하고 깊은 곳에 묻어둔 떠올리고 싶지 않은 기억을 되살리기도 한다. 끔찍하고 두려운 일을 마치 현실처럼 느끼게 해준다. 끝을 보기 전까진 잠에서 깰 수 없다. 대부분 죽음이나 낙하 등으로 끝이 나지만 사람마다 차이가 있다.

로쉐와 젤리는 내 과거를 모르기에 단순한 악몽을 꿨다고 생각하는 모양이었다. 너무나 생생해 현실과 구별이 되지 않는 그런 악몽. 하긴 열 살짜리 아이가, 그것도 계속 이 집에서 산 아이가 악몽으로 꿀만한 「과거」가 있을 리 없다.

"악몽이라니, 괜찮으십니까?"

"응, 괜찮아. 그럼 지금은 꿈 아니지?"

"당연하지요. 아직 잠이 덜 깨신 모양입니다. 오늘은 일찍 주무셔야겠어요."

걱정스러운 눈빛으로 바라보는 젤리를 보니 어째서인지 안심이 됐다.

나는 손을 뻗어 로쉐의 서늘한 손가락을 살며시 쥐었다. 생생한 감촉이 느껴졌다. 꿈속의 내가 진짜인지, 지금의 내가 진짜인지 구별하려고 했던 행동이었지만 살짝 마주 감싸 오는 로쉐의 손길에 나는 결국 배시시 웃어버리고 말았다.

책은 두 번 다신 떠올리기 싫었던 기억들을 너무나 선명하게 되돌려 보여줬지만, 단순히 「악몽」을 꾼 것이라는 말에 오히려 마음이 놓였다.

나는 잠에서 깨어났다. 끔찍하고 두렵던 꿈을 벗어난 것이다. 지금 이곳에서 웃고 있는 내가 「나」다. 이게 현실이다.

신의 선물. 리리는 이 세계에 온 뒤 반은 농담으로 반은 진심으로 떠올렸던 단어를 다시 한 번 되새겼다. 신은 그녀에게 잔혹하기만 하다고 생각했었다. 하지만 그녀는 지금 여기에 있다.

잠에서 깨어나면 꿈은 잊어버린다. 기억이 나더라도 너무 흐리고 현실감이 없어 금세 지워진다.

무섭고 두려운 악몽이었지만 다시 잠들 수 있게 곁을 지켜줄 사람들이 있다. 나는 두 사람의 손을 꼭 잡은 채, 방으로 걸어갔다.

두 사람과 함께라면 현실이든 꿈이든 행복할 것이 분명했기에 웃을 수 있었다.

외전 완결.

지은이 후기

와아! 후기다!

후기를 쓰니 정말 1권이 출판되는구나…… 하고 뭔가 복잡미묘한 기분이 드네요. 설마 책으로 나올 거라는 생각을 해본 적이 없었어요. 간간이 개인지 요청이 들어올 적에도 그럴 만한 글이 아니라고, 부끄러워서 안 된다고 했었는데 그런 제가 책을 낸다니요. 책을…… 하. 정말 사람 일이라는 건 한 치 앞도 내다볼 수가 없네요.

어…… 음. 뭐라고 써야 할지 모르겠어요. 원래는 "후기 쓰는 것보다 본편 쓰는 게 더 쉬워요! 그럼 빠이빠이!" 하면서 간단하게 적고 땡스투 정도만 쓸 생각이었는데 『카르페디엠』 삽화를 맡아주신 나래님께서 후기에마저 아리따운 그림을 넣어주셔서, 어떻게든 정성스럽게 써야겠다는 결심을 했습니다.

어흐흑. 일단 나래님께 감사 인사부터 드려야겠어요. 나래님, 정말 감사합니다. 삽화가 하나하나 나올 때마다 정신을 차릴 수가 없었어요! 심지어 책날개에는 페가수스 인형을, 목차에는 꼬꼬마 리리와 *-_-*…… 크흠. 어쨌든 정성스럽고 아리땁게 그려주셔서 어찌나 감동적이던지. 크흡. 그리고 후기까지……. 리리가 로쉐를 보며 「안경을 쓴 상태에서 책을 읽는 모습을 보고 싶다」고 본문에서 언급한 적이 있었는데 그 흘러가듯 잠깐 나온 장면을ㅋㅋㅋ 꺄! 사실 로쉐는 안경을 쓸 필요가 없기에 영원히 못 볼 장면이라고 생각했는데 말이지요. 섹시한 로쉐와 상상의 나래를 펼치는 세 여자(나, 리리, 나래님), 그걸 당황스럽게 바라보는 나비노블 고양이들까직ㅋㅋ 나래님, 싸랑해여!

　그리고 출판사 분들께도 감사인사와 사과를……. 저 때문에 고생 많으셨지요. 어마어마한 일폭탄을 안겨드려서 정말 죄송했어요. 다, 다음 권인 2권은 조금 더 잘 쓰도록 최선을 다하겠습니다! 노, 노력하겠습니다!!

　마지막으로 『카르페디엠』을 읽어주신 분들, 정말 감사합니다. 특히 여기까지 올 수 있도록 도와주시고 아낌없이 응원해주신 독자님들과 몇 번이고 연재를 포기하려고 할 때마다 나를 다독이며 꾸준히 등대 역할을 해준 오빠님까지 모두 사랑해요♥

　이 정도면 로쉐에게 미안해지지 않은 후기라고 볼 수 있겠지요? 하, 다음 후기부턴 짧게 써도 되겠다. 아마 할 말이 없을 거야……. 여기 다 다 써섴ㅋㅋ

　앞으로도 잘 부탁드립니다!

2013년 11월 메르비스

일러스트 작가 후기

안녕하세요! 후기라니 무슨 글부터 써야 할지……. 새하얀 백지상
태입니다(멍….)

우선 책을 읽어주시는 분들께 감사합니다^^ 그리고 즐거운 글과 함
께할 수 있게 해주신 작가님과, 제가 허둥대고 부족해도 격려해주신
편집부 여러분들께도 감사합니다.

작업하는 중에는 아 후기에 이런 걸 써야지 해놓고서는 막상 적으
려니 정말 아무 생각이 안 나네요. 다들 후기를 어려워하신다던데 지
금 그 마음을 충분히 이해하고 있습니다^^;

로쉐는 겉모습과 속마음이 차이가 많이 나는데, 지금의 로쉐는 무
리겠지만 언젠가 기회가 된다면 눈까지 곱게 접으며 웃는 모습을 그
려볼 수 있으면 좋겠습니다.

뭔가 잔뜩 뻣뻣한 후기지만 읽어주셔서 감사합니다! 2권에서 또 봬요!!

카르페디엠 1

초판 1쇄 발행 | 2013년 12월 1일

지은이 ⓒ 메르비스 2013
일러스트 ⓒ 나래 2013

교정교열 | 김혜랑
본문편집 | 김미리
타이틀/목차 디자인 | 나래
캘리그라피 | 김덕수
커버 디자인 | 니시
커버 편집 | 서유미

펴낸이 | 김혜랑
펴낸곳 | 메르헨 미디어
등록일자 | 2012년 6월 27일
등록번호 | 제 2012-000141 호
ISBN 978-89-98328-35-1 04810
ISBN 978-89-98328-34-4 (세트)

nabinovel@nabinovel.net
http://nabinovel.net